FRANCIS JAMMES

春花的葬礼

[法] 耶麦 著
刘楠祺 译

人民文学出版社
PEOPLE'S LITERATURE PUBLISHING HOUSE

图书在版编目(CIP)数据

春花的葬礼/(法)耶麦著;刘楠祺译.
—北京:人民文学出版社,2016
(巴别塔诗典)
ISBN 978-7-02-011831-1

Ⅰ. ①春… Ⅱ. ①耶… ②刘… Ⅲ. ①诗集-法国-现代 Ⅳ. ①I565.24

中国版本图书馆CIP数据核字(2016)第153063号

责任编辑 朱卫净 何家炜
装帧设计 高静芳

出版发行 人民文学出版社
社　　址 北京市朝内大街166号
邮政编码 100705
网　　址 http://www.rw-cn.com

印　　刷 山东德州新华印务有限责任公司
经　　销 全国新华书店等

字　　数 160千字
开　　本 889毫米×1194毫米 1/32
印　　张 16.5 插页 2
版　　次 2016年9月北京第1版
印　　次 2016年9月第1次印刷

书　　号 978-7-02-011831-1
定　　价 48.00元

目录

聆听耶麦(皮埃尔·埃斯皮尔) _1

卷一　晨昏三钟经

献辞 _3
献给欧仁·卢瓦尔 _4
可怜的学监…… _4
当我死去…… _5
房子会爬满蔷薇…… _6
我爱那驴子…… _7
静寂…… _11
午后…… _13
今天…… _14
我去卢尔德…… _15
带上你的雨伞…… _18
果园里…… _19
给驴子备鞍…… _20
让白云飘…… _22

我去果园…… _23
男人的活计…… _25
当年我爱过…… _26
老船…… _27
或许你能…… _29
村庄…… _30
献给弗朗索瓦·科佩 _37
令我神伤…… _37
有个贵族…… _39
圣枝主日…… _41
每个礼拜天…… _44
膳厅 _46
有个年轻人…… _47
我在地头叼着烟斗…… _50
古老的村落…… _51
我见他…… _53
老宅…… _54
丽日里…… _56
可怜的狗…… _57
山谷…… _57
他去事务所…… _58
为他的婚礼而作 _59
像一首歌…… _60

致让娜·福尔 _ 61
我曾造访…… _ 62
鹤群…… _ 67
那边有座古堡…… _ 68
我要把…… _ 70
我快乐…… _ 72
伤感的风…… _ 73
她去寄宿学校…… _ 75
碧水畔…… _ 77
我在牧场…… _ 78
献给斯特凡·马拉美 _ 84
少女…… _ 84
我谈起天主…… _ 86
冷尘…… _ 89
谷仓里…… _ 90
有用的历法 _ 92
九月 _ 96
今天,伴着夜色…… _ 102
客厅旁…… _ 104
传说圣诞日…… _ 105
树林里祥和安然…… _ 107
那农民的儿子…… _ 108
雨水流淌…… _ 109

双枪插在…… _ 111
旧时沙龙,曾见…… _ 113
农夫…… _ 115
牧场…… _ 116
科特…… _ 117
我心怀怜悯…… _ 119
你赤裸在石楠花上…… _ 120
你将赤裸…… _ 121
云朵是一片沙滩…… _ 122
树脂流淌…… _ 125
呵！芳香…… _ 126
罗筛的尘灰…… _ 127
你会来…… _ 128
阳光使井水闪光…… _ 128
当雾色…… _ 129
你捶打衬衣…… _ 132
你烦吗…… _ 133
晌午的村庄…… _ 136
你曾写道…… _ 137
来吧,我为你戴上…… _ 139
我知道你很贫寒…… _ 140
他照看…… _ 141
你温柔的面庞…… _ 143

到了秋月…… _ 145
孔夫子的礼…… _ 146
我爱你…… _ 149
回想起…… _ 152
你会嘲笑…… _ 153
我在受苦,却…… _ 154
小鸽子…… _ 156
你呵,苔蔷薇…… _ 156
女友,可记得…… _ 157
农庄闪光…… _ 158
我仰望苍穹…… _ 160
猫儿蜷缩火旁…… _ 161
为什么总是牛…… _ 163
要下雪了…… _ 164
太可恶…… _ 166
洗碗槽气味很重…… _ 167
我有一只烟斗…… _ 168
那驴子还小…… _ 169
我想起卢梭…… _ 171
寒冷的林间有座磨坊…… _ 173
有些长颈大肚玻璃瓶…… _ 175
闲逛的人…… _ 176
那面带忧戚的少女…… _ 177

何时我将重见海岛…… _ 178
有一位矮小的鞋匠…… _ 179
我烦…… _ 181
我在老亭子里写作诗文…… _ 182
那儿，一片碧蓝…… _ 185
那人…… _ 191
振作？…… _ 193
献给我的女友 _ 195
回去之前…… _ 195
听，花园里…… _ 198
结束了…… _ 202
我多爱你…… _ 204
一片枯叶落下…… _ 206
诗人之生 _ 211
一日 _ 237
诗人之死 _ 268

卷二　春花的葬礼

序言 _ 293
悲歌 _ 295
悲歌第一 _ 297

悲歌第二 _300
悲歌第三 _314
悲歌第四 _316
悲歌第五 _320
悲歌第六 _321
悲歌第七 _325
悲歌第八 _327
悲歌第九 _332
悲歌第十 _334
悲歌第十一 _339
悲歌第十二 _343
悲歌第十三 _347
悲歌第十四 _349
悲歌第十五 _350
悲歌第十六 _352
悲歌第十七 _356
裸少女 _359
诗人与鸟 _388
杂感 _410
华伦夫人 _410
嘉达露波·德·阿卡拉丝 _412
往事重访…… _414
他们对我说…… _415

阿姆斯特丹 _417
布鲁日 _421
十四篇祈祷 _423
一　为他人得幸福而祈祷 _424
二　为求得一颗星而祈祷 _425
三　为一个孩子别夭折而祈祷 _427
四　为在森林中获得信仰而祈祷 _427
五　为活得单纯而祈祷 _429
六　为爱上痛苦而祈祷 _430
七　为我死之日圣洁美丽而祈祷 _431
八　为带驴子同上天堂而祈祷 _433
九　为赞美天主而祈祷 _435
十　为冥思而祈祷 _436
十一　为拥有一位单纯女子而祈祷 _438
十二　为向天主奉献朴素话语而祈祷 _439
十三　为承认无知而祈祷 _441
十四　为最后一个愿望而祈祷 _443

附录　耶麦生平与创作年表 _445
译后记 _475

聆听耶麦

皮埃尔·埃斯皮尔[①]

弗朗西斯·耶麦之诗！虽不及雨果的诗大气磅礴，却依旧是诗与韵的百宝盒，是碧空飓风，是雨点、露珠和泪水的暴雨，是漂浮空中并刺破青天的三钟经和祈祷，是灵魂的浩叹，是不息的心跳。的确，耶麦的作品无不是诗，有韵律诗也有散文诗，在人们心里这两种写作体裁难分泾渭。那么，能否说他是“优秀的韵文家，杰出的散文诗人”呢？在他去世五十年后的今天，若问其作品中究竟哪一部分真正属于他，我可以证明还是他的诗歌。他确实记不住他所有的诗，但他一生的诗其实已全部蕴积在他心底，随意拈出一首，哪怕年代久远，他都能即刻忆起当时令他灵感爆发的“背景”和对他情感上的冲击。

当我还是孩子的时候就有幸认识了弗朗西斯·耶麦，那真是个神奇的年代，是最初的梦想、最初的阅读、最初的发现的年代，在那个感性的春天，万物披上晨曦

---

① 皮埃尔·埃斯皮尔(Pierre Espil，1914—2000)，法国诗人、剧作家和小说家，图卢兹百花诗会主席。年轻时，经由他的中学同学、耶麦的长子保尔·耶麦介绍，埃斯皮尔与耶麦结为忘年交，并因此成为耶麦诗歌的研究专家。

的曙光，似醺醺然而不知酒香为何物。以至于在我眼中，具有存在价值的一切——自然、艺术和爱情——都实实在在地与耶麦和他的诗融为一体。哪怕再活一百年，我也无法忘怀生命中的这段时光，在耶麦的巨荫下，我呼吸着文学的空气，他待我宽厚如父，我同他的孩子们一同玩耍，着迷地融入他后半期的创作之中。

那时，我虽是孩子，但能觉得出艾哈尔齐亚老宅的主人不同凡响，是那种当时还未被称为“名人”的人物，总之卓尔不群，能让人想起维尼①诗中吟唱的：

无缘再见的，那径直去爱吧。

说他超凡脱俗，不仅因为他外貌奇特——他长得确实像城堡里的爵爷，美髯如雪，银发飘飘，不怒自威；更因为他那种你根本琢磨不到的生存方式和他身上散发出的非凡魅力。他独特的魅力是什么呢？首先是善良，是和蔼可亲；其次是狡黠，是顽皮有趣；超乎其上的，是他无与伦比的表达天赋。没听过弗朗西斯·耶麦随意闲谈的人，永远体味不到一句诙谐迷人的话语，那跳跃的语调，那滑稽有趣和出人意表的妙语连珠，能产生何等魅惑。当回忆伴随着马拉美、弗朗索瓦·科佩和让·洛林②的名字从他口中流淌的时候，真似洪水

---

① 维尼(Alfred de Vigny，1797—1863)，法国浪漫派诗人、作家。

② 让·洛林(Jean Lorrain，1855—1906)，法国帕纳斯派诗人。

滔滔！那些影像弥漫开来，鲜活难忘，栩栩如生；那些逸闻绚烂似锦，永远闪着诗的金光，充满了幽默和风趣。虽然严格的天主教教规已融入了他的血脉，却丝毫没有——或很少！——销蚀他豪爽的天性，因此我敢断定，他从没有生活在远不如他那么正统的《圣经》族长的世界里。

聆听耶麦，会感觉到被带往了另一个宇宙，比我们当下的尘世更美丽，更绚烂，更有趣，呵，真是如此！我怎能不着迷呢？我几乎每天都去艾哈尔齐亚老宅，在那里，面对着口若悬河、才情和想象喷涌而出的他，我是倾心的目击者，是醉心的听众。而且，我熟悉那充满魔力的声调远早于他的诗歌，最先除了妈妈教给我的儿歌“温顺的小驴子”和“守护天使”而外，我对他的诗所知为零。随后，有一天，在学校，我无意间翻开青年学生人手一册的“文选”，看到了《谷仓里……》那首诗，我就这样与弗朗西斯·耶麦的诗不期而遇。那本文选里还有一两首《晨昏三钟经》中的诗（《古老的村落……》、《要下雪了……》和《老宅……》），其他的则选自《春花的葬礼》，有《为一个孩子别夭折而祈祷》和献给萨曼的那首不朽的《悲歌第一》，他为萨曼奉献了如此哀荣，这首诗也成为他自己的殊荣。

我带着人们能够想象到的好奇心读着这些诗。立刻，我被那种新奇的异香、清新和非凡的优雅俘获了。随后的长假里我几乎读遍了耶麦的全部作品。每天晚上离开艾哈尔齐亚老宅的时候，我都会带走一本他的书，有时是他本人，有时是他家里的其他成员——主要是他的大儿子保尔，我们情同手足——借给我的。我贪婪地读着这位阿斯帕伦族长的每一部作品，经常一夜读完：他青年时期著述丰富，撩人心弦；其他时期的作品同样如此，虽各不相同，却魅力依旧。从那儿以后，我的一切都改变了。在他早期的辉煌中，我仿佛发现了他未被污染的世界。身边的乡村、自然、万物，我似乎理解了它们，而它们也走进了我的心间再未离去。呵，我感到心醉神迷！我和这位超凡的诗人聊着天，整个夏天我都是他的小伙伴。当他带着我和他的儿女们在乌尔苏亚山顶漫步时，当他让我观赏到地平线时，我真真切切地感受到我脚下这片土地的全部美丽，这是他给我的馈赠。

为什么他的诗能让我如此感动？首先，是绝对的真诚，是动人心魄的悲悯情怀，是高尚的灵魂，是任何一首小诗中都弥散着的方济各式的共鸣。其次，是牧歌风格，是被淡忘的乡间优雅，是描写田园的崇高灵感，是堪比画家的清新视觉。对他而言，万物都是图画，一切均可入画。巴尔扎克凝望历史的表象，把它变为一座建筑，而耶麦所做的纯然不同：他关怀一切，同情一切，描写一切，简洁而又充满强烈的现实感。他的诗就是这样，蓦然间，闪光的现实跃然而出。歌德倡导“诗歌与真实”，但罕有作家、更罕有诗人能契合这个永恒的主题，但对弗朗西斯·耶麦而言却是游刃有余，轻车熟路。因为他掌握着那奥秘的真谛，那奥秘就在我们身上，在我们周围。他那双直觉的有时是通灵的双眼从不停留于事物的表象，而是透视隐匿的真实——我找不到更恰当的词语描述——或叫做看不见的事物。

直至生命暮年，耶麦始终保持着童年时的天赋，那是真正的诗人们独有的财产。他像孩子般把全身心托付给现时的每分每秒，浸淫于感觉之中，并渴望把这种冲动完美地表达出来。创作于阿斯帕伦的《四行诗集》充溢着古代大理石雕像般的朴实与纯洁，在其中一首诗中，他提出了自己的“诗艺”：

天才是观看，再让别人得见
蕨草任长茎垂向水面；
天才是谛听，再让别人听见
一群母羊消失在夜间。

1921年8月初，五十三岁的弗朗西斯·耶麦携全家迁居巴斯克地区[①]的阿斯帕伦，他无法忘怀此地屡屡与他的命运相连。快八岁时，他父亲维克多·耶麦被任命为巴斯克地区圣-巴莱[②]的税务员，于是他离开出生地都尔奈[③]，随父母迁居圣-巴莱。在圣-巴莱这个安

---

① 巴斯克地区(pays basque)，西欧地名，位于比利牛斯山西端的法国、西班牙边境一带，为巴斯克人聚居地，通行巴斯克语，包括七个传统地区，其中四个在今西班牙境内，三个在法国境内。

② 圣-巴莱(Saint-Palais)，法国市镇名，位于比利牛斯-大西洋省。

③ 都尔奈(Tournay)，法国市镇名，位于上比利牛斯省。

静的巴斯克小镇，这个刚接受启蒙教育的小男孩对诗歌一见倾心。在一所私立学校的长凳上，在一本极普通的教材中，他读到了一首可能极平常的诗，讲一条名叫穆夫塔尔的狗的故事，但就是这首诗，让他理解了这种由韵相连的兄弟般的诗行“像小鸟或采葡萄的农夫唱歌”一样相互呼应。一声神秘的呜咽涌上他的心头，从第二天起，他便开始试着写诗了。

这之后他随派往波尔多任税务员的父亲迁居波尔多。在波尔多中学，他的学业一塌糊涂。父亲过早去世后，他与母亲和姐姐玛格丽特回到奥尔泰兹定居，那里有耶麦家族的祖坟，还有两位胡格诺派①的姑婆。在奥尔泰兹，耶麦的诗艺进步惊人并最终成为世纪末最引人注目的诗人之一，同时，他也曾与波城一帮布尔乔亚纨绔子弟（如 P.-J. 图莱②）在巴斯克海滨地区荒唐胡闹过。比亚里茨、昂代、方塔拉比亚和伊伦③似乎成了他的“威尼斯城”，也是在那里，他暗恋上了心仪的玛莫尔。最后，巴斯克地区还是耶麦回归上帝的地方：在中

---

① 胡格诺派（Huguenot），又译雨格诺派、休京诺派，是 16—17 世纪欧洲宗教改革运动中兴起于法国而长期遭受迫害的新教教派。该派反对国王专政，曾于 1562—1589 年与法国天主教派发生胡格诺战争，后因南特敕令而得到合法地位，后又遭迫害，直至 1802 年才得到国家正式承认。

② P.-J. 图莱（Paul-Jean Toulet，1867—1920），法国作家和诗人，以创造 8 音步、6 音步交叉抱韵体诗歌（*contrerime*）而闻名。

③ 比亚里茨（Biarritz），法国西南部比利牛斯-大西洋省的旅游胜地，以冲浪运动闻名于世。昂代（Hendaye），法国市镇名，位于比利牛斯-大西洋省，以美丽的海滩闻名。方塔拉比亚（Fontarabie），法国和西班牙交界的城市。伊伦（Irun），巴斯克地区法国与西班牙交界的一座城市。

国福州当领事的克洛岱尔给耶麦写了大量充满激情的信，他的呵护和苦口婆心的劝说锤炼和坚定了奥尔泰兹诗人那颗略带克里奥尔人①风格的灵魂。耶麦生命中的这一时期以他在拉巴斯蒂德-克莱伦斯教堂（Labastide-Clairence）皈依天主的坚信礼为结束，那座教堂离阿斯帕伦只有几公里，克洛岱尔身着洁白的殖民地官服，出乎意料地担任了辅弥撒的唱诗童子，主持仪式的是巴斯克本笃会的米歇尔·卡亚瓦神甫（Père Michel Caillava），这位神甫为帮助耶麦度过精神危机功不可没。

把耶麦引上严守天主教教规的米歇尔神甫确实是这位“回头浪子”的“另一位大地上的守护天使”。他又说服自己在阿斯帕伦的一位亲戚、一个从未读过耶麦半句诗的吉尔夫人（Mme. Gille）将财产遗赠给耶麦，不是遗赠给一位诗人，而是遗赠给一位伟大的教徒和有众多子女的父亲。耶麦对这一切心知肚明，内心里却不乏屈辱感。我深知他性格孤傲，若不是子女成群（七个孩子，五女二男），他无疑会回绝的。第三次踏上巴斯克土地的耶麦如此“委屈和不快”，其原因就在于此。面对印刷出来的铅字，巴斯克人装出的冷淡傲慢就像他们的思考一样百无一用。而耶麦也有点儿像卢梭一样有些受虐狂，认为既然没有人读他的诗，也就无人知道他，感到自己受到了不公正的待遇。那么大概全法国的所有村镇都如此吧。他曾在奥尔泰兹有过这种屈

① 克里奥尔人（créole），指印度洋岛屿和安的列斯群岛等地的白种人后裔。

辱感;但怀旧和回忆中的美化使移居巴斯克的诗人觉得惟有贝亚恩[1]才是天堂。

弗朗西斯·耶麦对我非常和蔼。我想他很在意我,我就像一只小耳朵,一只惊奇而专注于他只言片语的耳朵。自小我就和他自己的孩子们——不包括他的大女儿贝尔娜黛特,她早就承担了秘书的工作——一起围着他转,但可以说,我是惟一每每必到且满怀欣喜的听众,听他洋洋洒洒的内心独白,其中蕴涵着杂乱的人生哲理、尖锐而卓越的评论,他的话始终同一种语调,优美且生动,趣味盎然,超乎想象。此外,我相信这正是他对友人的期许:殷勤聆听,赞不厌多。我还记得莫里斯·拉威尔[2]来艾哈尔齐亚老宅拜访后他所给予的"褒奖":"拉威尔是巴斯克人:少说,多听!"其实,在弗朗西斯·耶麦面前,除了聆听还能做什么呢?他不容置辩的声调曾使萨沙·基特利[3]哑口无言。而这,也是一种成就!

当这位大师得知我能背诵许多他的诗时更对我宠爱有加。他欣赏我的另一个理由是我非常爱我的母亲,这使他回想起养育他的母亲:安娜·贝洛,生于普罗旺斯的西斯特隆,长着一双蓝灰色的眼睛,像她故乡的熏衣草。她年轻时也写诗,她相信弗朗西斯·耶麦

① 贝亚恩(le Béarn),法国旧省名,在今比利牛斯-大西洋省。

② 莫里斯·拉威尔(Maurice Ravel, 1875—1937),法国著名印象派作曲家。

③ 萨沙·基特利(Sacha Guitry, 1885—1957),法国剧作家、演员、导演。

能创作出如许佳作一定是遗传了她的禀赋。她从不对耶麦的这一爱好说长道短,不久后她便以质朴端庄的微笑迎来了儿子的光荣。耶麦从未想过与母亲分开,他甚至为此牺牲了青年时代热恋的女友、痴情缪斯玛莫尔的爱。当这位令人崇敬的母亲九十多岁离开人世时,“脑筋依旧像白昼一样清晰”,母亲去世后,耶麦每晚必去母亲的卧室,对着她祈祷用的念珠喃喃自语。这是他穿越永恒与母亲相会的方式。

作家怎样工作,作为诗人的作家又怎样工作?他怎样写诗?回答这些问题,只要追述一下往日我与这位天才和这个非凡的神奇家庭亲密相处的日日夜夜就行。这个家族,人人都有一颗金子般的心,行事方式也与其他家庭大相径庭。我就选取弗朗西斯·耶麦在阿斯帕伦的一天做个介绍吧。

耶麦起床很早,一般是七点钟。像圣女贞德所说的“先去侍奉上帝”。人们每天总会看到他在盥洗后离家去本堂区教堂参加八点钟的弥撒。冬天,他会穿上厚厚的钉鞋,披上秋日颜色的棕色粗呢斗篷。夏天,他足登白色便鞋,总是穿着高尔夫球裤和浅色粗花呢外套。威严而方正的头上戴着巴斯克式的贝雷帽,洒下光环般的阴影。他那圣诞老人般熟悉的身影坐在一群戴头巾的谦卑女人中间,万分虔诚地听着布道。教堂里或许只有这一个男人,历来粗声大气的他此刻却缄默不语,四周一片死寂,他虔诚地祈祷并谦卑地跪领圣体。

回到艾哈尔齐亚老宅,安静地吃过早餐后,他便走进书房，坐在他的写字台前。这个房间十分简朴，面向花园，树叶的味道庶几可嗅。凝重和肃静弥漫简陋小屋。墙上只有一幅布歇[①]的画，表现一个教士伫立十字架前，半明半暗的效果十分惹眼，此外既没有夏尔·拉科斯特清新的风景画，也没有雷东[②]那幅要费力琢磨主题的漂亮铜版画“飞马”[③]。这个房间内在的魔力恐怕是窗前书橱里大师的藏书吧，其中有些是他本人作品的精装本，摆放在玻璃橱里。这屋子里肯定还有些冥冥之物，比如说：灵感，而灵感只能是诗歌。

写作时，弗朗西斯·耶麦通常不会受什么书本或文章的束缚。他径直坐下，任手中的羽毛笔飞快地滑过面前的稿纸，声音轻盈悦耳有如微风中的芦苇。他一下笔就几乎不再停顿，很少去掂量写过的东西，只在完全结束后才会做些修改。他有自己的信条，迷信最初喷涌的才思，认为最初的灵感要比后来修改的更准确、更动人、更新颖。他说，“我有时打算修改一下我的散文或诗。那好，我只需重回原点，虽远些，但离我的初衷和感觉最近……”

耶麦就这样一直工作到中午。在艾哈尔齐亚老宅，正餐永远在同一时间开始：中午十二点和晚上七点半。吃饭的餐厅过去是吉尔夫人的厨房。这是老宅里最宽

---

① 布歇(François Boucher，1703—1770)，法国画家、版画家和设计师，洛可可艺术的典型代表。

② 雷东(Odilon Redon，1840—1916)，法国画家，超现实主义的先驱。

③ 飞马(Pégase)，希腊神话中诗神所骑的有翼天马，后成为写诗灵感的象征。

敞的房间。房间很简朴，惟一的装饰是一个宽大的壁炉台。诗人坐在主位。他把自己刚刚从花园采来的鲜花亲手插在花瓶或玻璃杯里。他的工作台上也同样是他自己采来的鲜花，这些花为他带来挚爱的大自然的微笑。

然后，我们为何不和天使们一起入座呢?

这是他在《我的诗意法国》中的一句诗。很难说这是婉转的抒情。实际情况是，他所有的孩子——当然，除了懂事的贝尔娜黛特，她可是模范大姐——个个都是调皮鬼。这是一群有着金子般的心又吱喳打闹、喋喋不休的可爱小鬼。长子保尔，聪明绝顶，是捣乱的高手，组织和指挥恶作剧。以至于“奶奶”——孩子们的祖母，保尔给她起了个外号叫“维多利亚女王”——不得不经常摇起小铃铛来勉强维持安静；或者是耶麦——他摆出《伊利亚特》里某个英雄的样子——雷鸣般地吼出几句朱庇特式的威胁，不仅丝毫镇不住孩子们反而喧哗更甚。他鼻音很重，高声说话时像个小喇叭，如号角般响亮。诺阿伊夫人[①]管他叫“鸭子先生”!

家里有个女佣叫贝尔塔，老家在奥尔泰兹的贝亚恩，她亲眼看着两个最小的孩子呱呱落地，所以总叫他们“小宝贝儿”。贝尔塔极单纯，像家人一样加入谈话；

① 诺阿伊夫人(Mme. de Noailles, 1876—1933)，法国著名女诗人，新浪漫主义诗歌的代表。

评论某作家时从不躲躲闪闪，因为她本人也酷爱读书，赞赏漂亮的文体。她从不错过诗人真情抒发的任何一个字。耶麦夫人，这个世上最随和的女人，任她随便说什么。她出生在埃纳省，胖胖的，从不缺乏幽默感，且快人快语。菜肴很鲜美，诗人很贪吃，这可能是这位从牧神[①]变身隐士的人允许自己所犯的惟一罪愆。

饭后，大家回到客厅，耶麦会浏览一会儿报纸，他订的报纸很多。很快，他又回到书房开始写信，要赶在邮差离开之前写完。贝尔娜黛特负责把信件送往镇中心的邮局。弗朗西斯·耶麦使用两种字体：一种很华丽，很大，很漂亮，如他的朋友夏尔·盖兰所说，“很像根西岛的雨果”[②]；另一种很小，没那么漂亮，用于书写作品的初稿。

然后他会再写一两个小时，有时更长一些。夏天，他几乎天天出门，带上一个或几个孩子在附近的田野上散步。有时，朋友们和诗人的教子教女都来加入散步，前簇后拥，人称“耶麦家的”。还有快乐的远足，场面也十分壮观。晚饭前回家。天特别热的时候，耶麦会先洗个澡再吃晚饭，经常有下午来访的朋友受邀共进晚餐。随后便是晚祷的仪式了，这位族长

---

① 牧神（Faune），罗马神话中司农林畜牧之神，人身羊足，头上有角，性淫荡，好嬉戏。

② 根西岛（Guernesey），英国的海外属地，位于英吉利海峡靠近法国海岸线的海峡群岛之中。1851年12月，路易·波拿巴发动政变，建立法兰西第二帝国，雨果反对政变，支持共和，因而遭受迫害，被迫在根西岛流亡。

站在壁炉前，面向跪下的整个部落（仆人们也不例外）像演戏一样地唱诗。只有德高望重的老奶奶可以坐在扶手椅里。重大的感恩日——比如孩子通过了考试或与某出版社签订了出版合同——他就会像牛叫一样吼出“感恩赞美诗”[1]，常常激起“天使们”忍不住大笑，而这位伟大的教士更喜欢充耳不闻，陶醉于自己的祈祷声中。

耶麦晚上从不聊天，除非有贵客临门。即便如此，聊天也不会很久。老奶奶第一个回屋，接着就是诗人夫妇，他们总是很早就上床休息。我从不记得耶麦晚上写作。我也不记得他读书，起码在他生命的这段时期里如此。我印象中他就像大部分女人那样，从不会从头到尾读完一部作品，只满足于一目十行快速浏览。不过，弗朗西斯·耶麦另有高招，可以瞬间捕捉到关键章节，读到最说明问题的一页。拿起书来他不读：他嗅，吐纳之间他就比评论界那些书虫腐儒们站得更高。他只须用这种精妙的方法得出他自己的判断，这是他的诀窍。譬如，他从未通读过 P.-J. 图莱发明的抱韵诗，泛读过寥寥几首就点评说“图莱玩的是羽管键琴，不过玩得挺像莫扎特”。

有些日子，弗朗西斯·耶麦会乘公共汽车去巴约讷[2]，

---

① 感恩赞美诗（*Te Deum*），原文为拉丁文。感恩赞美诗是合唱乐，最初系为基督教赞美诗谱曲、用于宗教仪式的音乐作品，后逐渐演变为声乐和器乐的节庆风格，许多著名作曲家曾为各种节庆创作过感恩赞美诗。

② 巴约讷（Bayonne），法国巴斯克地区的首府。

这种车与老式公共马车完全不同。但去比亚里茨的尼格莱斯高地他青年时期的老友夏塞里奥男爵的豪华别墅赴宴，或是去西班牙画家约瑟·德·拉贝尼亚(他曾给耶麦画过多幅肖像)家吃饭时，他还是把它们叫做公共马车。

为看看他质朴的生活，来访者络绎不绝，他们成群结队地叩响艾哈尔齐亚老宅的大门。访客令这位孤独者很开心，证明了他诗中的蜜糖仍旧能引来蜜蜂飞舞。来访的名流很多，如安娜·德·诺阿伊、克洛岱尔、莫里亚克、瓦雷里、亨利·波尔多、达里尤斯·米洛①和莫里斯·拉威尔。许多人因爱戴他而成为他的挚友，其中有夏塞里奥、夏尔·拉科斯特、加布里埃尔·弗里佐②和保尔·福尔③；埃尔芒·博纳尔④为他的《方济各诗篇》(*les Poèmes franciscains*)谱过曲，雕塑家乔治-克莱芒·德·斯维辛斯基为他制作过精美的胸像，而让·加拉⑤、弗朗索瓦·杜乌格和玛丽丝·杜乌格夫妇⑥还有让·拉贝⑦则拜在他的门下；其他的画家，还

---

① 达里尤斯·米洛(Darius Milhaud, 1892—1974)，法国作曲家。

② 加布里埃尔·弗里佐(Gabriel Frizeau, 1870—1938)，波尔多葡萄园主，著名收藏家。

③ 保尔·福尔(Paul Faure, 1878—1960)，法国政治家。

④ 埃尔芒·博纳尔(Ermend Bonnal, 1880—1944)，法国管风琴演奏家和作曲家。

⑤ 让·加拉(Jean Garat)，不详。

⑥ 弗朗索瓦·杜乌格(François Duhourcau, 1883—1951)，法国小说家、散文家和历史学家。

⑦ 让·拉贝(Jean Labbé, 1912—1985)，法国作家、诗人。

有莫里斯·德尼[1]、约瑟·德·拉贝尼亚、朗德人J.-R.索尔根[2](耶麦为他写过一首优美的诗)、菲利普·韦兰[3]和拉米罗·阿吕埃[4],耶麦十分赞赏他的才华。“才华”一词他通常只用在自己身上。

耶麦在这些精挑细选的听众面前很放松,他听任自己独特的兴致随意喷发:总是有声有色令人开心,时而又尖酸刻薄。莫里亚克说曾经领教过他的厉害。“没有刺,”耶麦说,“就别当蜜蜂”。他自己的刺是够犀利的。但那并非他心胸狭隘,他只是难抵射出刻薄一箭或对着靶子“狠咬一口”的快感。萨沙·基特利曾大声说,“他真是个大诗人,又真是个不厚道的基督徒!”那是因为有一次午餐时他被喝止,在一个多小时里只能聆听这位年迈大师讲话。

弗朗西斯·耶麦的喋喋不休令人赞叹,但在教堂面对上帝时他沉默无语,除此之外在大自然面前时他也常常静默。领着我们散步时他会长时间无语。有时刚刚告诉我们一棵草一株花的名字后就不再开口。在阿斯帕伦堂区的小电影院里,在半明半暗的光线中,我曾见耶麦垂泪,当时荧幕上正放映一部表现鲜花绽放的纪录片。说到尖刻,需要澄清的是,他只针对乖戾和虚假,但从不诋毁人格。他有几个嘲讽的对象:首先是

---

① 莫里斯·德尼(Maurice Denis,1870—1943),法国纳比派画家。

② J.-R.索尔根(J.-R. Sourgen),法国朗德省画家,生平不详。

③ 菲利普·韦兰(Philippe Veyrin),法国画家,生平不详。

④ 拉米罗·阿吕埃(Ramiro arrué,1892—1970),法国画家。

勒内·杜米克[①]，在他眼里，那是个学识浅薄的学院派家伙。我记得，耶麦对他从不姑息，一生向他发射的排炮中嘲笑和恶评不计其数。如他所说，“撕咬的利齿”和“嘲谑的双眼”纯属自卫手段。但在赞赏他的密友圈里，他又是顶顶有趣的人物，单纯，感性，体谅，同时还是无价的活宝。而一旦察觉有人心口不一，哪怕是同乡，他也马上变得十分傲慢且极具挑衅性。“那么，部长先生，你总那么创作吗?”他就曾以这种口吻对路易·巴尔图[②]说话。而路易·巴尔图是就法兰西学院某个院士候选人专程来拜访他并征求他的意见的!!!

在内心深处，耶麦永远保持着风趣、善良和可爱的天性。按照约瑟夫·戴尔代耶[③]充满激情的评论，他确确实实“心中有只野兔”。起初他扮演一个角色。似乎演得不怎么样。但只要有漂亮女人在场他就兴奋起来。于是，他开始在词法上装腔作势，像只开屏的文学孔雀：一切在他身上都变得圆润了，扇形胡须，手势，挥舞的手，还有他的姿态，像个坐着而不是躺着的河神。按如今的说法，我“瞜”他的时候，总觉得他在刻意模仿弗雷德里克·米斯塔尔[④]。他两次遇到过米斯塔尔，一

---

① 勒内·杜米克(René Doumic, 1860—1937)，法国文学家、记者和文学评论家。

② 路易·巴尔图(Louis Barthou, 1862—1934)，法国律师和政治家。

③ 约瑟夫·戴尔代耶(Joseph Delteil, 1894—1978)，法国诗人、作家。

④ 弗雷德里克·米斯塔尔(Frédéric Mistral, 1830—1914)，法国作家和词典编纂者，菲列布里什文学流派的创始人，1904年获诺贝尔文学奖。

次在火车上，一次在波城参加比利牛斯地区的菲列布里什派[①]作家的聚会上。据他对米斯塔尔的描述，这位生长在麦亚讷镇[②]、胡子雪白、身披斗篷、手拿牧羊棍的诗人形象给他印象至深。

耶麦终生对自己的天才坚信不疑，相信自己将名扬后世。他努力刻苦地发掘自己的潜能，以期经得起任何检验。这种自信心堪比他对上帝的信仰。弗朗西斯·耶麦的这种旷达的信念，据我所知是最纯粹、最简洁和最纯净的。拿破仑三世那句"我属意上帝而相信自己"的座右铭，完全适用于耶麦。毫无疑问，正是这种双重的信念支持他战胜一切艰难险阻。

这位族长是在对痛苦的全然接受和在宗教信仰的喜悦中去世的，但肯定也是在获得荣耀的精神愉悦之中去世的，那是一年前，在1937年万国博览会之际，在巴黎，他在香榭丽舍剧院发表了最后的演说。回到阿斯帕伦后他对我说："现在我可以死了。我已经见证了我未来的光荣。"多像"永别的遗言[③]"那样温柔的幻觉呵。幸亏他没有预料到他的去世加速了人们疏远他的作品，其实，这种疏远早已开始并令他痛苦，尽管他拒不承认。

但像他那样的名人，陨褪一时，隆盛可待。如今，

---

① 菲列布里什派(Félibrée)，是1854年在法国南方普罗旺斯地区成立的文学流派，主张用法国南方的奥克语(*langue d'oc*)写作。

② 麦亚讷(Maillane)，法国村镇名，位于法国东南部的罗讷河口省。

③ 原文为拉丁文"*Nunc dimittis*"。

人们似乎已向巴莱斯[1]回归——阿斯帕伦的诗人曾怒斥他为“人造冰小贩!”——那为何就不能回归耶麦呢?文学作品的生命即如潮涨汐落,此消彼长。拍击陡峭的时光之岸的惊涛才举足轻重。惟有极少数心有灵犀的幸运者能有此转瞬即逝的殊荣。毫无疑问,弗朗西斯·耶麦当跻身其中。

---

① 巴莱斯(Maurice Barrès, 1862—1923),法国作家、政治家。

卷一　晨昏三钟经[①]

《晨昏三钟经》于1898年出版时，弗朗西斯·耶麦已近而立之年。他自1886年开始写诗。1893年，他的英国朋友休伯特·克莱肯瑟普鼓励诗人从已创作的诗歌中选出二十一首结集出版，并自告奋勇地推荐给了马拉美、德·雷尼埃和纪德。这部小册子获得了诗人们的一致称赞，令耶麦大受鼓舞，更坚定了写诗的信心。

1894年，在洛蒂和马拉美的帮助下，耶麦出版了诗集《诗》，其中收录了从未面世的十五首诗；1895年《一日》出版；1897年《诗人之生》出版；1987年他还创作了一部《诗人之死》，未出版。但直到此时，耶麦还没有找到可以长期合作的出版商。

1898年，经数年蹉跎，《晨昏三钟经》由法兰西水星出版社出版，收录了耶麦自1888年至1897年间创作

---

① 《晨昏三钟经》(*De l'Angélus de l'aube à l'Angélus du soir*)，原文直译为"从晨祷三钟经到晚祷三钟经"。三钟经(拉丁文：Angelus)，是记述基督降生救世的天主教经文，Angelus为拉丁文祈祷文的第一个单词，原意为"天使"，它包括三节圣经，在每节后加念一次圣母经。由于诵念三钟经的时间是早上六时、中午十二时和下午六时，届时教堂各鸣钟一次以提醒教徒祈祷，故得名"三钟经"。

的诗歌共113首(后于1913年增加《给驴子备鞍》一首,共114首),绝大部分系首次发表。从此,耶麦开始了与法兰西水星出版社及其创始人阿尔弗莱德·瓦莱特长达数十年的合作。

两人通信伊始,耶麦便表现出率真的性格和一丝不苟的精神。他反复推敲自己的作品,不惜多次修改,连诗集出版时机的选择也毫不含糊。1898年1月10日他写信给瓦莱特说:“德雷福斯案[①]似乎再起变故,诗集推迟一个月出版更好。”

《晨昏三钟经》最终于1898年4月20日出版。

1898年11月,耶麦在信中对瓦莱特袒露心声:“写作真是神圣的职业!”此后四十年,他始终在践行这一理想。

---

① 德雷福斯案(*l'Affaire Dreyfus*),1894年法国发生著名的“德雷福斯事件”,在法军参谋部工作的德雷福斯上尉因其犹太人血统而被当作德国奸细判刑,在全欧洲引起极大震动。著名作家左拉(Emile Zola, 1840—1902)于1898年1月13日发表致法国总统的公开信《我控诉!》,为维护正义而大声疾呼。此举唤醒了民众的良知,要求为德雷福斯平反冤案的呼声此起彼伏,终于使德雷福斯在蒙冤二十二载后被宣告无罪。

献　辞

我的上帝，您在芸芸众生中唤我。

我来了。我受难，我爱。

我以您恩赐给我的嗓子说话。

我以您教给我双亲又传给我的词语写诗。

我像一头负重的驴子，行走在路上，

受孩子们揶揄，而它低垂下头。

无论何时何地，只要您愿意，我都将前往。

三钟经的钟声响起。

弗朗西斯·耶麦

献给欧仁·卢瓦尔

可怜的学监……

可怜温顺的学监浑身脏兮兮，
对我说：我眼疼，右臂麻痹。

不用说，这穷小子没有母亲，
没有人来温情慰藉他的苦凄。

陋室里，这学监就如此过活，
偶尔用汗手擦拭冰冷的前额。

长凳上，他把双臂当成软垫，
像孩童般蜷缩起，打盹片刻。

他没有洁白的枕套，上衣领
与灰硬污浊的胡须卷在一起。

他攒钱是为了治病。他浑身
酸痛，洗热水澡又贵得出奇。

于是只得把瘦得似巨猿般的
长身子缠裹在破旧的被单里。

可怜温顺的学监浑身脏兮兮，
对我说：我眼疼，右臂麻痹。

1888 年

当我死去……

当我死去，碧眼的你呵，
我钟爱的少女，像水里的
蓝火小甲虫，面带
花样女人中蓝蝴蝶花的神气，[①]

---

① 《花样女人》(*Les Fleurs Animées*)，是法国 19 世纪著名插图画家格兰维尔(J. J. Grandville，1803—1847)的传世之作。书中收录了法国庭院培育的名种花木、外国的奇花异卉和野地上的花草，由格兰维尔画图，三位作家撰文。书中将女人比作花，把花比作女人，充满温柔雅致的诗意。蝴蝶花，即三色堇，俗称人脸花、猫儿脸，寓意想念、爱、快乐和幸福。

你走近我，轻牵我手。
领我走向曲径幽地。
你并非赤裸，可我的玫瑰呵，
洁白颈项绽放在你淡紫裙衫里。
我们俩没有互吻额头。仅仅
手牵手，沿着清新的荆棘，
那儿，灰蜘蛛正在编织虹霓，
我们脉脉无语，柔情似蜜；
有时，察觉我更忧郁，你
便紧握我手，纤手有力，
——我俩如雨中丁香般感泣，
却不知……不知是何道理。

1897 年

房子会爬满蔷薇……

房子会爬满蔷薇和胡蜂。
午后会听到晚祷的钟声；
葡萄泛着宝石般晶莹的色泽，
似在日影徐缓的移动中入梦。
我会多爱你！把廿四岁的心

和自嘲的灵，尽数为你供奉，
还有白玫瑰诗篇和我的虚荣；
可你不存在，你我素昧平生。
我只知晓，假若你有生命，
也同我一样置身草场深处，
在清溪畔，浓荫下，我俩
会欢吻，头上会飞舞金蜂，
耳畔只有骄阳的热情。
你耳际会摇曳榛树的荫影，
我们会止住笑，唇贴唇，
只为倾诉无法言说的爱情；
在你红唇上，我会寻觅
金葡萄、红蔷薇和蜂儿的风情。

我爱那驴子……

我爱那驴子如此温顺，
它正沿着冬青树行进。

它双耳不停摆动，
是在提防着蜂群；

它驮着满袋燕麦，
还坐着穷苦的人。

它迈着细碎快步，
走在壕沟的附近。

我女友觉得它蠢，
因为它是个诗人。

它总是冥思苦想。
双眸丝绒般柔顺。

你没有它那么温顺，
心地温柔的少女：

这蓝天下温顺的驴子，
只因它面对上帝。

可它栖身厩舍，
疲惫而又苦凄，

可怜小小四蹄，
早已力尽筋疲。

它已经恪尽职守，
从清晨直到夜里。

可你在做些什么？
你在女红，少女……

虻蝇叮咬了它，
驴子受伤不起。

它那样坚忍劳作，
你们也心生戚戚。

看你吃些什么，乖乖？
——是樱桃甘美无比。

那驴子却吃不上燕麦，
只缘它主人一贫如洗。

它只能吮一吮草绳，
然后在黑暗中安息……

你心灵中的绳索

也不会这般甜蜜。

那驴子如此温顺，
它沿冬青树行进。

我心中充满怨忿：
这辞藻正合你心。

告诉我，亲爱的，
我在笑还是哭嚷？

去找那年迈的驴子，
对它说，我的魂灵

正行走在那大路上，
就像它在清晨那样。

去问问它，亲爱的，
我在笑，还是哭嚷？

我怕它无法回答：
它正要跑进荫凉，

内心仍充满了柔顺，
在鲜花遍地的路上。

静　寂……

——致阿尔贝·萨曼

静寂。窗外，燕子先在
朗空作弄出蔚蓝色声响，
孤寂。继而木屐橐橐，长街回荡。
田野暗淡，可长空翻卷灰云，
已有一抹碧蓝点染穹苍。
我缅怀昔日的爱情，将
围栅中近邻们的爱情回想，
那是盛产葡萄麦子干草和玉米的美丽故乡。
蓝孔雀在绿茵徜徉，
被唤醒的天空漫射绿光，
绿叶映绿窗，自我端详。
厩舍入微光，铁链铿锵，
迸出碰杯声，余音绕梁。
我想起领地古堡，
想起夏日晨曦，猎手上路，
猎狗匍匐嗅索，犬吠悠长……

排灯照向涂蜡的宽手扶梯。
门廊高敞，燕尔小夫妻
听到长辈出门，便欢娱和
拥吻着，红唇贴依，
而野兔却在银穴中战栗。

时光美丽，帝国式家具
闪亮，铜把手锃亮无比……
有如拿破仑一世的帽子
丑陋过时，却有无穷魅力。

我又想起黄昏，少女们在
高高的栅栏门旁玩三毛球游戏。
端庄长裙下露出
长裤，碰到脚底：有艾米妮，
科莱莉，克莱芒丝，塞拉妮，
阿梅奈德，阿黛纳伊丝，朱丽叶，祖儿弥；
大草帽装饰的长丝带飘逸。
不想一只蓝孔雀蹿上长椅。
球拍最后一击，三毛球
滚落酣睡密林的夜幕中，了无踪迹，
只闻雷声隆隆，走来了暴风雨。

午　后……

一个礼拜天的午后，赤日炎炎，
葡萄长成一串串，我很愿
去个老妇人家，在她温暖风爽的
乡间大屋里晚餐，晾衣绳上
挂着、晒着洗净的衣衫。
庭院里，鸡娃成群，在井边
嬉戏——有位少女会前来，
家人般与我们两个孤独的人共餐。
那是一顿大餐，两只肥鸽肉
香菇馅儿的酥饼真是香甜。
三人一起享用过咖啡，然后
很快摺起各自的餐巾，
起身走到长满甘蓝的菜园。
老妇人让我们俩留在那儿。
嫣红的虞美人旁，我们
会良久拥吻，红唇相连，
随后，晚钟徐徐敲响——可
她与我呵，我俩更紧拥缱绻。

1889 年

今　天……

1894 年 7 月 8 日

礼拜日，圣薇吉妮节[①]

——日历

今天，是薇吉妮的节日……
细布长裙下，你娇躯赤裸。
你吃着盐渍的空心灰蟹
和莫桑比克风味的大块水果。

似椰肉般嫩滑的是你的肌肤。
商贩们带给你蔚蓝色的腰束，
米色的方格头帕争艳夺目。
拉布尔多奈海军元帅为你颁发证书。[②]

---

① 圣薇吉妮节(Sainte Virginie)是法国西部普瓦图地区为纪念贞女圣薇吉妮的一个地方性节日，原为每年的 7 月 8 日，现为每年的 7 月 1 日。圣薇吉妮原是个牧羊女，其传说现已不存，人们在这个节日有采摘草莓制作果酱的习俗。

② 拉布尔多奈(Bertrand François Mahé，comte de La Bourdonnais，1699—1753)，18 世纪时的法国海军元帅。

你死亦不朽，哦，我的小女友，
旧时竹雕匠人贝纳丹笔下的佳偶，①
你身着素白长裙死去，圣牌悬于
无瑕的颈项，走过弥留的圣歌悠悠。

我去卢尔德……

我乘这火车去卢尔德朝圣②，
比利牛斯的湍流蓝过天光。

艳阳下，群山如锡般白亮，
赎罪！得救！人们车中高唱。

满世界真个燥热癫狂，
尘飞土呛，夏日骄阳。

---

① 贝纳丹(Jacques-Henri Bernadin de Saint-Pierre，1737—1814)，法国作家，植物学家，法兰西学院院士，其1787年创作的著名小说《保尔和薇吉妮》(*Paul et Virginie*)脍炙人口，以海外风光为背景，描写远离文明的小岛上一对情人的恋爱生活和他们的悲惨结局，曾引起文学界和读者的热烈欢迎。

② 卢尔德(Lourdes)，法国地名，位于上比利牛斯省。传说十四岁的农村文盲女孩贝尔纳黛特·苏比鲁(Bernadette Soubirous，1844—1879)在1858年于比利牛斯山脉处的一个洞穴中看到了十八个圣母玛利亚的幻影。梵蒂冈于1933年宣布她为圣贝尔纳黛特(Ste Bernadette)。现卢尔德已成为天主教最著名的三个朝圣地之一。

有些可怜虫腆肚前行，
扭手祈祷，平伸出臂膀。

蓝被单挂在布道台上，
教士说："快祈祷上苍！"

一群女人不时走过，赎罪！得救！
赎罪！得救！她们不停地唱。

朝圣队列歌声嘹亮，满目
绣金的旗帜低垂飘扬。

台阶前的蓝天布满阳光，
破旧的钟楼也泛着白光。

可有个少女就要咽气，
躺在亲人抬的担架上。

她可怜的父亲光头虔诚祈祷，
兄弟们同诵"垂恩上苍"。①

① 原文是"ainsi soit-il"，意为"但愿如此"，是天主教祈祷文中表示愿望的结束语。

哦！她真漂亮！十八年华，
她微笑着；身着白色衣裳。

朝圣队列歌声嘹亮，满目
绣金的旗帜低垂飘扬。

我紧咬牙关，强抑热泪流淌，
我觉得，我爱上了这个姑娘。

哦！她微笑着，手握
一束白蔷薇，将我凝望。

如今你在哪儿？告诉我，你在何方？
你死了吗？我爱你，你曾将我凝望。

若你尚存，主呵，别让她死：
她惟余洁白双手和瘠瘦臂膀。

主呵，别让她死！——看在她
父亲光头祈祷的份上也别这样。

1889 年

带上你的雨伞……

带上你的蓝雨伞和肮脏的母羊，
披上你干酪味扑鼻的汗渍衣裳，
你走向小山丘的天际，拄着
冬青木、橡木或欧楂木手杖。
你跟着硬毛狗，把失去光泽的
水罐驮在驴子弓起的背上。
你经过村子里铁匠铺的门前，
又走向香味四溢的山峰，那儿，
羊群四散吃草，似白色的荆棘丛。
那儿，雾气缭绕，烟笼峰顶。
那儿，翱翔着秃颈的苍鹰，
赤红的轻烟燃烧晚雾中。
那儿，你会静肃地凝望
苍茫中运行的天主的灵。

1897 年

果园里……

在树木斑驳发亮的果园，
沉甸甸的果实金泪涟涟，
广袤的巴格达慵懒入梦，
闷热的天空染蓝了河川。

午后两点。在寂静的宫殿，
清冷大厅深处正举办盛筵，
水手辛巴达，带着说教的神气，①
从绷紧的帷幔下递出凉水陶罐。

吃罢杏仁饼，又品烤乳羊，
听滂沱雨响，生命就这样
流淌。黑奴踅进白色门廊。
好奇路人的问题各种各样。

水手辛巴达的盛筵多豪爽！

---

① 水手辛巴达(Sindbad le marin)是古代波斯和阿拉伯民间传说中的人物，传说他在阿巴西德王朝时期泛舟印度洋，游历东非和南亚，有许多光怪陆离的奇遇故事。

这睿智的水手辛巴达，他
富名远扬，人们凝神谛听。
他漂亮的双桅船扬帆远航！

他真好闻，是樟脑和珍稀芳香，
鹰嘴鼻嘲弄地落在亚麻色
胡须上，他的头发喷喷香，
他阅人无数，他见多识广。

谈笑间，巴格达已遍地斜阳，
大火球洒向棕榈安眠的地方，
而宾客们依旧在洗耳恭听，
沉醉于辛巴达的夜谭天方。

给驴子备鞍……①

——致保尔·福尔

给驴子备鞍，把羊皮水袋盛满

---

① 本诗在《晨昏三钟经》的各种单行本中均未收入。1913 年《耶麦作品选》(*Oeuvres*)第一卷出版时首次收入《晨昏三钟经》，被放在《果园里……》和《让白云飘……》两首诗之间。——原注。

山泉，在这盛产紫水晶的国度，
要长途跋涉，鞍囊中没有水和
干粮，便难耐饥寒。

适才在巴士拉[①]，在杂货商
阿布·哈桑·伊本·塔赫勒商店左面的
市场门前，有匹单峰骆驼，被人
从眼皮子底下生生夺去一囊清泉。

在那儿，魔法师特里斯坦·克林索[②]
即兴作曲，就在水盆边。蔷薇花
点头夸赞，而列贝克琴[③]

在少女抚弄下，似柔曼的清风
倾诉幽怨，她把手端放
胸前，将敬意奉献。

---

① 巴士拉(Bassora)，伊拉克地名，是伊拉克第一大港，历史悠久，风景如画，市内水道和运河纵横交错，被誉为“东方的威尼斯”。

② 特里斯坦·克林索(Tristan Klingsor，1874—1966)，原名莱昂·勒克莱尔(Léon Leclère)，法国诗人、音乐家、画家和艺术评论家。

③ 列贝克琴(rebec)，中世纪的一种三弦乐器。

让白云飘……

让白云飘向太阳。
此地只有你、大地和穹苍。
请心如止水。温柔似蜜糖，

蓝色水芹旁，会走来饮水母羊。
黑色小农舍，少女会放声歌唱，
梨子会坠落溽蒸田野上。

老妇人随着颤动的纺车摇晃，
咩咩叫的羊群中躁动着咩咩叫的公羊，
——姑娘会爱上痴情的情郎。

驴子会抖颤身子驱赶虻蝇，
母亲会哼曲哄孩子进入梦乡，
我会吻你，唇贴唇，姑娘。

随后天蓝了，一会儿又转昏黄，
鸟儿会叽喳鸣唱，
古井畔会窜出黄杨。

女友呵，你听：在谷仓
那窝欢叫的雏燕
宁静甜憩，生活胜天堂。

牛车经过。牛角闪光，
牛头上顶着长长蕨草，那是
夏日的林间，潺潺溪水流淌。

人们收割阳光下沉睡的麦子；
雨随之而来，雨从天而降：
雨水浸润麦子，吃着蜜糖。

人们收割阳光下沉睡的我心，
一个姑娘来了，来自天上：
姑娘润醉我心，吃着蜜糖：

你温柔的爱，你温柔的忧伤。
你的心，你的头和膝都交给了我，
你我一体，你心便是我们的心房。

我去果园……

我去果园徜徉，覆盆子迎着太阳

在蜜蜂飞舞的青空下歌唱。
我在追述我青春的时光。
我在山区里生，大山旁养。
至今我内心仍念念不忘
那雪花飞扬，寒涧奔淌，
断崖前，猛禽在醉人的
天空翱翔，山风抽打着
雪花流水，溅沫飞霜。

是的，我觉得自己像高山一样。
日增的是我龙胆草颜色的忧伤。
记得家族里有天真的植物学者，
他们在酷热的晌午时光，
带着昆虫绿的盒子，
没入树影荫凉，
收集珍贵的标本珍藏，
绝不与奇幻巴格达的魔术师
去交换古老的宝藏，
那儿，催眠的喷泉清凉。
我的爱，似彩虹般温情，
四月的雨后，太阳歌唱。
我缘何这样生活？……莫非

我为大山而生，在白羊
遍野的山上，羊鞭在手，
成长于祥瑞降临的辰光？

1897 年

男人的活计……

男人的活计多得数不清：
有人把牛奶挤进大木桶，
有人收割扎人的麦子直挺挺，
有人在荫凉的桤树林边牧牛群，
有人采割桦树汁液在密林，
有人在溪涧旁编织柳条筐，
有人坐在火炉旁，守着癞猫、
沉睡的乌鸫和幸福子女补鞋忙；
有人织布，机杼嗒嗒响，
伴着夜半蟋蟀刺耳的鸣唱；
面包有人烤，美酒有人酿，
有人在菜园种蒜种菜忙，
捡拾刚下的鸡蛋也不忘。

当年我爱过……

当年我爱过克拉拉·黛蕾贝丝，
她是传统寄宿学校的姑娘，
温暖暮色中，她常到椴树下
读些过期的杂志消磨时光。

我只爱她，我心烁闪着
她白皙胸脯的蓝光。
她在哪儿？这幸福何在？
树枝已伸进她敞亮的绣房。

也许她还在世，
——或许我俩都已告别人世。
久远的夏末冷风中，
庭院深深，落满败叶枯枝。

可记得那花瓶里的孔雀翎，
就放在贝壳饰品的旁边？……
听说有条船曾在那儿失事：
我们把纽芬兰叫做沙滩。

来吧，来，亲爱的克拉拉·黛蕾贝丝：
让我们仍相爱，若你仍在世上。
裸着来吧，哦，克拉拉·黛蕾贝丝，
故园中仍有古老的郁金香。

老　船……

老船。金绶带的黑旗手
去观察太白星钩沉巡弋，
低矮的舱房，闷热的夜里，
庄园主的女儿在解带宽衣。

一片倦怠忧郁，泥潭旁，
白花在温暾中死去。
爱人冥想，冷漠无语，
黑项圈装饰晚香玉。

她热情献身，而低矮的
小舱房是你们幽会之地，
地图和标尺应有尽有，
令妹的玉照也掺杂一起。

你的书都是天文学课本、
水手指南和植物图集，
书籍购自京城的书店，
水手帽的邮票还未剥离。

亲吻与涛声此伏彼起，
菝葜的根茎随海浪漂移，[①]
它净化着海水，对罹患
梅毒的热带病人有益。

暗淡星光下，你们寻觅
太平之海中倦怠的战栗，
壮丽的夜空，你不再
求索黑色月蚀的神秘。

你茫然的眼神中掠过一丝忧虑，
哦年轻旗手！似小虫飞逝过隙。
但那绝非畏惧海洋的风险，
也并非铁舱内铭心的回忆。

---

① 菝葜(salsepareille)，落叶藤本植物，叶子多为椭圆形，花黄绿色，浆果球形，根茎可入药，有祛风湿、解毒等作用。

都不是。事关老船上多次决斗，
令你的心扉禁锢永闭。
你曾杀死平生挚友：
带血的手帕你至今藏在心底。

情热夜晚，你的痛楚
并未因儿女情欢稍息，
那庄园主女儿却慵懒沉醉，
为爱陶醉的肉体依偎着你。

或许你能……

或许你能洞晓我心底的
所有悲伤，看沉疴中
可怜母亲的泪颜便知端详，
她沧桑满面，苍白饥黄，
可怜老母自料病入膏肓，
便为他孩子打开，打开，
打开一件十三个苏的小小
玩具，小玩意儿闪着光芒。

1897 年

村　庄……

——致让娜·夏尔·拉科斯特夫人①

平原上的村庄沐浴着阳光，
到处是钟楼、小河和昏暗客房。
迎着太阳、阴雨或是飞雪，
伴着雄鸡报晓和滚滚麦浪，

伴着牛车慢吞吞走向耕地，
伴着月色般闪烁的铁犁，
伴着谈笑农夫沉重的木屐，
伴着农妇红褐色的肤肌，

伴着蓝色清晨和蓝色夜晚，
伴着薄荷味儿飘散的稻田，
伴着清流歌唱的甘美喷泉，
伴着摇头摆尾的小鸟呢喃，

---

① 让娜·夏尔·拉科斯特夫人(Madame Jeanne Charles Lacoste)是耶麦的朋友、法国画家夏尔·拉科斯特(Charles Lacoste，1870—1959)的妻子。

伴着花园，伴着偏瘫的老妪，
伴着三钟经声和咯咯叫的母鸡，
伴着晚祷的歌声，音符的交替，
男人们有的放歌，有的烂醉如泥；

每逢酷暑，伴着安静教堂
弥漫无味清新的气息，
人言清冷中有把座椅
会在旷寂中吱嘎响起；

伴着路途茫茫，砾石
起舞迎太阳，伴着里程，
伴着老神甫屋外鸽子的鸣唱，
有人欢笑，也有人悲伤；

伴着田野低垂的夜幕，
伴着牛车吱吱作响，安详的
农夫若有所思，眺望
隐入漫漫长夜的远方；

伴着无助的牛群在厩舍低哞，
伴着杀猪时凄厉嗥叫的悲哀，

伴着厚厚的酒杯摆上餐台，
女人们给怀中的婴孩喂奶；

伴着宪兵们押解的盗贼，
伴着粗壮橡树惨遭雷劈，
巨响似装满石块的牛车
行走在黑暗开阔的洼地，

伴着老园子里小鸟斜倚着
葡萄藤旁的蔷薇孤独细语，
伴着孩子们跑去钓鱼，
伴着亚麻地青风四起；

伴着大地，伴着海洋，
伴着天空，伴着夜幕初降，
天边星辰宛若在山头呼吸，
寂静中有个男人放歌远扬；

伴着年年十月的小径，
栗树叶飘落任狂风，
小径细石随风舞；
满目黄光雨夜声；

伴着猎狗追逐野兔的吠声
悠长，圣母月的钟声敲响，①
本堂老神甫在伤心的住房
伴着夜之玫瑰将日课经吟唱；

伴着柔顺的牡犊和奶牛
在厩舍里发出阵阵叹息，
遭宰杀的肥猪血流成溪，
死前的尖嚎声逐渐平息；

伴着快乐小鸟圆润的啼叫，
在泽边虬结的树杈上栖息；
像球儿一般弹来跳去，
小嘴叽喳，细声慢气。

就这样，星罗棋布的村庄
在广袤平原的青空下歌唱，
若遇灰霾天气则缄默不语，
任凭斜斜的雨丝沙沙作响；

① 圣母月(le mois de Marie)，又称玫瑰月，指每年的五月。

伴着地头上一动不动的猫儿，
伴着女人的沉思和轻轻步履，
她们任玉米的种籽洒落满地，
似乎念叨着不应拂逆大地；

伴着男人们在地头上
用力筛肥，锹铲飞扬，
土灰似乌云蔽日；
伴着浓浓夜色，万物沉入梦乡。

就这样，在山头、山腰和山麓，
散落着一座座甜蜜的村庄，
在平原、山谷、湍流旁，
靠近大路、城镇和山冈；

伴着屋顶上尖细的钟楼，
伴着十字架矗立十字路口，
伴着信徒的长队和喑哑钟声，
疲惫的牧羊人木屐橐橐；

伴着叶轮在灰暗磨坊搅动流水，
太阳罩上玻璃般的水雾，

伴着树林中呛鼻的酸腐，
伴着啄木鸟用尖喙敲打树木；

伴着阳光下的葡萄和荆豆田，
村庄就这样在平原上延展：
这样的村庄比比皆是，种子
萌芽，鸟儿和沟槽布满钟楼屋檐；

伴着鹌鹑不安地奔忙，
伴着凝血的受伤野兔嘶嚷，
伴着每晚棕色的小河
缓缓地有了凝结的模样；

伴着斑尾林鸽圆眼赤红，
从远方飞到灰色的云层，
清冷中的鹤唳，发出
锈锁头般野性的叫声；

伴着农夫们身着丧服，清晨去
某个古老村落参加葬礼，
在那里会吃到面包和乳酪，
还有点酒盛在厚厚的杯里；

伴着溜过的秧鸡或湿地草原，
伴着青天白日发生的罪案，
傻呵呵的乞丐头顶肮脏军帽，
伸出可怜的手讨要几枚小钱；

伴着政客自命不凡的脾气，
伴着街头响起清脆的木屐，
贴在告示栏的报纸上方，
掠过了大吊车的长臂；

伴着鸟儿脚爪上系的绳子，
那是门前顽童的恶作剧，
大人给孩子梳头，他们
扁平油亮的红脸满带惬意；

伴着高高山坡上的煦阳，
清新树林中暖雨沙沙响，
行走的棕色牛群停下脚步，
因为村里的牧童哨音洪亮。

献给弗朗索瓦·科佩

令我神伤……

——致雷蒙·博纳尔

居家书苑里的故事令我神伤①，
我在为老杂志和姑娘们咏唱，
少女们在千金榆树荫下阅读
杂志，朗朗的笑声可爱轻飏。

一位若有所思，蓝眸凝望穹苍，
手托香腮，双肘支在膝上，
思念着古赛尔家的厄多尔表兄，
（人家说）他的马术娴熟无双。

不只一次，桌前，在圣心教堂，

---

① 居家书苑（*Musée des familles*），法国杂志名，1833 年 10 月由法国记者、政治家爱弥尔·德·吉拉丹（Emile de Girardin，1806—1881）创办，每半年出版一期，附有插图，法国 19 世纪许多著名的文学作品都曾在该杂志上首次发表或连载，是深受天主教徒和布尔乔亚阶层喜爱的休闲刊物。

身处伤心花园里死寂的思想，
她偷偷打开书苑，只为读一读
吸烟室恶魔(?)或名誉之外(?)新的一章。

可有一期杂志，那是在第五章，
有幅插图描绘出故事里的景象，
颓丧的西班牙花园里，主人公
向某位温柔高挑的夫人倾诉衷肠。

主人公与那位表兄如此相像。
难怪大众情人德·格丽尔夫人
看到郁思女孩儿便恻隐萌动，
赠她蜜蜂花和椴花茶甜又香。

有一天，如旖旎夜晚的香吻，
居家书苑的小说连载收场。
随后某一天，卡米拉的母亲
在客厅里对爱女讲：

孩子，告诉你一个好消息，
秋末我们要去参加婚礼……
赛林娜告诉我，厄多尔要结婚了……
他娶了柯拉……要去布特-格朗定居……

……还有，母亲又说，你表兄
会暂时缺席，怕柯拉不乐意……
那本家居书苑你放在了哪里，
四五年那期，你曾如此痴迷?

那女孩再也控制不住自己。
郁积的悲伤顿作嚎啕决堤……
她抽噎着，迸出了几个字:
那一期，就在教堂桌子里。

有个贵族……

“于是那说俏皮话的人用一种
智者的口吻，说他有个朋友，
一年前动身去了西印度，
他担心他已葬身鱼腹。”
——拉封丹:《寓言诗》第八卷第八首

从前有个逃避宫廷阴谋的贵族，
曾在这迷人的僻壤饮宴……
那是在某个午后，绿色降临
盘盏，山珍海味，一应俱全。

一众多情老翁似服了药汤，
为半裸的美女亢奋癫狂，
勃艮第美酒和米堤亚糖浆
令浓密假发下的鼻尖泛起红光。[1]

忽然有个说俏皮话的人要大家肃静，
他手势滑稽，令人惊奇。
——以海神的名义！创造……水
供奉嘉宾……以此为据……哈！该死！……

他用戴着沉甸甸戒指的肥白手指
抓起一条大鲷鱼，放到自己
扑粉的耳际。又说：去印度的傻瓜中
有我一个朋友，在汪洋中杳无讯息……

……可那鱼却对吃惊的耳朵低语：
拉·薇兰硕拉心仪的那位优雅骑士
正在绿荫下品味惬意幸运的生活，
如今他已是莫卧儿帝国的皇帝。

1897 年

---

① 米堤亚(Médie)，伊朗高原西北部古国名。勃艮第(Bourguignon)，法国中部大区名，是著名的葡萄酒产区。

圣枝主日……

——致保尔·拉封①

在圣枝
主日……
白色小村庄，
小榆树，
接骨木，
芦苇荡，
纺锤，
家畜，
万物沉入梦乡，
像小鸟
一样。

树影下，
潺潺流水
沉入主日的

① 圣枝主日(Dimanche des Rameaux)，又称棕枝主日、基督苦难主日，指复活节前一周的星期日。保尔·拉封(Paul Lafond，1847—1918)，法国画家，雕刻家，波城美术馆馆长。

冥想。

哦，卢梭！
哪儿
有芦笛的
鸣响？

开满鲜花的
牧场，
是清一色的
羔羊。

早上
我伴着
乡村邮递员
沿着篱笆墙……

钟声响彻四方，
所有的钟
似雨中水滴般
悠扬。

我心花怒放，

魂灵

匍匐着，

忐忑而安详，

面向黑黝黝的

高地，

山坡上

是蔚蓝的天光。

白云飘荡，

天清气朗，

却似孕育着

雨骤风狂。

我们在

雨后坑洼的

小径上

徜徉。

茅屋的墙

沟壑纵横，

石子儿、蕨草和
常青藤爬满墙上。

现在我要祈祷，
主呵，我的主，
面向蓝色的穹苍，
麻雀在叽喳歌唱。

1897 年 4 月

每个礼拜天……

每个礼拜天，树林都在晚祷。
人们会在山毛榉下跳舞吗？
我不知道……那我知道什么呢？
窗沿下飘落一片树叶……
这就是我知道的一切……

教堂。人们在歌唱。是个少妇。
这农妇唱了歌，就像节日。
蓝天中，微风涌动，
人们会在山毛榉下跳舞吗？

我不知道，不知道。

我的心充满忧愁和温情，
人们会在山毛榉下跳舞吗？
可你知道，每个礼拜天，树林都在晚祷。

想到这些，难道就是诗人？
我不知道。那我知道什么呢？
我看到了吗？难道我在梦想？

呵！阳光和这只善良、温柔又忧愁的狗……
对那年轻的农妇，
我说：您唱得真好……

人们会在山毛榉下跳舞吗？
我想要做，要做那个人，
就像树上的浆果，
一任他的忧愁
缓缓地飘落，那忧愁
就仿佛晚祷的树林。

膳　厅

——致阿德里安·普朗岱先生[1]

这儿有个橱柜老旧斑驳，
我姑婆的声音它都记得，
我爷爷的嗓门它也听过，
我爹的声调它不曾漏过。
橱柜牢牢记得这些往事，
若以为它沉默你就错了，
因为它曾向我娓娓诉说。

那儿有一只鸟鸣木挂钟。
不知为何再未闻鸟鸣。
我不想向它问个究竟。
或许发声的弹簧
早已断裂，
如死人不再吭声。

还有个碗橱摇晃散架，

---

① 阿德里安·普朗岱(Adrien Planté, 1841—1912),法国政治家。

发出蜡味、果酱味、肉味、
面包味和熟梨味，百味搀杂。
这个仆人忠心耿耿，知道
什么东西都不该偷拿。

我家的访客有男有女，
谁信有这些小小精灵。
以为我是此地惟一的生命，
可我笑对访客，当他进门问我：
——您好么，耶麦先生？

有个年轻人……

——致古斯塔夫·卡恩[①]

有个年轻人饱尝悲凉，
他穿过小村的茵绿广场。
袭人的热浪。他路过
客栈和残败的篱笆，
蔷薇和葡萄缠绕着生长。

---

① 古斯塔夫·卡恩(Gustave Kahn，1859—1936)，法国象征派诗人和文艺评论家。

寂静中温柔的燕子追逐
胡蜂。正是晚祷辰光。

无人在意,他蹑足走进
简陋教堂,玛利亚的女儿们
正把一首新歌高声练唱。

门外一片寂静。老林子中
沉睡的松鼠和啄木鸟
正把美丽画卷唤醒,
株株古树点染美景,
前辈功德令人起敬。

在闪着柔光的长凳上,
年轻人见到坐着几位老农。
见到本堂神甫在唱诗,
苍白祭台上绘着漂亮的花,
向石板投射下美丽光影。

日光映照着一位少女,
在紫色彩画玻璃前格外美丽。

年轻人结束了晚祷，
少女的虔诚铭刻心底。
少女出身于良好门第，
与父母同住在
密林中一座古老宅邸。

这备尝艰辛的年轻人
此后常跻身晚祷的人群。
他变得满怀虔心。宽仁
可敬的本堂神甫
把他介绍给美少女的双亲。

两个年轻人很快订婚，
在姑娘家晚膳后的黄昏，
两人沿花丛小径，踏月
漫步情深深。一句
我爱您，令少女幸福醉心。

夜莺令多雨的夜晚
充满音乐和缠绵的魔力，
甜美的歌声，与鸢尾花香
和潺潺流水融为一体。

生活在继续。几日后，
本堂神甫为他们主持婚礼。

凄苦的年轻人从此
康复，虔诚无比。

1897年3月

我在地头叼着烟斗……

我在地头叼着烟斗，看到牛群
头上系着额带，涕沫溢出口鼻，
在农夫鞭打下，弯角与前牛的
屁股相抵——又看到温顺羊群
簇拥而行，毛长腿细。
忠实的牧羊犬佯装发怒的神气。
牧羊人喊：狼崽！过来！这里！
于是，在溽热多雨的宁静中，
撒欢的狗扑进主人怀里，
口衔牧羊鞭，顽皮讨趣。

古老的村落……

——致安德烈·纪德

古老村落里蔷薇吐芳，
可我却穿行于热浪，
走上枝叶酣眠的古道，
才让我神清气爽。

我走过破败的围墙；
是个花园，树木参天生长，
从古树和白蔷薇花中，
我嗅到往昔的时光。

花园里似乎人迹荒芜……
过去定有人在此读书……
如今仿佛已风歇雨住，
强光下乌木树耀眼夺目。

呵！昔日的孩子们肯定在
这浓荫的花园中嬉戏漫步……
园里还有移植于遥远异国、
结着有害果实的红色植物。

父母对孩子指认植物，
说道：这株不是好树……
有毒……名叫颠茄，
来自印度……

又说：那棵树来自日本，
你们老叔曾去那儿游历……
刚带回来时树叶小如指甲，
枝干也很细，很细。

他们还说过，记得
老叔从印度归来的日子；
他骑马穿越村里的洼地，
还身披大氅，带着武器……

那是个夏日夜晚。少女们
涌进树木参天的花园，
有黑胡桃树和白蔷薇做伴，
幽暗小径荡漾着笑语欢颜。

孩子们跑着叫着：老叔回来了！
他头戴大檐帽，身披大衣，

跳下高头坐骑，他母亲
泪流唏嘘：儿啊！……仁慈的上帝……

他答道：我们遭遇了暴风雨，
船上淡水渐尽，情况危急。
老母吻着儿子的头自语：
儿啊，大难不死，大吉大利……

如今，这家人去了哪里？
还在吗？香火是否延续？
只剩下树叶在闪闪发光，
那些怪树仿佛喝了毒剂……

热浪中，万物沉入梦乡……
黑胡桃树下一片沁凉……
那里面却再无人居住……
骄阳下乌木树闪着光芒。

我见他……

我见他倚坐在蓝衣料里，
要把布卖到塞内加尔去。

盛夏却很凉爽，街上的
马拉水车正在喷洒绿地。

他太像罗贝尔——那多病、
耽梦的中学生住在老宅里，
庭院的陶立克式圆柱旁边，①
长尾孔雀沿着篱笆踱来步去。

那学生后来去了印度游历。
当我缄默时，深褐色物体
尽隐日翳，布味熏蒸，
塞内加尔在木匙里哭泣。

1895 年

老　宅……

——致奥迪隆・雷东

抑郁悲哀的雪，像

---

① 陶立克式圆柱（colonnes d'ordre dorien），古希腊建筑的三种主要柱式之一，是一种没有柱础的圆柱，直接置于阶座上，由一系列鼓形石料一个挨一个垒起来，较粗壮宏伟。

洁白帕布罩在爱巢上，
积雪难撑，令人心伤！

衰败老宅，绿花窗破碎满地，
冷漠苍白，略带青涩神气，
旧事再难记起：

旧事源自纺纱女，夜里，
老厨房，黑礅锅畔，
嘶哑的纺车哼着柔曼无言的歌曲。

房角，树蜡作响啪嚓。
铁盘旁，蟋蟀的喧唱随烟炱
沉寂，雄猫拱起身体。

如今，老客厅的旧时花瓶里，
长长的纤草和野燕麦
难忆起冰雹肆虐的田地：

祖上从中国带回的孔雀翎
和褪色小摆设还摆放原地，
他们归来时，已苍颜衰躯。

此时，一只肥猫高拱身体，
眨着金褐色长眼，咪咪低叫，
表情飘忽细腻，与高悬的

肖像那凝重的眄视无异。

丽日里……

丽日里，钟声响起，在简陋
如我灵魂的房前，穷妇人们
指东道西。牛车经过此地。
栗色山坡，天泛珠色，
宛若贝壳编织的虹霓。
山路盘旋，似熟睡般静谧，
尘埃中母鸡躁动不安，
翅膀下，芦竹光闪熠熠。
……另有女人给孩子捉虱。
鹊飞。鸡鸣。祥和瑞气生。
为预防结核，人们
为咳喘暴躁的可怜奶牛接种。
篱笆墙畔常春藤，蔷薇繁盛，
亲爱的牵手女友，若你唇红……

可怜的狗……

可怜胆怯的狗，雪地上走走停停。
孩子们吼着：去去去，别乱动！
天空时明时晦，云翳阴濛，
街上清冷沉寂，不闻脚步声。
送奶妇走过，害怕跌倒，
战战兢兢。我蓝灰色的房内，
火中湿柴嗞嗞冒水，迸溅手指灼痛。

1895 年

山 谷……

阿梅丽亚山谷。阿梅丽亚山谷，
银涧旁该盛开夜来香，
晴空碧峰下湍流激荡，
火红的石榴树在山花丛中闪光。

阿梅丽亚山谷。阿梅丽亚山谷，
山谷中该有城堡辉煌，
爱情故事在怒放的山梅花、

沉睡的花园和颠茄树间传扬。

阿梅丽亚山谷。阿梅丽亚山谷，
似吉他迎着柠檬花弹起。
女傅疏于管理[1]，密荫中
骑士搞大了美少女的肚皮。

阿梅丽亚山谷。阿梅丽亚山谷，
幽梦淡淡，山谷静谧。
山谷向着田园客栈延展，
赶骡人正走入它的双臂。

1895 年

他去事务所……

他去事务所，外套身上穿，
他是公证人，在偏远乡间……

他伤感又快乐，精心装扮，
只为了参会和会后的晚餐。

---

① 女傅(duègne)，又称陪媪，是西欧旧时雇来监督少女少妇的年长妇人。

他微笑着，腋下夹些案卷，
继而死去，像是登台表演。

冷屋冷墙，诗句哀怨，在
地图前，他如此离开人间。

1895 年

为他的婚礼而作

——致 A. G.[①]

您生命的爱情小花园里，
月桂树的天棚温馨甜蜜，
在那里您似风般休憩，她
则像井中看到的风中水滴。

原野因她的无瑕而为您祈福。
自逞令我们远离智慧步入歧途，
可在我们伤感的故乡，老女仆
人手一串老井的念珠。

① A. G. ，即安德烈・纪德。

在你们幸福的彼岸，她们捻珠祷告。
在自己王国里，我则以蟋蟀的喧闹
和母鸡展翅护雏的
咯咯叫声为你们祈祷。

好吧，纪德，藏起咱们最睿智的
思想，像母鸡保护小鸡一样；
为让邻居们开心，只让
他们看到小鸡爪一鳞半双。

愿你们在爱的浓荫下长相厮守，
天棚用您柔情的月桂树架构，
您娶妻的愿望，就在
月桂树和洁美的蔷薇里头。

像一首歌……

——致亨利·杜帕克夫人①

像一首晚祷的温馨的歌，

① 亨利·杜帕克夫人（Madame Henri Duparc），法国作曲家亨利·杜帕克（Eugène Marie Henri Fouques Duparc，1848—1933）的妻子。

弥漫在苔藓覆盖的山坡，
靠近粉红色爪趾的斑鸠，
我心伴着小憩的你放歌。

像本堂神甫老宅园的白百合
在霏霏细雨中潜送幽香，
你温柔似灌木丛中的朝露，
催发我哀婉的心如百合吐露芬芳。

愿百合、细雨、斑鸠和钟鸣
从此为你呼唤那可怜的孩童，
他与你擦肩而过，你脚边
却留下他蜀葵般的魂灵。

1895 年 3 月 28 日

致让娜·福尔[1]

圣体瞻礼那天我才知悉。

---

① 让娜·福尔(Jeanne Fort)，是耶麦的诗人朋友保尔·福尔(Paul Fort，1872—1960)的女儿。

让娜，那是小麦返青的节气，
让娜，醉心的温柔女孩分手时，
在碧空下的风铃草边哼着歌曲。
用(放糖的)甜水将秀发
编结成许多晶莹的发绺……
哦孩子！让娜，愿上帝保佑你，
仪式的队列将放歌在我灵魂里，
得知你出生当天，林带
安眠的阔叶正冥想默思。

1897年6月20日

我曾造访……

——致阿尔蒂尔·夏塞里奥

在祖先们生息的村庄，
我曾造访那伤感老房：
双轮马车行走在阳光路上，
充满蜜般的温柔与哀伤。
蓝色平原上，鸽子
沿犁过的耕地飞翔。
母马老了，它很累。

我为它悲伤，它老得似乎
与我探访的旧时景物相仿。
我心知先祖们已故去百年，
他们温纯善良，眼神坦荡，
每个礼拜天必去教堂，把
最体面的白衬衫穿在身上。
我早闻他们自古生息在
我将探访的遥远村庄，
我要看看故乡，他们的
坟茔一定已衰草长长。
到达后我放下乖怜小狗，
我双手爱抚下它酣睡膝上。
赶车农夫站在一旁，
面向冷峻如霜的太阳。
颓败的钟楼，正午敲响，
在历尽沧桑的钟塔旁，
人们对我的询问这样讲：
你说的那些人……我们不知详……
太久远了，时间太长……
有个八旬老太，几天前
刚刚过世，若她还在，
兴许能说些先人的情况。

我挨门寻访——可我高祖
开办的事务所里的公证人
和本堂神甫却都让我失望……
途经废园里蛀蚀的
门廊，透过宽阔的柴门，
看到人迹不再的屋旁，
粉红色蜀葵在蓝草中绽放，
流尘积年，房门紧闭，
宛若墓地棺盖模样。
我还无奈地见到镇政府
新旗飘扬，粗俗而时尚，
金字上可能有共和国字样。
够了，怀旧才是我的初衷；
曾曾孙的我，来此只为缅怀
给我生命的故亲祖上。
我终于跨进一个热心的
古老望族辉煌的门廊：
老夫人微笑慈祥，
驼背老先生倚杖，
还有通达、高贵而儒雅的
家族子弟和植物丛生的篱笆墙。
夫人说，您是，耶麦家的！从前，

他们就住在庄上……老公证人的
儿孙们，为创业而外出闯荡……
我家就买了倾颓的老房。
他们从厨房找出锈渍的钥匙，
领我来到布满钉子的门旁，
悲凉大门面对悲凉破旧的教堂，
铁锤敲击的钉印锈蚀触目，
光阴和死亡，也同样
尘封了墙壁上悲凉的花窗。

他们登梯打开结实的大门，
我爬上蛀蚀楼梯，满心凄凉。
先人们同样生息于此，
如今早已安归天堂；
老房内，开裂的石膏，
隔墙，年久发黑的门旁，
似曾有过火灾的迹象，
老宅漆黑，不见阳光，
与想象中的葬礼相仿。

他们说：这儿……是事务所……
事务所……事务所……老宅沧桑，

笼罩无垠荒凉，
我伫立凄凉老宅，似闻
天堂中的逝者闷声不响。
我与好客的一家人道别后
上路，带着淡淡的感伤。
登上马车，原路折返
远方小城，迎着太阳。
可怜老马凄凉地重踏
归途，乖怜小狗酣睡在
我和他温柔的主人身旁。
感伤的鸽子在田野飞翔。

好心的老夫人讲过，……儿孙们
为创业而外出闯荡，
她站在篱笆旁，蓝草中
茂密的粉红色蜀葵绽放。
　　这真是甜蜜的怀想，
我重返故乡，伫立在
小车站前，我出生之地，
老木豆树成行。我还印证了
四岁时的印象：荫影中，
清溪在冰冷树叶的摇篮中流淌，

我曾自问水流向何方，
向阳，辽远，冥冥中，
清溪迎向阳光。寻找
清溪归宿，重拾儿时景象。
从此，小溪就在我眼前流淌。

鹤　群……

——致皮埃尔·洛蒂

鹤群掠过灰色长空，疾驰的
长长鹤阵，发出雪和影啸叫的鹤唳；
这个季节，人们要去祭扫墓地。

穷人、瞎子会伸出红肿
污亮的双手行乞。他们
将颤抖地笑着在黑夜死去。

牲畜会受罪。我见一个眼生
黄斑的老乞丐作践他的狗，
那可怜的狗夹着尾巴，战栗。

他拽着狗，用绳子勒住它，

说：我三次把它扔到水里。绳子
断了。它又回来了，这狗东西！

绳子又拉紧了。那老狗，老者的
患难之交，仿佛在说，留下我吧，
让我和你污垢满身的衣服在一起。

而他，还算人呢，却比狗还坏，
说：狗东西！滚！我非淹死你……
他俩在灰色的长空下离去。

那边有座古堡……

那边有座古堡凄凉灰暗，
有如我心，当雨水洒落
荒废的庭院，雨打罂粟，
花弯了，叶落了，腐烂了。

往昔，这里无疑栅栏敞开，
屋内，驼背的老人家
靠着绿框的屏风取暖，
屏风上绘有四季的色彩。

听说佩西瓦和德蒙维尔两家
从城里来了,坐着自家的马车
老人们互致寒暄,
老客厅里霎时充满了欢乐。

随后孩子们去捡鸡蛋
或捉迷藏。又去冰冷的卧房
看瞪着白眼的大幅肖像,
或翻看壁炉上稀罕的贝壳收藏。

这时,老人们正在谈论
油画肖像中的某个小孙孙,
说:他是上中学时得伤寒
死的。看那件制服多合身!

仍健在的母亲记起
爱子死时仍在假期,
酷暑时节,茂密的树叶
摇曳在清凉的小溪。

可怜的孩子!——她说:他特爱
母亲,从不会让她伤心。

想起她温良可怜的爱子
十六岁夭折，仍禁不住泪洒衣襟。

如今那母亲也过世了。令人心酸。
悲如我心，在那雨天，
又像栅栏边，雨打罂粟，
粉红色的花弯了，亮闪闪，腐烂了。

我要把……

我要把白色的风信子
放在窗前，放在玻璃缸
泛蓝的清水里边。

我要把球形的冬青
放在你白皙如溪间
光洁卵石般的胸前。

我要把最温柔的爱抚
放在倒霉的狗那可怜的额前，
它浑身疥癣，双眼

瘢痕点点，让它
颤巍巍地离去，略带
少许意足心满。

我要把手放在你手，
让你引我到秋叶
层叠的树荫间，

直至清泉旁的沙砾
被温柔的细雨滴穿，
浸润古老的草原。

……
……细雨
我温柔的心似微雨绵绵。

我要把一束苦涩的常青藤
放在咩咩叫的羊羔面前，
青藤黯淡，润碧其间。

我快乐……

我快乐，阳光下教堂寂然，
靠近葡萄藤下生长蔷薇的花园，
靠近鹅和鸭絮语的路边，
美丽的鹅群洁白似盐。

这小村名叫圣·苏珊：
像祖母的名字一样温婉。
客栈中满目尘垢和巨大杯盏，
再没有老妇们絮叨聊天。

阳光下还有些小径幽暗，
那里有清凉的浓荫蜿蜒。
美丽恬淡的星期天午后，
人们在那里的长吻温柔缠绵。

我想着这一切。心中忽泛起
一丝我爱过的女人留下的哀怨。
于是我见到不一样的五月，因为
我心为爱而生，为了不竭的爱恋。

我感到我是为圣洁之爱而生，
就像白色的阳光漫入墙沿。
我心中充满那些冰冷的爱，
当我的十指抚过发间。

纯洁的阳光，温柔的村名，
美丽的鹅群洁白似盐，
一切都化作我昔日爱恋，如
圣·苏珊的小径漫长幽暗。

伤感的风……

——致亨利·盖翁

花园中掠过伤感的风，
如我儿时读过的书中情境，
有个迷路的女生万分惊恐。
　　那风。

鹅掌楸似乎快要被风吹折。
让人觉得它仿佛把臭椿
背后的白色叶子拂净，
　　那风。

晴雨表骤然下降。
暴风雨可能马上来临。
未见雨落,可听到了
　　那风。

获奖的那本书中,天气
糟糕,可阿尔旺夫妇仍疾步
赶回蓝色城堡的家中。
　　那风。

离开我脑海吧,可爱的女生,
她当时正在林间空地捉迷藏,
躲进阴暗的谷仓,只因呼啸的
　　那风。

离开我脑海吧,城中的老侯爵,
在多雨的房屋,坐在扶手椅中,
在这样的天气,读着维吉尔。
　　那风。

离开我脑海吧,那淡淡的哀痛,
去那黯淡的山坡,去吧,

带点夏多布里昂的神情，刮过
　　那风。

她去寄宿学校……

她去寄宿学校，在圣心堂，
这是个美白的姑娘。
她乘小马车走过树荫，
假期里，百花绽放。

车缓缓驶下山坡。马车
小且破。她不太富裕，
让我想起六十年前那些古老
家族，都向善，高贵，快乐。

她让我想起那时的女生们，
获奖名册上都有个洛可可式的
姓名，椭圆形装饰上，有绿，
有红，有茶青，烫金字写着：

克拉拉·黛蕾贝丝，埃列诺尔·德瓦尔，
维克托娅·黛特蒙，洛尔·德·拉瓦莱，

莉娅·福什洛丝，布朗什·德·贝西瓦尔，
罗丝·德·丽梅洛伊和西尔维娅·拉布莱尔。

回想放假期间，这些女生
在至今仍丰饶的庄园，在
孔雀前吃青苹果和变味榛子，
金色栅栏的花园里风爽幽暗。

这些家族的餐桌总向来客开放，
人们在此大快朵颐，尽享欢畅。
窗外草坪如碧，
夕阳西斜，玻璃窗熠熠闪光。

后来有位帅小伙娶了个女生，
那是个美得白里透红的姑娘，
床第上吻她屁股时她笑了。
他们很会生养，儿女成行。

1889 年

碧水畔……

碧水畔，蚱蜢
　　跳着，窜着，
或在纤弱的胡萝卜花上
　　费力攀缘。

暖溪里，白色鱼群
　　游经黑树边，
夕阳下，水面倒影
　　波光潋滟。

两只聒噪的喜鹊飞了，向远方，
　　远离草场，
飞到干草垛上，
　　周遭草花开放。

三个农夫歇着，读报
　　并照看耕牛，
胼胝的手指触着
　　磨亮的耙头。

水面翻飞的细小蚊蚋
　　从不改向。
交织着飞来飞去，
　　忽下忽上。

我用小棍拍打荒草，
　　胡思乱想，
蒲公英的绒毛
　　随风飘荡。

1889 年

我在牧场……

——致夏尔·拉科斯特

一

我在牧场，冰凉的水淌过草地，
流经樱桃树，漫过灯心草和砾石。
天暖时，草地繁花由少女
扎成花束，拿去参加宗教祭礼：
粉红色灯心草的花束人称花祭。
晚上，少女们身穿白衣，

祭坛上鲜花铺地，本堂神甫
啧啧称赞，说真美丽。

二

他将高举起金色的圣体，
泪盈眼眶里——荣光呵，荣光，
人们说那是神圣之名，荣光，上帝，
万能的上帝，胜利的上帝！
香炉雾霭与花香
融为一体；姑娘们尖叫声起，
下午四点，天色还亮，
宗教游行将折返街区。

三

路上垂着荆棘，风儿吹过
白杨透明的树叶，
黄水槽前是浣衣女，
身旁常有折起的衬衣。
泥中跑过鸭子和黄色小鸡，
虫蚋舞水面，
蟋蟀鸣绿篱，
胡蜂飞舞，稚子游戏。

四

天蓝。汀草亦蓝，
阳光下，石灰房子愈显洁白无比，
农夫缓随耕牛，
钉齿耙在手躬身平地。
绿色的麦田微风吹拂，
我经过时却心怀厌弃，
无论花园旁钻出的荆豆，
还是清新女人身边的犬吠
或粉红三色草与猩红苜蓿。

五

我厌弃，可生病时又
思归故里，看看老园子里的
柴垛，摇摇丁香树，让
金龟子坠地，在清冽的
水槽前捧罐喝水，厨房呛味扑鼻，
在温馨肃穆的怀想中伫立，
缓缓地，独自走去。
……

六

白色的云，温暾的灰土地。
农庄前，清凉的水槽凝出水滴；
那是整块旧石凿就，晌午
闷热午睡时也会渗些凉气。
墙砖间壁虎疾行，
趾爪上或许蹭掉点墙皮。
天热，很热，太热了，太热，
荆棘丛中，腿很容易擦伤破皮。

七

土地龟裂，我们曾为
墓地的十字架采割地衣；
地衣黄且干，费力
才能刮起；黄水坑里
几片落叶，蝌蚪潜底。
草地上摇曳纤花，
巨橡树上聒噪的喜鹊栖息，
闻人声便又飞去。
七点前后，晚霞红透天际。

八

此地有炽热的太阳。
红又暗的铁匠铺里
铁锤击砧声声不息。
长凳旁青草在砖缝中萌芽，
黄草垛里母鸡啄食麦粒。
妇人们奔走着，见生人路过
便停止饶舌，抬眼望去。
据说雄鸡肉冠上鲜血欲滴。
……
……

一

墙边窜出蔷薇，刚下过雨；
绿篱边蔷薇叶子娇弱无力。
今晨飘起灰色的雾，雾很厚，
看不到很远距离。雾绕
山坡，与黑松针叶平齐；
稍凉，但不冷。湿漉漉的
墙边长满蔷薇，我刚瞥见挤奶的妇女。

二

路上有棵剥了皮的白杨，
白树干被雨水润出黄渍，
触手时略感一丝凉意。
湿柳沙沙作响，守望田野的门户；
牧草歇息了；绿篱边，
见黑色树枝上挂满水滴；
喜鹊落在路边，
牛车和房檐上的麦秸雨滴淅沥。

三

天色灰暗无云：燕子
在灰蒙阴冷的天空下鸣啼，
翅膀组成黑十字。
屋顶上的尖叫声回荡凄厉，
红砖烟囱里炊烟冉冉升起。
阁楼上暗又深，
看不清底里。
又下雨了，大雨滴断断续续。

1889 年

献给斯特凡·马拉美

少　女……

那少女洁白无比，
腕上有青青的
血脉，露在敞开的
　　袖里。

不解她为何笑靥
满面。转而又
凄迷，惹人
　　怜惜。

难道她会料到
路边采花时
会把你们的心
　　掳去？

人们有时说
她通晓万物玄秘。
不尽然吧。她低声
　　细气。

“哦！亲爱的！哎呀呀……
……没想到……礼拜三
见到他……就笑，笑了。”她如此
　　絮语。

当小伙子苦闷时，
她先就不语：
也不笑了，满脸
　　诧异。

小径上，
有刺的欧石南
和蕨薇，她捧满
　　双臂。

她颀长，白皙，
有温润的玉臂。

她的头微倾，亭亭
　　玉立。

1889 年

我谈起天主……

我谈起天主——可
我信吗？——五岁时
大人说：拿块面饼……

和玛丽在晚祷时
吃下。乖点儿，要祈祷
好天主和圣母玛利亚。

——接着宗教游行，
保姆带我相随，
博彩的器皿中

插着美丽的绒花。
如花的少女们
把漂亮的花向空中抛撒。

我抬起头，想看到
本堂神甫和临时祭坛上
闪光的圣体显供台。

人们唱着：呵仁慈的圣母！
呵百合无暇！陡坡之花！
——只见蜡烛大放光华。

人们继续抛撒鲜花，
还唱着：七苦的圣母啊，[①]
请把我心笑纳！

神气的本堂神甫
举臂指挥感恩弥撒。
圣歌中我只听到：

你……你……你啊……
礼拜……呜呜呜……
呜……你啊……

---

① 圣母七苦(notre Dame des sept douleurs)，指圣母玛利亚因耶稣的种种苦难而感受到的七种心如刀割的巨大痛苦。

人们继续抛撒玫瑰花。
女人们都为如此的
美妙盛典泪如雨下。

我看到圣诞马槽里的
初生耶稣，赤裸着。
驴子低头看着他。

妈妈说过：三王来朝时，①
向聪慧的小耶稣
供奉了没药和圣画。

可我一直以为天主是个
一身白衣的老汉，会
要啥给啥。

他存在与否，对我都
无所谓吧，——反正村子里
教堂灰暗，又温馨如花。

1888 年 10 月

---

① 三王来朝是个流传很广的圣经故事，讲耶稣出生后，有三位从东方来的客人知道救世主降生，便去朝拜圣母子，献上带去的羔羊美酒等礼物。

冷　尘……

冷尘飞旋，纸片飘荡，
寒风像扫帚翻卷土壤，
街上的马儿很冷，这是石板路
路灯闪烁中见到的景象。

今晨，冰冷的太阳让庭院
绿色的梧桐叶蜷成尖角状，
风儿不时搅动昏黄的天空，
告诉人们十月已很凄凉。

雾散烟气；泉不再淌，
人们会说它似凝脂结霜，
脏羊毛般的空中，枯叶飘飞。
人人疾行，风吼回荡。

外板窗撞墙反弹，吱嘎作响，
偶闻屋顶的瓦片坠落地上，
还听得门厅玻璃破碎，看
彤云翻滚下人影匆忙。

冷尘飞旋，纸片飘荡，
刺骨严寒令人头疼目胀。
尘粒飞舞，石板路上走过破马车，
严寒中，惟闻车窗哐当作响。

1888 年 10 月

谷仓里……

——致安德烈·纪德

谷仓里，凹凸夯实的硬地面，
牛车和沾满泥污的树杈
堆成的柴垛一同安眠。
轰响的脱粒机在安详的
牛群间停转，
麦壳的残屑洒满地面。

好天主的鸡雏就是乳燕，
刚从梁上燕巢坠落地面。

两个佃农慢慢而敏捷地
跳到另一条梁上，用钉子

把房顶翘曲的铁皮封严。
填实麦秸，注视着雏燕。

此时，看到母燕
慌忙冲向蓝天，似拖曳的
网状线。

　　不久，母燕归巢。
我坐在锃亮的耙子和犁铧边，
心中滑过一丝温情的哀愁，
心灵深处仿佛射进一缕
阳光，有些许尘埃浮泛。

跑来八头迷人猪崽，
想是给小女孩的礼物。
看似出生三周未满，
还缠斗着，山羊般拱起身子，
快跑起来有些绊蒜。

母猪耷拉着皴皱的奶头，
鬃毛硬挺，拱嘴污泥沾。

美好夏日，贫贱的生命

向我呈现它全部的尊严。

当沉郁、安详、帅气的
农夫走过我矮凳边，
在清新的黄昏中驾车远去；
我垂头，无片言。

1897 年

有用的历法

——致雷米·德·古尔蒙

白羊座γ星在三月升起，要播种
三叶草、胡萝卜、甘蓝和紫苜蓿。
耙地后，在树底
施肥，修成矩形菜畦。
葡萄剪枝后，用木柱
把葡萄藤在原地支起。

牲畜结束了吃干草的冬日。
双眼漂亮的小牛自有母亲
舔舐，不用牵去草地，

它不时还需新鲜母乳哺育。
白天延长一小时五十分钟。
夜里也很暖和，黄昏时分，
迟归的牧人鼓腮吹笛。
羊群走过憨厚的牧羊犬前，
这羊群卫士摇头摆尾惬意。

如满月之愿，耶稣受难日
在美好的月中或月末降临。

随着美好的圣枝主日到来。
幼时，大人给我些糕点，
晚祷时，我听话又伤感。
母亲说：老家还有橄榄……
橄榄园里耶稣泪潸潸……[1]
人们会迈着快步找寻他……
在耶路撒冷，人们含泪将他呼唤……
他温柔有如上天，他的小驴子
小跑撒欢，路上棕榈枝铺满。
凄苦的乞丐乐极而泣，

---

① 橄榄园(le jardin des oliviers)，耶稣的蒙难之地。

跟随他，心生信念……
看他头戴美丽光环走过，
悍妇也能变身良善，
人们相信那是阳光烁闪。
他面带微笑，头发是蜜色的。
他起死回生……却被钉上十字架受难……
我想起晚祷，想起童年，
我落泪，哽咽，再不是
流年三月里那弱小童男，
再不能去村里教堂
持香参加宗教游行，
聆听本堂神甫讲基督受难。

三月，与女友流连深色
槿科植物边，你会欢颜。
浓荫中，有奶紫色长春花，
它曾令哀伤热狂的让-雅克喜欢。①
林中，你会找到疗肺草，
花分紫色、酒红和灰绿，点染
白斑，粗糙却绒毛细软。

① 此处指卢梭。卢梭喜爱长春花，详见《忏悔录》第六章。

疗肺草花有个真实的故事流传;
金蝶在碎米荠旁飞舞,
纤弱草花和黑色嚏根草,
易折的风信子
分泌出黏液亮闪;
臭味的长寿花和银莲花、水仙
令人联想起瑞士的峭壁雪山;
连钱草能减轻哮喘。
若你女友妙龄美腿,
体态婀娜简洁,有闪光的
曲线,沉醉,情耽,
三月的爱就有如神助,
因为纯光和玉臂绝配无限。
你女友肩臂流光,
从头到脚,整个身体
似白色清泉,勾勒出丰臀曲线。
若厌倦了爱,就转去狩猎,
还能猎几只山鹬玩玩。

朋友,你若厌倦了城里,
就请来我的陋居,
简洁地品味三月。

不用琢磨生活与艺术的哲理。
若你愿意，在朗日下吟诵
隽永诗句，幻想女性奉献
葡萄珠般胸脯时微笑的甜蜜，
我会向你伸出双手，心存感激。

1896 年

九　月

——致保尔·克洛岱尔

九月运行在天秤座的轨迹，
这是戴着四方帽，想确认
刮风与否的学者们的分析。
那个时候，船儿在大海上
狂舞。书里说是秋分节气。
从黄道、天体和潮汐
诠释九月的大地，
我觉得有悖常理。

卧室，书上，一首名诗里，
我见到许多黑白圆球，

还有带状物和光线充斥天体。
令人联想起哥伦布，
那高尚的狂人勇进披靡，
却被暴君投入大狱，
只因善妒的姐妹名叫背弃。
这里，我要唱颂本月的禽畜，
我想它们与月份没有关系，
可我只能点到为止，
对诗人，纸贵得出奇。

缪斯！给我灵感，来杯纯比诺，[①]
在水畔，让我尝试着
对赛诗的诗友们施展魔力。

驴子，长耳，把头低。
悠闲的农夫为它披上短布衣，
只因九月里，葡萄串
染成金黄，香甜黏手，蜜蜂
萦绕，叮咬可怜的毛驴。

---

① 比诺(le pineau)，法国夏朗德地区出产的一种葡萄甜酒。

雄鸡，性躁，灿羽，踩
母鸡，催蛋孵小鸡。
太阳升起，驱散晨雾，
雄鸡醒来，让原野
回响它壮丽的鸣啼。

传统节日常见慢吞吞的牛，
在驯化家畜中最让人受益。
它摆动和善的头和粗脖子，
走出阴暗厩舍，腿挂粪泥，
稚气的粉色牝犊跟随着它，
走向银蓝色的天际。

还有：水面上，分杈的灯心草旁，
蓝蜻蜓悬停，颤动羽翼。

公山羊，尖须，关节粗砺，
硬毛皮，在泥沟旁啃食
野葡萄，声似刀剪裁衣。

牧羊人前的母羊群：
身上覆盖雪花般的毛皮。

亢奋的牧羊犬跑来窜去。
又见牧羊人怀里
刚出生的羊羔孱弱无力，
羊妈妈想舔它，咩咩悲啼。

猪：总见它在农庄厩肥里
嗅食土豆皮。
可笑、丑陋任人说，
宰杀时，我仍不禁
战栗，不时地，从屠夫
刺穿的可怜肥硕脖腔里
冒出嚎叫，悠长尖利，
当它闭上眼，血污的拱嘴
扭曲，似求人怜悯——
人毕竟有灵，心知怜惜。

电报线上，双飞燕子栖息，
令纯真少女梦想爱情奇迹。

驴子、牛、猪、牝犊和其他禽畜，
经常出现在奥尔泰兹的集市上，
九月黄昏，当客栈渐暗的阳光

把远处的石板路和玻璃窗照亮。
聊天声中，日移影斜。
农夫们手持鞭子，身形长长。
泥泞斑驳的牛车摇摇晃晃。
收割人在石板路上磨着镰刀。
牧牛人在调试嘶哑的钟。
无花果味道的酿酒桶被拖往
昏暗的压榨工场。

　　就是这样，我热泪盈眶，
想起九月的良宵，
仁慈的主坐镇天堂；总有一天，
我将去那里，离开
宁静的小房；那里，家人
和虔诚的信徒，绝无
哥伦布穿越四行时的张狂，①
而是至淳和古道热肠，
有如我写诗一样，就像
幼时，我没学会走就想跑，

① 四行(les éléments)，指土、水、风、火。古代哲学家认为四行是构成宇宙一切物体的四个本原。

向亲友伸出小手,还泪眼
汪汪,呵,主啊!不知为何,
不知为谁,也不知缘何感伤。

既如此,管它什么九月,动物植物?
说什么春播,夏种,秋收,冬藏?
管它要种些什么扁桃、
白樱桃和杏树?
管它明春要备些什么口粮?
管它欧芹、香芹留什么种,
管它为旱芹、生菜培何土壤,
既然终要死亡?

　　我将行经大地,
会被称为怀疑论者和诗人,
因为我总在笑着哭泣,
因为我知道天主至伟,
在他面前我们该嘲谑自己。

缪斯呵!请平复这痛苦的心。假如
有一天我尸身重归九月的葡萄架下:
就请用我心之血,将一株金葡萄培育,

像伶俐的鸫鸟婉转鸣啼。再者：
但愿某天走来一位少女，笑摘
葡萄品尝，想不到坟茔里
我心在永久甜美地安憩。
她边吃边对女友说：今年
九月，琥珀色的葡萄珠晚熟，
吃上这甜美葡萄，我很惬意。

那么，朋友们，现在该你们吹响
芦笛，因美女而亢奋的脸庞放光。
我知道了：因为你们温柔的音符
已伴随鸟鸣，在蓝色小径旁飘荡。
去吧。请为九月外其他的月份歌唱。

1897 年

今天，伴着夜色……

——致特里斯坦·克林索

今天，小径冰凉，伴着
透明的夜色和滚滚热浪，
我分明感到另一个存在

在小安的列斯群岛徜徉。

意象里,巨型白色花萼
藏身黑色雌蕊,还有忧伤……
旱地里,新鲜烟叶上,
蜂鸟翔集于坟墓上方。

我梦中的森林
射入同样的微光,
草木亦沉睡,
还有松鸦般蓝色的喧嚷。

我缘何未往?您在等我,
我知道,红花频频闪光……
我想我听到了。我在梦乡?
还是孩子们把螃蟹抓到手旁?……

蓝色的蟹?大洋。有个黑点。
知道那是军舰。圣·杰罗姆号。
从勒阿弗尔远航……[1]哎!太远了!
它的桅楼?……孩子,向它伸出手掌。

---

① 勒阿弗尔(Le Havre),法国北部港口,位于塞纳河河口,濒临英吉利海峡。

你等谁？——是……德洛奈尔。
他是菲齐卡夫人的侄子……
涛声似口琴，
撕裂肆虐的海浪。

1897 年

客厅旁……

——致阿莫里·德·卡赞诺夫[①]

客厅旁，右边，一泓清泉。
黑蕨菜、常春藤和苔藓
对着清泉惬意妆扮。
大路沿泉流延展，酷夏的
大地蒸腾白烟。
走在路上，（行人）
会感到土地将草鞋点燃。
四周惨白的溽暑低叹；
一旦临近潺潺的流泉，
周身便凉爽释然。

---

① 阿莫里·德·卡赞诺夫（Amaury de Cazanove，1845—1916），法国诗人，耶麦1891 年与之结识。他曾邀请耶麦到自己的城堡做客，并鼓励他写诗。

我常沿着通往阿热莫的[1]
白色大道去你的家。
我注视海岸线的双眼
仿佛见到了人影闪现。
可我哀愁的目光搜寻驿车
却是枉然,早在我出生前,
搭载安的列斯群岛祖父的车
便是沿着这条活水重返家园。

1897 年

传说圣诞日……

——致 M. R. 小姐

传说圣诞日,厩舍,夜半,
驴子和牛曾在虔诚光影中交谈。
我信。何不呢? 于是,雪夜里:
繁星变玫瑰,搭起祭坛。

这秘密,驴子和牛保守经年。

---

① 阿热莫(Hagetmau),法国南部朗德省的一个市镇。

无人猜嫌。可我，我知晓它们
把这惊天秘密深藏谦卑的心间。
因为我们的眼神能够交谈。

它们是晔晔的草原之友，
纤细的亚麻花刺向青天，在
雏菊旁轻颤，雏菊身着白裙，
对它们，每日都是礼拜天。

它们是大头蟋蟀之友，
蟋蟀吟唱出美妙的
小弥撒，金色蓓蕾便是铃铛，
而苜蓿花化作神奇的蜡烛盏盏。

驴子和牛没聊过这些，
因为它们至朴至简，
他们洞悉一切真相
不便明言。绝对相反。

可我，在夏天，当蜇人的蜜蜂
像片片太阳飞旋，
我同情小驴子，该为它

罩上粗布长衫。

我也想让牛对仁慈的主开言，
希望蕨草覆盖犄角间，
好让它痛苦可怜的头避开
令它癫狂的烈日炎炎。

1897年

树林里祥和安然……

静穆的树林里祥和安然，
阔大的树叶阻断流泉，
安睡的水面，映出歇在
金色苔藓顶端的纯净蓝天。

我坐在黑橡树脚下，
平心静气。一只鹁鸟
高处栖息。万物如斯。而生命，
静寂里，温情、庄严、神奇。

当我的公狗和母狗四目

圆睁，欲扑飞蝇，
我的痛苦稍歇，听凭
宿命去苦心慰藉我的魂灵。

那农民的儿子……

那农民的儿子读过教会学校，
常春藤旁我们追着他的车跑。

一到礼拜天他就离开小城，
要归家与全家人餐聚。
……他曾对我说，下午我就读维吉尔。

闻此我心便膨胀郁积，
——如蓝天下嗅到死的香气。

……你读维吉尔，好吧，朋友。就因为
在伤感虔诚的学校你学过点儿拉丁语。

你父母十指沾满黄麻污泥，
看到你小屋里
优等生的素描就欢喜。
无论日照或飞雪，也无论

蓝秆的小麦是否倒伏在地，
见到儿子便满心欢喜。

繁文缛节未娇纵你的灵魂。
在村中你永远谦逊有礼，
当天主脚下的壁炉炊烟袅袅，
当牛群扭脖伫步休息。

朋友，维吉尔对你我一般无异：
在某礼拜天晚上——如此悲凄——
似夜雨鸣奏榛树笛……
一窝蜂。一只羊。一株荚蒾[1]，然后是
一座孤坟，人们抛洒圣枝，惺惺别意。

1897 年

雨水流淌……

雨后，泥泞的树林中雨水

---

① 荚蒾(laurier-tin)，常绿灌木，原产于地中海地区，生长快速，枝叶繁茂，耐修剪，适于做绿篱，也可用于庭园观赏。

流淌。如今已浸透了草场。
乌鸫栖息在湿荆条上，
这黄荆条要用来编织箩筐。
铁管中我畅饮甜美甘泉，
身边，锈渍和青苔迎向白色太阳。
那时在苔藓旁我就该爱上你，
因为你也有甜美的脸庞。
可如今，我微笑着口衔烟斗。
旧梦像喜鹊飞去音渺茫。
我想过，也读过巴黎城
文人们的小说和诗章。
唉！他们从未临泉而居，没见过
落叶般跃入泉水的山鹬沐浴欢畅。
何不随我林间行，
一览柴扉久已荒，
辨斑鸫，识憨农，观银色
沙椎鸟，欣赏冬青的闪光。
他们也会笑衔烟斗，
若仍痛苦，因男人脆弱感伤，
但闻苍鹰在茅檐刺耳
鸣叫，胸中块垒便一扫而光。

双枪插在……

他把双枪插在鞍袋里，
爬，爬，爬，爬啊，

爬到斜坡大路上，
夜晚，旷野枯黄。

头戴三角帽：他是个侯爵；
衣裾翘起。

三角帽上，挺拔的饰带
伏着，向前垂低。

他的胡子刮得精光，
碧眼，酒渣鼻。

临近树林时，
他倾听，捕捉声息。

村庄很远，模糊，

火光划过山脊。

“留下买路钱!”喊声乍起……
他迅疾在马镫上站立。

花边袖中的双手
摸向鞍袋里。

他抓起沉重的双枪,
把精铜的枪筒举起。

他冷峻如岩石,
左右开弓射击。

火枪砰砰,喷出连串
火光,震耳霹雳。

他继续向
拉穆的大路奔去,①

① 拉穆(Ramous),法国市镇名,位于西南部比利牛斯-大西洋省。

脑后发髻翻飞，
双枪插在鞍袋里。

1888年11月

旧时沙龙，曾见……

旧时沙龙，曾见佛兰德斯画卷，①
画中，幽暗客栈，有个家伙
喝着啤酒，细长的烟管
红光烁闪，吸烟时神态悠闲。

他紫色鼻子，面孔和善，
看似走运的商贩，
拥有数艘珠帘绣柱、
往返中国的楼船。

他经手珍稀呢绒、香料，

① 佛兰德斯(Flandre)，西欧的一个历史地名，泛指古代尼德兰南部地区，大体包括今天的比利时、卢森堡及法国东北的部分地区。15—18世纪，佛兰德斯绘画曾对欧洲美术的发展产生过重要影响，代表人物有勃鲁盖尔、鲁本斯和凡·戴克。

卧室里稀罕的玩意一准
到处堆满，有琥珀嘴的烟斗，
土耳其女装和各色漂亮物件。

他阔佬的牙床，晚上
定有唇红齿白的娇娘陪伴。
他养尊处优，起身很晚，
倒背双手，踱步安闲。

可买卖也不时要人照管。
为推销商品，他也得
四处辗转。入夜时
方抵达某个边远客栈。

为防盗抢，床边
挂着他漂亮的佩剑，出自
印度那寻宝之都大集市的
精美铁皮钱箱紧靠床前。

当满载宝藏的豪华楼船
靠岸，会迎来阵阵赞叹，

拾掇起船旗和风帆，
黑黝黝的水手笑容灿烂。

1888 年 10 月

农　夫……

农夫从集市归来近傍晚，
羊群沿大路跟在后面。
几只牛犊不愿再走，
只好用绳子
强牵向前。可白鼻梁牛犊
却啃咬绳索，口鼻流涎。
羊群不时乱跑，
主人木讷的黄狗
在后面追逐、吠叫——
在路面卷起尘烟。
树篱列路边——树篱和草地后，
田野连绵——可闻山涧
飞湍；绿、黄、棕色的田畴
与远山连成一片。
远眺处，丘陵依山尽，

远山后，更是无垠蓝天。

1888年11月

牧　场……

河滨，牧场，水草丰美。
暴雨令湿透的麦子低垂，
岸边已是一片苍翠，
惟有柳树仍显淡灰。
干草垛似蜂箱林立。
飘过的山峦柔曼无比。
诗友，万物皆美，没有痛苦
能攫走我们心中的欢愉。
我想，逃避痛苦毫无意义，
因为胡蜂从不离开草地。
任生命流逝，黑色母牛群
照常吃草在水源之地。
悲悯那些饱尝痛苦之人，
大家彼此，真正无异，
只是他们少些才艺。
这是惟一差别，可重要无比。

真情的抚慰就是美好的爱，
如旧溪畔一株草莓萌发新绿。

科　特……

科特的箩筐里有两只漂亮公鸡。
他八十岁了。住房毗邻
圣-博爱小径，破败而沉寂。[1]
沙椎鸟在此梳亮羽翼。
科特对我说：你好！荒野上，
我的母狗叼回猎杀的沙椎，
气喘吁吁。科特说：我认识你
过世的父母。我儿子也有一条
这样的母猎犬。我已八十有余。
山坡显现山鹬般的黑棕两色，
科特对我说：你好！我走向可怕的
树林。科特目送我离去。

荆豆丛中，我与驯顺的母狗走进
银白色、遍是荫凉和青苔的树林。

---

① 圣博爱（Saint-Boès），法国市镇名，位于西南部比利牛斯-大西洋省。

我想起了你，肌肤嫩滑，
像葡萄珠和橙红色枇杷。

机敏的山鹰似一动不动地滑行。

乌鸦沉重的头有如短粗的铁钉。

绿啄木鸟似海浪翻飞，回旋，
又笔直抓住树干，将绿羽收敛。
雨后的小溪有些浑浊，
春天，银莲花绽放堤畔。
山坡有如凝血，远望处，
群山游弋在柔美纯净的蓝天。
山阴处，是静谧的村庄，
在阳光下斧头般沉入梦乡。
那儿，老园子里有伤感的葡萄架，
母鸡扒土觅食，靠近蓖麻和黄杨。
月桂树架泛出黑绿幽光。深处的
木头长凳，带着浓浓夜色，
还有些潮湿，因为地处荫凉，
夏日铅青色太阳下也是这样。
来吧！午后明亮。你我

嘴对嘴，悄无声响，蝉儿
在淡粉的孟加拉蔷薇上鸣唱。
我们会这样至死相爱，
在黑凳子腿早已虫蛀的长凳上
紧紧依傍。我们还会来，在晚上。
饮水槽边，驯顺的牝犊向你伸出脖子。
随后我们去把科特看望，他的名字
就像牧笛或蝴蝶花令我欢畅，
科特说：你们好！他八十岁了，
红扑扑面颊布满皱纹，消瘦，双眼放光，
从蔷薇篱笆后狐疑张望，
两只漂亮公鸡放在箩筐。

1895 年 2 月 5 日

我心怀怜悯……

我心怀怜悯、爱和微笑：
可笑脸，我总无法做到，

令我伤心的是这只小猫。
镇公所大门下它喵喵地叫，

在这多雨泥泞之夜，我感受到
动物的痛苦，它们那听天由命

和无言之痛没完没了。
主啊：这如何是好？

雨中，它的不幸令人如此悲戚。
谁会喂它？谁会喂它？

呵！它会不会颤抖着死在那里，
——或变成伤心的猫挣扎湿地，

在烂泥中，号寒啼饥，
哆嗦，挣扎，在寒热中僵毙

——或被猎犬当作野兔咬死叼去。

你赤裸在石楠花上……

你赤裸在湿润桃红的石楠花上，
如同课堂的那些姑娘，近旁，
牧场尽头是嬉戏的山羊。

你会沉入无梦的梦乡，
你的双腿同样温热柔软，
在苔藓冰凝的绿雨中闪亮。
你的身体似空气和水般清纯。
蟋蟀会倚着荒宅
颓壁喧唱，墙脚下，是
林中的粉红色蘑菇生长。
银色的云雀鸣叫着
疾翔。睡梦中，
你把一只手放在满是麦秆
和硬麦穗而刺痒的头发上。

你将赤裸……

你将赤裸在堆满旧物的客厅，
纤细得像一根发亮的芦苇秆，
双腿交叉，偎着粉红的炉火，
　　你要倾听冬天。

你脚边，我要把你双膝拥在胸前。
你微笑着，胜过柳枝优雅安娴，
你把我的头放在你温柔的腿上，

这柔情令我泪涟。

我俩骄矜的目光变得柔曼，
我吻你胸，你向我
微笑着垂下眼帘，任
温柔的颈项前弯。

随后，病弱忠诚的老女佣
敲门，并说：已备好晚餐，
你羞赧地惊跳起，纤手
整理灰裙子的花边。

当风儿从门缝吹过，
当老座钟报时迟缓，
你把小黑奁中的象牙香水
涂抹双腿间。

1897 年

云朵是一片沙滩……

云朵是一片黑色的沙滩，

漂浮于夜阑的松巅，
拂晓六点前。远处曙光
初现，宛若大海的傍晚。

你若是斑尾林鸽，
我便是小野兔，
在深紫柔长的
影翳间安眠。

在发亮的背上，我把
长耳朵压扁，你呢，
你晃动深灰温润的颈项
左顾右盼。

愁闷的男人们要来了，
带齐斧头和枪弹，
他们采集金色的松脂，
松树上鳞片斑斑。

你若非斑尾林鸽，
我也不是野兔。
你会在蕨草旁
巨松长影上绵延。

黑松林的松针，
苦涩，青翠，暗淡，
掉在你柔嫩肌肤上，
又滑落，如苔藓。

你遍身赤裸，
四周是欧石南，
远处，长毛小野兔
翻滚着，连蹦带窜。

世界真美好温暖，
小野兔很是欣然。
灰色的大片云团，
林鸽和冬青亦会同感。

愁闷而粗莽的农夫
当如林鸽般温婉，
可他们猎枪的霰弹
让美羽乌血斑斑。

1894 年

树脂流淌……

一

樱桃树脂像金泪般流淌。
爱人呵，今天翻滚热浪：
你且安睡花丛，蝉儿在
老蔷薇繁枝茂叶中喧唱。

昨天在客厅谈话你有些紧张……
今天就我们俩——露丝·般珈儿！
身着裙纱你静静地睡吧，
在我的亲吻中沉入梦乡。

暑热，只闻蜜蜂歌唱……
歇息吧，小苍蝇，你有温柔情肠！
又有何声响？……那是眠着翠鸟的

榛树丛下，小溪流淌……
睡吧，我辨不出是你的笑声
还是光洁卵石上溪水的淙响……

二

你梦境温柔——温柔得令你
樱唇翕张——似甜吻模样……
说呵，长满百里香和忍冬的岩石上
你可梦到休憩的白羊？

说呵，密林深处苔痕上，你
可梦到清泉合着幽韵叮咚奔淌？
——或梦到粉翠的鸟儿
惊走山兔，撞破蛛网？

你的梦境中，绣球花可化为月亮？……
——或许还梦到井栏上金合欢
花开金雪，弥散没药的馨香？

——或梦到你樱唇在桶底荡漾，
让我误以为老蔷薇落红，
在银亮的水中随风飘荡？

呵！芳香……

呵！婴孩般的芳香，在水润而

蔚蓝的草场，它是幽暗小村庄
宗教行进的花祭，饱含虔诚的
灯心草的花香，当变调的咏唱
不竭，当我的心惧怕爱的疯狂，
它便是酷热的晚上蕨草折断的
沁香，是百合花燃烧时的芬芳，
与我在年长的教民中所见相仿，
它是礼拜天之夜静园里的芳香，
它是上达天主的香炉中的纯香，
是拂晓时分微颤的蔷薇花之香……

罗筛的尘灰……

罗筛的尘灰在日下歌唱，飞扬。
你的香肩秀发，请倚我的头发
和肩膀。气清如水，牛群
在寒冷清晨走在泥泞路上。
青翠山坡，礼拜天钟声鸣响。
你刚起床。一袭白色晨装。
无垠而柔曼的静谧似丝线
飘荡，在长空里，丘陵上。
人人自感安逸，我心独忧伤，

我祈祷，只因天主就在天上。

你会来……

你会来，阳光下，路边
欧石南丛中，蜜蜂翻飞上下。

你会笑着来，红唇
似石榴花和三叶花。

你会说恋他久矣，
却拒将笑吻送他。

当你颤抖着，香汗淋漓，
欲送香吻，却见他死啦。

阳光使井水闪光……

——致夏尔·德·鲍尔德①

阳光使井水在玻璃杯里闪光。

---

① 夏尔·德·鲍尔德(Charles de Bordeu，1857—1926)，法国作家，耶麦的挚友。

农庄的石板路碎了，年代太久长，
青色山峦露出柔和的线条，
仿佛苔藓中有湿润的岚光。
河水黝黑，而黝黑的树根
盘绕在饱经冲刷的河岸旁。
阳光下，人们收割，草儿点头，
忠犬吠叫，却胆怯又窝囊。
生命继续着。有个农夫对着
偷挖菜豆的女丐怒骂叫嚷。
小片的林地上堆着黑色的石块。
果园中飘送温热梨子的甜香。
大地好似收割干草的农妇。
教堂的钟声像咳嗽般回荡远方。
天空又蓝又亮，藏在麦秸垛里，
能听到簌簌飞的鹌鹑渐无声响。

当雾色……

当雾色照亮了污泥，
谷仓的光在雾中游移，
我在你家老宅的水管前
停下脚步，看到小金丝雀旁

正在灯光下刺绣的你。

从绿格窗粉色的缝隙中
透出了海岛的气息,仿佛
在那奇特之海流经的异域,
我们出生前已在那儿生息,
我觉得,我至今仍在那里。

在街上我看到闪亮的门板。
门厅早破败无疑,昆虫
从长长的门板下探出
黑亮的头。这门板历尽风霜,
碎木屑布满坚硬的框架两翼。

这悲伤的日子,一切重回脑际,
因为依旧是坏天气,我卧室里
落下了尘灰般的阴翳,
你、昆虫、灯火,你们太遥远,
我想起了那个叫十一月的节气。

假如你读了却又不懂:
只要你能理解,能阅读,

你也会向往那热带地区，
向往巧克力和茉莉飘香的异域，
古时候，大货船可都驶往那里。

我死后，如果有人读到这些诗句，
就请去个小城的码头旁把你寻觅；
他会向你解释何谓诗人，
那边，大海上盘旋着金色的海鸟，
女友，我们出生前已在那里生息。

你不会明白这些解释。
你会心软，拿起老派的女帽
把椴树花采集，而我在棺材里，
除了诗人的傲骨一无所有，
为对你涌起诗人的激情而战栗。

出于自尊，我想把几首诗
题献给像你一样温柔体贴
却又啥都不懂的少女。
古老火堆旁传来大海的涛声，
你温柔得形同唱颂圣体瞻礼。

1895 年

你捶打衬衣……

你在清水中捶打衬衣。
你胳膊上的肉窝儿
真美。——双膝紧闭。

你是洗衣女。你往水里
扔进和善的农夫们
板结肮脏的衬衣。

随后在细绳上
你把它们晾晒在
靠近厩舍的院里。

礼拜天和节日里，
你会为出去谈情说爱的
兄弟们备好洁白的衬衣。

你在大树下跳舞，
村里的广场上
人们渴望你的身体。

此时,玩投球的机灵
小伙儿们弄响瓶盖,
还要打赌碰碰运气。

……你看上去满脸欢喜。
可明天还要在清水中捶打
衬衣——啪啪——你是洗衣女,

——听着溪水流过岩壁。

1889 年 9 月

你烦吗……

你烦吗?
——这雨
很猛,
很猛。

我叼着
陶土烟斗,
用火炭

点燃。

你很远，
你在假期的
角落里
思念。

雨水
冲刷着
路上的石板。
我很烦。

白色的
窗棂边，我倾听
冰冷的水珠
滴溅。

你没来，
既然
很远，
就不要冒险。

你很远，
我很烦，
雨中，我什么也
听不见：

无论瓢泼大雨
或细雨绵绵，
无论早到
还是来晚。

我什么也
看不见。——能听到
那温情的葬礼上
传来的言谈？……

我不能，
这黯淡日子的
雨水
把一切遮掩。

1888 年

晌午的村庄……

——致欧内斯特·卡耶巴尔[①]

晌午的村庄。金蝇
　　在牛角间哼唱。
　　走吧，要是你乐意，
要是你乐意，咱们去乏味的田野逛逛。

听，雄鸡……听，钟声……听，孔雀……
　　听那儿，那儿，驴子……
　　还有黑色的燕子翱翔。
路旁是缎带般蜿蜒的白杨。

青苔啃食着水井壁！你听，它
　　吱嘎作响，还在响，
　　那是因为金发女郎
手中的黑色旧桶里白银似雨点般流淌。

---

① 欧内斯特·卡耶巴尔（Ernest Caillebar，1852—1936），耶麦的姐夫，时任埃斯唐镇的镇长。

少女走了，水罐歪向
　　她金色的头，
　　她的头像一只水罐，
在桃花下掩映阳光。

镇子里，发黑的屋顶上，
　　青色炊烟飘向蔚蓝的穹苍；
　　而倦怠的道旁树
在微颤的地平线摇晃。

1891 年秋，埃斯唐

你曾写道……

你曾写道，你在科亚沃
　　林子里狩猎野鸽，
照料你的医生也写过
　　你弥留前的凝重时刻。

医生说，你在加勒比树林中过活。

你是我父亲的父亲呵。[1]
我抽屉里有你旧日来信，
你的日子曾很苦涩。

你离开奥尔泰兹时是个医生，
想去那儿过一过淘金的生活。
家人收到过一位水手送来你的信，
派他的是船长弗拉特。

你的家曾遭遇地震的毁坏，
在岛上，人们只能喝
难咽的池中雨水，肮脏而苦涩……
这些，你都曾写过。

你曾买下一所药房。
你写道："城里再没有
同样棒的一所。"你还说："我现在
过着真正的克里奥尔人的生活。"

---

① 耶麦的祖父让-巴蒂斯特·耶麦(Jean-Baptiste Jammes)1797 年出生于奥尔泰兹，1818 年获得行医执业资格，后移居加勒比地区的瓜德罗普岛，1857 年逝世于瓜德罗普岛的科亚沃。1888 年，耶麦在塞拉妮尔姑婆家看到几封祖父寄来的信，令他对热带海岛风情十分向往。

你安葬在那里，我想，是在科亚沃。

　　而我，正在你的故乡写作：

你旧日的来信凝重而衔哀，

　　仍在橱柜里，还上着锁。

1889年7月

来吧，我为你戴上……

来吧，我为你戴上樱桃红的

　　耳环，

再指给你看长长的葡萄藤上

蓝乌鸫和斑鸫正在盘旋。

来吧，这是酷热的季节，

　　百花吐艳。

白色胡萝卜和两三株长春花

生长在满是尘土的沟边，

林荫深处，鸟儿叽喳着。

　　燃烧的天。

池沼里生长着长长的灯心草，

灰色的蛙蹦跳在水潭。

在炎热清新的地方，你看看

　　温柔的清泉。

在土黄色的蜜蜂旁，它淌过
红土壤，或流过苔藓。

1890 年 6 月 15 日

我知道你很贫寒……

我知道你很贫寒：
你的裙子也很寒酸。
你温柔的表情令我
心碎，我要送你一件。

可你比其他人
更美，你的唇
更甜——你一触到
我的手，我便癫狂欲仙。

你很贫寒，正因为
如此，你很良善；
我乐意将我的吻
和玫瑰向你奉献。

因为你是少女：

书籍给你信念，
还有美谈
发生在绿篱边，

在蔷薇、成熟的果实
和鲜花遍野的草原流传；
那些繁枝茂叶
都已载入诗篇。

我知道你很贫寒：
你的裙子也很寒酸。
你温柔的表情令我
心碎，我要送你一件。

1888年

他照看……

——致马塞尔·施沃布

去吧，你今已知迦鲁斯是位智者。
——约瑟-玛丽亚·德·埃雷迪亚[①]

① 引自法国帕纳斯派诗人约瑟-玛丽亚·德·埃雷迪亚（José-Maria de Heredia，1842—1905）的诗集《怀念集》（*Les Trophées*）。

他照看地里的庄稼，拾麦穗，
捡裂口无花果，还修剪树墙。
他在葡萄园有座草房，天亮
去查看酒窖，并掬酒品尝。
野兔偷食他园中蔬菜，
晨雨后几株蔷薇变得茁壮。
时而会有人送来一纸公证文书，
那是某个农夫想知道如何受偿。
他擦枪，和女佣上床。
生活温馨，宁静安详。
他向来公平，对谁都一样。

　　可一帧油渍发黄的
照片，泄露出他的哀伤，
那时他曾为某女人决斗。
他手拿报纸，盯着
前方。

　　真是哀伤呵，哀伤，
这个名叫埃瓦利斯特的人，
我切感他年迈的双亲陷入绝望……
只因意外发现一封女人来信，晚上……

一天，他从城里归来，
头发凌乱地挂在苍白的脸庞。

大家安葬了他挚爱的年老父母，
提起双亲时他在尊崇中带着感伤。
他无子嗣，有人讲——
谁知道呢？他可观的财产，将由
杜姆拉和科赛两家分享。

他如此过活，靠着橡树，在
厨房度过漫长的晚上，
红毛狗睡了，苍蝇屎
将所到之处弄脏。

清晨，他有时试着吹响
女佣熟悉的长号，曲调苍凉。
他就这样平静地活着，无念无想。
某日这样出生，某日又这样死亡。

你温柔的面庞……

你温柔的面庞在受煎熬。
我吞下了你的泪，

小女友，它咸咸的，
如潮水中的一棵草。

泪水咬着我的舌头……
你悲伤地走了，
登上重且慢的公共马车，
为我走而哭着；

你的唇贴着我的唇，
你转动着头，
你温柔哭泣的时候，
你好个温柔……

那边的窗台上
有蓝色的牵牛花，下雨了。
它们像一个吻，晃动在
你清秀温柔的头上。

你不会让我厌烦。
其他人才招我生厌。
我忧愁的心感到烦闷，
像厌倦的云团。

苍蝇飞上玻璃窗，
那是我想你的时候。
一切如我般哀伤。
万物都在衔愁。

到了秋月……

——致维埃雷-格里芬

到了秋月，胖嘟嘟的鹌鹑
走了，秧鸡觅食着小蜗牛，
在雨后的草场滑行。
山坡前，早看见
从容翱翔的雏鹰，
可长天上，巨翼的凤头麦鸡
像网线般搅乱雏鹰试图恢复的
队形，向泥泞的湿地苇丛飞行。
然后，是孩子们喜爱的野鸭
机械而精准地飞过天空，
警觉的苍鹭，也高高地停留云层；
懒洋洋的鸭子，围成半圆形，
在那儿微微抖着，直到不见踪影。
然后是鹤群，喙上带钩，
嘎嘎叫着，一只接替一只，

从队尾向队头疾行。
维埃雷-格里芬,诗人如此炼成:
却找不到苦苦寻觅的平静,
殊不知巴希尔照常杀猪,
四处传遍凄厉的猪叫声,
而我们总对琐屑事小怪大惊……

可照样有意中人,一身粉红,
在雨中倩笑,玉立
亭亭。还有生病的看家狗,
躺在杂物中,眼睁睁看着
大限来临,却丝毫不懂。
这一切相互交织,时衰时盛,
祸兮福所倚,福兮祸所生,
此即生活,智者为之命名。

孔夫子的礼……

——致克里斯蒂安·舍菲尔[1]

在蓝色的中央帝国,孔夫子

---

① 克里斯蒂安·舍菲尔(Christian Cherfils, 1858—1926),法国作家,著有《拿破仑与伊斯兰》。

待逝者以适宜之“礼”。
这契合本意，因水火相克，
犹如生命渐息，逝者如斯。

他不像某些帝国的大人物
去精心矫饰自己的话语。
华贵的浮屠中，宝瓶和金鱼
无需刻意地装饰自己。

他端步前往王宫，
静心聆听吹竽，
竽声平复情感，像月光
使焦山和紫树变得和煦。

他与城里的书院山长和军队首领
谈话，礼仪谦恭得体。
他没有世俗亲疏，与平民
共进膳食也彬彬有礼。

他喜爱有关“乐”的一切，
偏爱芦荻简单制成的乐器，
芦荻产自柔软的沼泽黄泥，

未名的鸟儿啁啾着筑巢栖息。

他喜爱美食，脍不厌细。
傍晚爱讨论宏论要义，
更喜弟子们在木灯檠旁
洗耳恭听他讲授伦理。

他谈死甚于谈爱，
宣称无人理解死的奥秘。
他乐见得意弟子们驻足窗前，
在灰红色蓖麻丛中时隐时匿。

晚上，他焚香沐浴，
然后庄重地在木简上写下文字，
木简中的经文交织缠绕，一如
法学家或诗哲大脑中美妙的思绪。

他也去看过诸侯国的海船，
欣赏船的整齐，见过世面的船夫们
和善的话语，显示出他们
有着苍海般深邃明晰的思虑。

面对有人询问欲望的问题，
孔夫子说：人之大欲存焉，
你我无异；这是很浅显的道理。

随后，他笑眯眯地朝自己的棺木望去。

1895年3月，阿博斯[①]

我爱你……

一

我爱你，不知渴望你什么。
昨天奔跑时，喉头碰到你，
我光溜溜的细腿都颤抖了。

二

我的热血涌到嗓子眼，比车轮
剧烈，感觉你温润的胳膊透过
裙子闪亮，宛若冬青的树叶。

① 阿博斯(Abos)，法国市镇名，位于比利牛斯-大西洋省。

一

我爱你，可我不知渴望什么。
我想躺下，我会睡着……
龙胆树在林中泛着蓝和黑的颜色。

二

我爱你。让我把你揽在怀里……
林中的树上，阳光照亮了雨滴……
让我睡你怀中，你睡我怀里。

一

我怕。我爱你，我转过头，像
旧长椅旁的蜂巢，那里蜜蜂嗡嗡，
刚从葡萄园采回黏黏的花蜜。

二

天热了。麦田里长满红花。
躺在麦地里，把吻送给我吧。
草场深处的青蝇——你在听吗？

一

大地一片热浪。开满孟加拉玫瑰的

老墙旁，有几只蝉儿趴在
梧桐树粗糙发白的树皮上。

二

真理是赤裸的，请你也赤裸吧。
你僵硬的身子下麦穗爆裂噼啪，
青春的爱令你的身体洁白无瑕。

一

我不敢，可我想今夜赤裸……
可我会怕你，怕你会触到我。
我一身洁白，黑漆漆的夜色。

二

林中松鸦叫了，因为它们喜欢。
闪亮的天牛在橡树上攀缘。
喜爱远飞的金色蜜蜂分蜂了。

一

用双臂抱住我吧。我只想爱，
空气中，我的肌肤燃烧发亮，
我要搂紧你，像藤缠树一样。

二

秋天，兽群走向金黄的树林，
金鲤归于渊，美丽归于女人，
躯体走向躯体，灵魂走向灵魂。

回想起……

回想起你绿格窗的卧房，
夏天，门闩很烫。
我自忖，可能你已长大变样，
当初却是五岁的小姑娘，
初次相见时，你和
颤巍巍的祖父住在一座农庄。

还记得吗？我俩那时都是孩子，
一个礼拜天，天气闷热白亮，
蔷薇在结果的梨树旁开放，
铁绿色的金龟子趴在花上，
我慢吞吞地跟着一个小姑娘，
那时你悄悄靠近一只落下的
麻雀，我要逮它，你对我讲。
可现在，童年的温馨一去不返，

像飞走的斑鸫一样。呵！少小时光……
心中多少话要讲，如感伤的
火上，瓦罐中滚沸着穷人的菜汤。

你会嘲笑……

你会嘲笑爱你的可怜傻瓜，
可嫁一个不爱还嘲弄你的男人，
你会变成母狗在他膝边爬。
相信我：爱那痴情的可怜傻瓜吧，
他会温存待你，呵护有加。
还会抱怨说，你不像爱人
那样，把纤秀双臂攀绕他双肩，
祈祷般将葱葱十指交叉？

去吧：别再等披发的诗圣：
莫指望英俊金发的
俄罗斯王子或剑客游侠：
真爱，世间难觅；
可你却嘲笑那可怜傻瓜，
小时你或许在获奖书中读过
未婚美伉俪速浴爱河会难以自拔。

看看那些老人，皱脸白发，
她们年轻时也期盼某些奇迹：
微颤的手指上隆起粗粗的血脉，
首次接受玫瑰时也羞涩忸怩。
我相信，有了孩子后，
点滴友情会使你们更如胶似漆：
亲情令人们更爱孩子——常见
妻子亲吻丈夫时与小宝贝相拥一起。

1888 年

我在受苦，却……

我在受苦，却未因痛苦而躁狂，
尽管有人幸灾乐祸，讪笑一旁。
有个男人伤害了我，我会用积攒的
零钱，给自己清白的灵魂补偿。

对我不冷不热的你让我怀想，
你投足，周身仿佛咏唱，
你举手，通体似清泉流淌，
狗守护牝犊，薄荷在旁闪光。

世事的嬗变，不依从我的愿望。
既爱你就一切简单，无须多想。
积雪的小径上，乐声如此感伤……
不过，不可能的事也成功有望。

如今你会来我小桌旁。像你
一样，我把你凝望。不觉中，
我双臂颤抖，忘情滑向你的
臂膀，你的双臂像水滑落沙滩上。

我唇贴你唇，身子贴你身上，
你微笑。橡树叶已霉变发黄。
孩子们追逐胆怯的小狗。
一切鲜活，而你的爱却已死亡。

若我是阿拉伯人，会把你留在
有活水和石榴的地方，
那儿蓝骆驼从连廊下络绎而过，
驮着装满冷水的羊皮袋和水囊……

请倾听我与蟋蟀同样的哀伤
在盐一样发亮的烟炱中鸣唱。

来吧，我们有臂膀。在金秋的
天际，会吃到蜂儿酿造的蜜糖。

小鸽子……

魔术师的小鸽子呦，
那小鸽子和小姊妹
定在受难，在旅店，
在小鸽笼，在每一天，
——可一捱到夜晚，
又藏身黑礼服的衣袖中，
现身灯光下，
做惯常的表演。

你呵，苔蔷薇……

你呵，金发的苔蔷薇，在你耳畔，①
让我的诗像蜜蜂般萦回低颤。

---

① 法文中的“rose”一词既是花名（蔷薇），又可用作女性人名“露丝”（Rose）。此处“金发的苔蔷薇”写为“Rose moussue et blonde”，似乎寓意人名。苔蔷薇（rose moussue），是欧洲最古老的蔷薇品种之一，原产于法国南部。

让我凝望你滑过的目光,像滑过的
夜神一样,为你催眠,闪烁金光!

让我万般温柔的祈求令你陶醉,
——宛若苔藓深处的露水!

当你为愉悦而要我的心时,我愿
我的心像血之花在你秀发间绽放!

我落泪时,呵,小傻瓜,愿你
藉我的呼喊,助兴你的欢畅,

当人们把我放进阴暗的棺木,
愿你最后的泪珠令你美目流光,

为那些活下来一睹你更加美丽的人们
在我的死亡中欣赏你永恒的青春征象。

女友,可记得……

女友,可记得牧场砾石遍地的那天,
在阳光下氤氲的山谷之间,

群山晕染着修士们酿造的
利口酒般的色泽，醇香弥漫。
那是傍晚，我身心闲适舒展，
面向金碧色积雪的山巅，泪涌
双眼，又怀恋起故乡的童年，
在那儿，向着清冷天空，向着彤雪飞卷，
向着山民，向着母羊群，向着羊倌，
向着山羊群和牧羊犬，还有黄杨牧笛，
早被胼胝糙手揉摸得亮闪，
向着兽群踩踏的废弃钟塔，
向着激流，向着肃穆的花园，
向着善良的本堂神甫老宅，顽童们高唱，
尾随在放歌的新兵后面，
向着小溪，向着红鳍白鱼，
向着村庄广场的喷泉，
那时还是男童的我聪慧而伤感。

农庄闪光……

农庄闪光且幽暗，罗筛
　　挂墙头。
礼拜天衔愁却很美，玉米

未成熟。

他老早就离开父母，
传教在外；
他讲过喝过的苦水，
酸涩腐败。

他在休假，谈起了宝塔
和异教徒，
还谈起溽暑的河流，光滑的黄水罐
和基督徒。

他谈起烈火炙烤下拔掉
指甲的酷刑，
谈起鞭笞、至圣的神明和
扰人的阴影。

他就这样离开白色教堂和
闪光的农庄，
前往呕秽
血腥的地方。

游子归来，镜子旁，
　　老迈的双亲
悲喜交加，看这漂泊的传教士
　　黑髯长长。

他说，那天晚上，正赤脚吸烟……
　　安南人①
包围了茅草房。他们手持长矛……
　　自己只有木棒……

讲这些往事，他出生的农庄
　　定很忧伤……
阳光之夜，能看到他母亲
　　伤心泪淌。

我仰望苍穹……

我仰望苍穹，惟见
　　阴浊长空，
有鸟高飞。我未闻
　　一声啼鸣。

---

① 安南（Annam），越南的古称。

有人说天气潮热，它不知
　　何去何从，
说它飞不远，会像卵石
　　坠落草丛。

可它飞走了。——向低处张望，
　　我看到屋顶。
那鸟在高翔吗？我不知道：
　　可这回，

看到了那个黑点——我只惦记
　　那个黑点，
那小黑点从灰濛长空掠过。
　　就在昨天傍晚。

1889 年

猫儿蜷缩火旁……

猫儿蜷缩火旁；炖锅咕嘟响。
　　昏暗的厨房，
远处黑旧横杆上，挂着

　　两只红肠。

雨落院内的门窗。
　　玻璃窗昏黄，
屋外，绵绵细雨在昏暗
　　窗子上流淌。

我想我会特别想亲吻
　　她的黑长裙，倘若
在昏暗的厨房，有位姑娘
　　斜依炭火旁。

煤气灯在晦暗的
　　壁炉上点亮……
我那乖巧的小母猫
　　呼噜着，毛色黑亮。

红地砖湿润发亮，
　　葡萄树根黑黝黝的，
壁炉的铁柴架生了锈。
　　昏暗的厨房。

若你身着睡衣，斜倚未烬的
　　黑柴垛旁，我想
你独自端坐之处
　　一定又白又亮。

为什么总是牛……

——致洛朗·德维尔①

为什么总是牛拖着沉重的旧车？
真可怜它们低垂着宽宽的前额，
眼中露出随时跌倒的痛楚神色。
为穷苦农夫养家，它们如此做活。

它们若走不动路，兽医
用麻醉药、用烙铁把它们烫。
在红色丽春花绽放的田野，
牛还得去平地和犁耪。

牛一旦折断了蹄子，

---

① 洛朗·德维尔(Laurent Deville)，生平不详。《晨昏三钟经》出版后，耶麦曾题赠给他一册。

会被杀掉送到肉铺里，
可怜的牛听着蟋蟀喧戏，

对骄阳下耙地农夫的
粗野吆喝低声顺气，
可怜的牛走向未知之地。

要下雪了……

——致列奥波德·博比①

要下雪了，再过几天。我想起
去年。在炉火一隅，我想起
我的忧郁。若有人问：怎么了？
我会说：别管我吧。没关系。

我思绪如织，去年，我房间里，
当屋外沉闷的雪花飘飞如絮。
我无事闲想。如今恰如当时，
琥珀柄的木烟斗也衔在嘴里。

---

① 列奥波德·博比（Léopold Bauby，1867—1933），耶麦青年时代的朋友。

我那只橡木老橱总是弥散幽香，
可我很笨，因为众多事物
都没法变样，想驱走我们
熟知的事，无非是装一装样。

那我们为何要说，要想？真是荒唐；
我们的泪，我们的吻，虽未着一辞，
我们却心领神会，朋友的
步履，总是比温存话语更令人安详。

人们为星星命名，却从不自省
星星要名何用，还用一些数字
想证明夜空飞逝的璀璨彗星，
但并非数字在驱使它们划行。

现如今，那些隔了年的老忧郁
去了哪里？我难得把它们想起。
若有人进屋来问我：怎么了？
我仍会说：别管我吧。没关系。

1888年

太可恶……

——致 M. R. 小姐

太可恶，那可怜的小牛犊
刚被牵去屠宰场，它抗拒，

在哀愁小镇的灰墙上，
它还想再舔一舔雨滴。

主呵！它神色如此良善温柔，
它可是冬青路之友。

主呵！您如此仁慈大度，
说呵，愿我们能得宽恕，

——说终有一天，金色天国
再无美丽的牛犊惨遭杀戮，

说我们应积善，在它的
小犄角上堆满花束。

主呵！请让小牛犊
在屠刀下少些痛苦……

洗碗槽气味很重……

洗碗槽气味很重，围墙很白，
　　罐里的水很清冽，
太阳劈开干涸的土地。
　　请进……

这是些可怜的穷苦人。
　　那是他们奶汁胀满的
母狗，它睡了。
　　请进……

洗碗水悲伤地，
　　悲伤地流淌。
听见了。听见了。
　　请进……

假如你的心
　　难耐

遗弃你的村镇，

　　请进……

你会拉起我的手，

　　垂下你的头，

我们共垂泪，

　　请进……

一切更加快乐，

　　一切更加温存。

我会安慰你。

　　请进……

我有一只烟斗……

我有一只木烟斗圆润黑亮，就像

我见过的一幅妙趣插图中

一位赤裸的黑姑娘的乳房……

这烟斗让我想起，在街上，

在满地麻雀的公园，泥中

洒满面包屑，喷泉旁，我

遇到和善、身披黄纱的黑人姑娘。

她们似秋月般温婉哀伤。
从前,她们是女奴。奴隶时光……
这个词让人想起遥远的海疆,
想起圣多明戈的移民①,想起泥塘,
想起黑肤、鲜血和皓齿,
想起苦中微笑的面庞。温柔的黑姑娘,
如今你们悠闲地漫步街上,
腕上再无镣铐,手镯
闪闪,仿佛故国的阳光。
善良女人们,你们不时
在花鸟商店前伫步,
听鸟儿歌唱。你们会忘情片刻,
回忆起夜晚的篝火,
想起儿时游戏时的羽毛闪亮,
还想起海蟹爬行沙滩上。

那驴子还小……

——致夏尔·德·鲍尔德

那驴子还小,周身雨点,

---

① 圣多明戈(Saint-Domingue),原是法国在加勒比海地区的殖民地,1804 年独立,建立海地共和国。

拉着货车，穿过林间。
妇人、小女儿和可怜的驴子
把活计尽心做完，在村里
售卖松木松果，好生火烧饭。
妇人和女孩挣了面包，今晚，
就能在厨房里，靠着比烛光
还暗的炉火用餐。
今天是圣诞节。她们温柔的脸庞
仿佛灰雨滴落苔藓。
那驴子定是马槽旁同一头驴子，
在凉爽黑夜凝视过耶稣的脸：
一切未变，今夜，若星辰
未引领老迈的三王来朝，
便是那彗星颤动蓝色的泪水，
落下雨点。往昔，天使们在茅檐
歌唱时，方式同样简单；
无疑，群星便是蜡烛，
像今天簇拥圣女身边，
无疑，亦如当今没钱的穷人，
耶稣、圣母和约瑟也很贫寒。
一切如常，而我们在变。
——好天主深爱的一切，

一如往昔，在蓝水星辰下面，
是摆动着长耳的柔顺驴子，
细瘦的长腿结实而又微颤，
淳朴善良的农妇们在清晨
售卖松木松果，好生火烧饭。

我想起卢梭……

我想起卢梭与少女们，
在樱桃沁润的清晨。
迷人的黄昏令他古怪而多情，
月下，是与戴尔诺维尔夫人（?）①

他大致说过这些话：
不！我未曾见过更销魂的酥胸……
此时我读到一位新诗人……
她嘲笑我袜子上的破洞。

你在哪儿，旧时光？你在哪儿，林中
采撷苔藓和秋水仙的忧郁的植物学家？

---

① 戴尔诺维尔夫人（Madame d'Erneville），生平不详。

各学术院里都镌刻着信条。
人们以正义的名义寻求回答。

呵卢梭！在幽暗阴湿的密林深处，
在绿色的山腰，美好的礼拜天，
你与永恒长谈，畅饮
纯洁的真理之泉。

——黛蕾丝备好了香汤[①]。此时，
你正回应对你不实的攻击，
或写信给女友，对她们的激情
最终损害了你虚弱的身体。

我似闻羽管键琴奏响，
有个唇边长黑痣的女郎，
另一颗同样的黑痣在乳房中央！……
月亮的清辉惹你热狂。

你从未爱得这样深沉。

① 黛蕾丝(Marie-Thérèse Le Vasseur，1721—1801)，卢梭的情人和妻子，原为巴黎一家旅店的洗衣女工，卢梭1745年与其同居，1768年结婚。

玩耍的孩童毁坏了草坪。
你很热切。而她带着珍爱的悲悯，
只对你得体的言行表示容忍。

呵卢梭！你独特的回忆
如同启封的信札，
古老发黄，斑斑墨迹，
沾满雨渍，令人忧伤欲死。

1896 年

寒冷的林间有座磨坊……

——致 F. 罗森博格[①]

寒冷的林间有座磨坊，溪流清亮，
　　长长的蕨草长在岩石旁。

蓝色树林旁，金发少女
　　浣衣，荫影间水波荡漾。

---

① 罗森博格(Fedor Rosenberg，1867—1934)，俄罗斯东方学者，安德烈·纪德的朋友。

她把裙裾高高地绾起，

　　水中白皙的双腿可见。

小路清冷狭窄，难行阴暗，

　　夜晚，就是这般。

粗壮橡树遮蔽赤日炎炎，

　　苔藓上花开鲜艳。

我们走上卵石小径，

　　红树莓和犬蔷薇长在路边。

脱谷机在阳光下

　　轰响，碾着空芯的麦秆。

可我又折返树林，有位裙裾绾得

　　高高的清纯少女在水畔。

我踩着暗紫的欧石南，

　　用力把蕨草折断。

是否繁星之夜，

　　黑夜亦在水中洗濯风帆？

怎么回事？——唔！姑娘头上，
　　云雀要唱，停在紫色的欧石南。

我又折返树林，裙裾绾得高高的
　　洁白少女，仍在水畔。

1889 年 8 月

有些长颈大肚玻璃瓶……

——致夏尔・韦耶

　　装满清水的长颈大肚玻璃瓶
摆放在新教牧师幽暗的小小花园，
　　家中，他也是横眉峻眼，
　　还有些大酒杯摆放
台面。片片树叶飘落外板窗边。

　　六月。小径上，
一根笔直的芦竹折断，像芦苇
　　抛在路边，天色
　　昏暗，像人们说的阴沉沉的，
马上会落下大滴的雨点。

　　敞开的昏暗、忧愁的窗前，

从闪光的月桂树下传来琴声婉转。

绿色的小窗。

那儿，人们应该幸福，一定的，

像从前卢梭的书中描绘的画卷。

1889年6月

闲逛的人……

闲逛的人或有体验，

在街头见到一群短裤汉。[①]

他们不自信地将火点燃，

甘冒雷霆一击的风险。

他们登上装饰似剧院的气球，

若失手就要体破肢残。

蒙戈尔费埃兄弟胆识过人。[②]

连科学院也为之震撼。

---

① 18世纪时法国宫廷和上流社会以穿短裤为时尚，平民则穿长裤。

② 蒙戈尔费埃兄弟(les frères Montgolfier)，指法国工业家和发明家约瑟夫·蒙戈尔费埃(Joseph Montgolfier，1740—1810)和艾蒂安·蒙戈尔费埃(Etienne Montgolfier，1745—1799)两兄弟。他们发明了世界上第一个热气球。

那面带忧戚的少女……

那面带忧戚的少女对我微笑，
　　并说：您还当真？
她手戴一枚银制镶花边的
　　小戒指，一脸天真。

我望着身边这娇弱姑娘，
　　微笑着向她
俯身问道：小姐，
　　修道院院长现在怎样？

她回答说：她去别处赴任，
　　——或改做其他工作，——
话语间，面带蔷薇花
　　含苞待放的神色。

——呵！您……她
　　言出
即止。我低声问：
　　您难受吗？

——有点儿；今晚胳膊不适。

　　——没什么！……您真好。

一丝微笑的光芒滑过她的双眼，

　　掠过低垂的睫毛。

她的神色像一个漂亮的小玩偶，

　　——像富人家孩子的洋娃娃。

她纤瘦，可羞怯的双肩隆起在

　　她的披肩下。

何时我将重见海岛……

祖先住过的海岛，何时我将重见？

傍晚，在门口，在汪洋大海面前，

人们身披淡蓝布衫，吸着雪茄烟。

雨水在院内的水槽中安睡，

黑人正拨弄着吉他的琴弦。

海洋仿佛裹着薄纱的花束，

夜晚像夏日和长笛般闷烦。

人们抽着黑色雪茄烟，红火头

似苔草窝里的海鸟，一亮一闪，

天才的大诗人曾为此咏唱诗篇。

哦，父亲的父亲，当年在那儿，
乘着异国的夜风，你曾轻舟
滑过我还未出生的灵魂面前。
当你坠入沉思，吸着雪茄烟，
一个黑人拨动吉他凄凉的琴弦，
我那尚未问世的灵魂是否在你眼前？
它是那吉他，还是那轻舟的风帆？
是藏身种植园深处
那只鸟儿摆动的头，
还是屋子里那只飞虫在沉重地盘旋？

1895 年 5 月于舒城

有一位矮小的鞋匠……

——致斯特凡·马拉美

有一位憨厚驼背的矮小鞋匠
在暖和的绿花窗前整日繁忙。
礼拜天他起身，梳洗，穿上
干净的衬衫，敞开花窗。

他没啥文化，早有妻房，

平时似从不掺和飞短流长。
我寻思礼拜天散步时，
对驼背的老妻他可有话讲。

走路既少，又何必做鞋忙？
呵！……是为别人走路舒畅。
像小火光中的那缕纯真，
燃烧自己，金子般闪亮。

同样，他死后，人们会把
做鞋辛勤的他护送到墓场。
因为天主喜爱穷人和石头，
会赐给他应得的那份荣光。

别笑！你又做过什么善事？
你缺失这一抹温情的绿光，
从半敞的窗前它缓缓滑过，
他在那儿裁剪皮料，穿针引线忙。

你信吗，你一身光鲜，
要讨喷香的女人欣赏，
你额前可有如歌的

忧思和温柔苦楚的绿光?

呵矮小的鞋匠！为你盖棺论定
尚费时光。暖春中鸟儿飞过，
不看王者桂冠，只把你切割
寒酸黑面包的旧刀凝望。

我　烦……

我烦；请在荫凉的绿篱边
为我采撷少女和蓝鸢尾花，
午间，蓝蝴蝶在那儿飞舞盘旋。
　　因为烦，
我想看小红虫
落上卷心菜、百合和大蒜。
　　我烦。

写出的诗也让我烦，
我的狗蹲着，斜眼，
　　听座钟滴答，
像我一样烦。
真的，这诗人的狗，

这三道眉的猎犬
滑稽无限。

我想学画画儿。我要画
满地蘑菇的蓝色草场，
裸少女们跳着圈舞，
围在失望的老植物学家身旁，
他手拿巴拿马草帽和绿盒子，
还有一只捕捉绿蝴蝶的
大网。

因为我赞美少女，
赞赏浓墨重彩的画卷，
画中的老植物学家疲惫不堪，
沿着比利牛斯湍流，走向
客栈。

我在老亭子里写作诗文……

我在老亭子里写作诗文，繁枝茂叶
令亭子有些湿润，我像个中国人，
在那儿，在池畔，聆听着

(哗哗的)流水和鸟鸣的

声音。我要点燃我的烟斗。
好了。我掸掉烟斗的灰烬。
然后,诗的灵感随追忆
悄然降临。

“这太古老的世界,我来得
太晚”,[①]我后悔错失了
头戴大草帽的少女们的
轮舞,心中很是懊恼。

——柯拉!别碰那只
恶狗,你会弄脏裤脚。
那是昔日的一个傍晚,
几个少女在好言劝告。

她们会微笑地凝视我,
悠闲地吸着我的烟斗,
而我的小侄女会严肃地说:

---

① 引自缪塞(Alfred de Musset, 1810—1857)的长诗《罗拉》(*Rolla*)。

他而今回来，要创作诗歌。

她的小女伴们没有听清，
于是迷人的轮舞
稍息片刻——
没准她们以为诗歌要来观摩。

——亲爱的，他去过图古尔特，①
圈中最年长的女生
在说。而南茜也说：
那儿有野兽和单峰骆驼。

随后，我见几匹奔跑的驴子
在路上突然出现，
那是几位先生和夫人
外出驰骋，晚上归返。

我的心呵，难道你未发现，
在死亡中，在逝去的

① 图古尔特（Touggourt），阿尔及利亚北部地名，是撒哈拉沙漠中的城镇和绿洲。

柔情岁月间,那些陌生的人们
情爱无限?

1897 年 7 月

那儿,一片碧蓝……

——致欧仁·卡里叶[①]

那儿,小城弥漫一片碧蓝。
农夫们早就候在市集旁边。
樱桃肤色的小孩子沿清新树篱
而至,怀揣着积攒的零钱。

那儿,雪满山巅阻断了蓝天。
呵!一切如此温馨,动人心弦!……
看金色的奶牛和银色的肥猪,
还有老妪在兜售乳酪和食盐。

方正的市政厅毗邻古老钟楼,

① 欧仁·卡里叶(Eugène Carrière, 1849—1906),法国象征派画家,耶麦的朋友。

钟摆停停走走，总是晚点。
蓝色梧桐树下，树影绵延，
庇护乡村乐师和舞蹈的人们

穿着白色便鞋轻盈地跳跃回旋。
少女们来了，加入舞圈。
她们撂下盛满鸡蛋的草篮，
专致柔曼，舞姿翩翩。

宁静，炎热的蓝天下
苍蝇无声盘旋，
那儿，白色骄阳下，市集旁一头
黄牙驴子长啸宁静的长天。

孩子们盯着漂亮的玻璃糖罐内
黏甜光灿的糖果，把口水吞咽，
路上走来了盈盈少女，
秀发乌亮，裙衫绚烂。

她们与和善的小伙子们交谈，
小伙子们吆喝着牛车，手拿
皮鞭，牛一头挨着一头

使劲拉车，车轮吱嘎叫唤。

喧嚣的客栈。
木桌上咖啡摆满，
长者和小孙孙喝着咖啡，而
合约签署得有序、从容、庄严。

那是旋转着红绿招牌的药房，
那是为可怜穷人补鞋的鞋匠，
那是服装店老板耷拉着脸，盼望
可怜的小店能有回头客赏光。

那是我满手老茧的佃户
在干旱的山坡收割厩草忙，
神圣的皱纹长在他砖头般的颈项。
那是脱粒机振颤轰响。

那是男童们放学回家，
背着简陋的书包，墨水沾满手上，
那是宪兵们骑着油亮的高头大马，
那是打着发卷的女贩在贩卖羔羊。

那是乡村邮差正赶往那边，
沿着大路，有如花的清泉，
那是棕羽麻雀，比孩子温顺，
那是红羽鸽子，比麻雀缱绻。

那是充满快乐感伤的墓园，
听主召唤，我最终也要去长眠……
我想要一朵美不胜收的犬蔷薇……
去采撷吧，去最美的树篱边。

那是昏暗的街道如陡坡伸展，
那是白色钟楼，落满雨燕，
还有圣经商人和静寂的林荫路，
黄昏时分，人们漫步悠闲。

那是乖孩子们在玩跳房子的游戏：
玛丽-路易丝、奥蕾丽和其他少女……
她们的清纯胜过蔷薇花的露水，
温情老井栏上，露水化作泪滴……

她们唱着，围成圈，手牵手。
她们唱着，歌词万般温柔：

“玛尤家的轮舞，来跳玛尤家的轮舞哟，
我外婆，我外婆，我外婆也跳起来了哟。”

那是其他孩子拿着喷水壶，
温柔的夜降临，一片静谧。
那是小学生橐橐响的木屐，
像轻风中的种籽飞跑而去。

在爬着蜥蜴和常春藤的墙头，
那是更温柔的粉红树，我爱人
更温柔，她柔情似水，
比轻盈的芦苇穗还要温柔。

那是她樱唇般的甜杏，
那是树头刺耳的蝉鸣，
那是温柔骤雨后的丘陵，
苍白果园仿佛绽放缤纷彩虹。

那是蓝过蓝天的蝴蝶，
那是蓝天般碧蓝的草坪。
那是一只燕子和一个乞丐，
它们的歌如丰收的祈祷般感人。

那是驮鞍下疲惫温顺的毛驴。
那是老巫婆在箩筐底藏着
百年的阴影,清新而神秘,
在与茅屋的阴影互致吻礼。

当家的骑着的母骡十分壮健。
这女主人操持着一座农家大院。
她正在清亮的大镜柜下整理
衣物,堂屋里垂着长长纱幔,

那里,夏日,蓝苍蝇嗡嗡飞旋。
还有少女们住在周边,
她们比苔藓上的蘑菇更加清媚,
比蓝色清渠里的草莓还要鲜艳。

那里还有我温馨的卧室宁静恬然,
我的母狗弗洛尔和公狗马尔博卧在一边,
那是我的公猫尼斯和母猫丽蒂蒲,
古朴氛围中还有我朋友们的照片。

那是我祖母的瓜德罗普披肩,
那里还有特制的小椅子,

当年我七岁的父亲坐在上面，
穿越海面的群星时定很安然……

我的主呵，让我双膝下跪。
我愿捂脸痛哭，将你赞叹。
假若我不幸，那是个秘密：
你曾安慰约伯，他在粪坑受难。[①]

你赐我生命。主呵，那还不够吗？
那是铁皮屋顶、小桥和翠流飞湍，
那是小城里昏暗的花窗，
还有羊群、牧童和牧羊犬。

1897 年

那　人……

那人对我恶语相向：
……

① 约伯（Job），《圣经》中的人物，以虔诚和忍耐著称。魔鬼考验他，把他变得又穷又病；他却在贫困中祝福上帝，诅咒自己的生日。

我怒火万丈。

我任自己在田野游逛，
那儿的小草可不张狂，
我的母狗公狗趴在地上。

那儿，我见过很多动物
从不会出言狂妄，
小鸟们纯洁舒畅。

我自语，看那荆棘丛，
纤枝摇曳树篱上：
枝叶和善。为何人却无良？

然而在冥冥宁静中，
我却感无比的欢畅，
不竭的温情在胸中荡漾。

我想：鸟儿呵，为我友吧。
小草呵，为我友吧。
小蚂蚁呵，为我友吧。

而那边,斜斜的田野上,
在美丽流光的草场,
我看见牛群旁,有个农夫

仿佛在夜幕降临的光影中
滑翔,有如一声祈祷溅落
地上,也在我恬静的心房回荡。

1897 年

振　作?……

振作?我灵魂充斥悲戚。
生命撕扯我。我已不会哀啼。
我的心还有什么,还余何物?
只剩心碎、惶恐和无语。

除了吸烟斗我还能做些什么,
面对可爱的孩子在街头游戏?
剧烈的抽搐碾碎了我的胸口。
我难再笑谑……太惨,太凄厉。

我曾挚爱的你呵,请牵我手,
领我去索魂之地,
从此后,在死亡之路,留下
你的灿笑像水中蔚蓝的天际。

希望溜走了。那是孩子的话语。
你可曾想起不幸的童年,想起
你为笼中的鸟儿垂泪,
鸟儿在铁网中痛苦悲啼。

爱。爱。爱。让我更沉入渊底。
我心悲悯。比生命更为有力。
我愿如慈母用披肩轻拂爱子的
墓碑,独自在一旁哭泣。

1897 年

献给我的女友

回去之前……

回去之前，我俩闲逛。
一束魂灵如捧在手上，
倾诉数语，又无言迷茫。
碧涧间清夜流淌，
漂浮的乌云凝固山巅，与
某些古老圣经中一模一样。

爱的仁厚令你低垂颈项；
对诗人，不知有何
更比真心重要和荣光。
我们漫步回返，犹疑久长，
心知不再有丝毫造作和羞怯，
我们会同时张开赤裸的臂膀。

忧伤的白色星魂祈祷着，

比唱诗孤女更辽远悠扬。
你讲述闾巷轶事。
说我“真像一个小儿郎”。
你挂字拖腔，一字一顿地
讲：“一个……小……儿……郎。”

我说：我俩读同一所学堂，
那年你才四岁。这还不够荒唐？
你抬头，双眸柔情荡漾，
秋波流翠，我心涤荡。
“小友，”你讲，“真静！”
我们缄默，魂灵不知何往……

两个身体像同株的桃子，
燃烧，融化，向阳。
你说：“我们通宵亲吻，
太过疯狂。”而曙色初现，
沉醉于爱的你又说：“干嘛天亮？”

亲吻中，你牙将我唇咯伤……
胆小的曙光映着你的脸庞。
我说：别说了！你便无言。

随后我们走向清新的旷野，
坐在一段颓败的土墙上。

一只鸟儿鸣叫在高远的山上。
我们担心它这样叫一定心伤……
我便说，别乱猜想，
鸟妈妈就这样叫，鸟妈妈
都一样，去给它点儿吃的。
“真的?”你说着，笑漾脸上。

我们走着，唇对唇，我把
山泉喂你口中。你叫道：
“好凉！呵！真清凉！”

……下雨了。山间雨水奔淌。
这雨令村庄遐想，
这雨温婉轻柔，沙沙作响，
这雨淅沥，这雨为太阳泪淌，
这雨洗刷得彩虹明亮，
这雨让鸡群乱跑和战栗，
而我们小心着怕踩进泥塘……

我们漫步回家午餐，可
严肃的争论却出现在餐桌上，
因我没听你的一个点子，
你的泪水险些流出眼眶……

不久，我们又重拥赤裸的臂膀，
我们再次爱抚，浓密秀发下
是你苍白的面庞。

女友，如今你已远去。可我愿
把这首诗与远方的友人们分享，
愿他们给陌生的你涓滴之爱，
而且，能呆一天多好，就在
窗下，在你我的爱巢卧房……
他们无从知晓这个地方……

1897 年

听，花园里……

听，香芹味弥漫在花园里，
桃树上，灰雀啭啼。

它的歌如明溪之水，
音调颤抖，水中沐浴。

我心至死都很悲戚，
尽管许多念头属于——狂迷。

第一个死了。第二个死了；
——另一个还不知在哪里。

不过，另外还有一个，
她如月亮般甜蜜……

今天下午我去看她。
我们漫步在一座城里……

此乃富人的别墅和名园
在明亮的街区？

蔷薇和月桂，栅栏和紧闭的门
带着知道点儿啥的神气。

呵！若我有钱，我与

阿玛丽莉娅就此起居。①

我叫她阿玛丽莉娅。这蠢吗!
不,绝不。我是诗人。

二十八岁成为诗人,
难道你自以为有趣?

钱包里只有十法郎零两个苏
香粉钱。令人丧气。

藉此我知阿玛丽莉娅
爱我,只爱我本人而已。

无论水星还是隐修②
我俱无工资酬取。

---

① 阿玛丽莉娅(Amarillya),即玛莫尔(Mamore),是耶麦于1896年结识并深爱的一位犹太裔少女,但由于母亲的坚决反对,耶麦被迫于1898年与相恋三年的阿玛丽莉娅痛苦分手。他在写给朋友的信中说:“我出于对母亲的爱而离开了最值得爱的女友。”

② 指法兰西水星出版社(*Le Mercure de France*)和隐修杂志(*L'Ermitage*)。这两家出版社均曾出版过耶麦的作品。

她太好了，阿玛丽莉娅，
而且，她比我睿智伶俐。

我俩的幸福只差五十个法郎。
人无法拥有一切，心亦同理。

若罗斯柴尔德家族有人对她说：①
来吧……她可能这样回敬：

不，你不会得到我的小裙子，
我的爱另属他人……

若罗斯柴尔德又问：他叫……
叫……叫什么……那个……诗人？

她会说：是弗朗西斯·耶麦。
如此作答也让我有些伤心：

① 罗斯柴尔德家族(Rothschild)，原本是一个在德国生活的犹太人家族，18世纪末期，罗斯柴尔德家族创建了整个欧洲的金融和银行现代化制度。在奥地利和英国，罗斯柴尔德家族先后被提升为贵族阶级。一般认为，在19世纪，罗斯柴尔德家族是全世界最富有的家族。

我想,罗斯柴尔德家族
根本不知道谁是这个诗人。

结束了……

结束了,蔚蓝温暖明亮的一天。
钢琴声在白而新的街区回旋,
月桂树、篱笆墙和无花果微颤,
令人想起寄宿学校时的爱恋。

爬山虎像串起红辣椒的绳子
在凄风中攀缘,似长笛
在黄昏泣诉幽怨,
此时,树叶抖动,像心境缠绵。

我的灵魂,爱那有樱唇的白色
高墙,无论清晨夜晚。
爱那紧闭的大门,它守护的一切
已隐入廊庑影翳之间。

阿玛丽莉娅走在我身边。
抓着我的乌木手杖,心事满脸,

仿佛贝纳丹·德·圣-皮埃尔那样的
古代哲人,一到夏末就会显现。

她注视着我说:我太爱你……
我愿重复这话千万遍……
你爱我,再说一遍。我说:我爱你……
而我心似黑色的枝桠震颤。

于是我觉得我对她的爱
在美好而成熟的日子颤抖着溜远,
我要在伤心花园,在温馨的墙后,
用菖兰花装饰园丁的花钳。

我向她伸过唇去,却没把
她热盼的吻给她。
可这更温柔,恰似嗡嗡的胡蜂
似落非落在百合花。

此时,第一缕灯光
照亮水濛濛的花窗,房间里,
小学生趴在明亮的地图上,
正用柔和的色彩把大洋洲描画。

阿玛丽莉娅说:呵,富家子弟呀……
这两人还要老师护送回家……
闻此,我心痛良久,
像福音书般心乱如麻。

主呵!二十年后,我仿佛又见
孩提时的阿玛丽莉娅。
呵!她那时一定有些贫病交加……
呵阿玛丽莉娅!说呀,哪里是你的画夹?

当富家阔少擦身而边,
我在女友怀中自感抖颤。
想到基督只呼唤工匠之子,
我的心便抽搐痉挛。

我多爱你……

我多爱你,呵女友,东方
家族的血,流在你血脉里。
你像那些南方的舞者,
摇着小手帕,歌漾似笛。
呵我的小女友,往日,你身着

衬衣,光洁皮肤和美妙的秀发
在房中弥散出野柠檬的香气……

当时你纤美双脚可爱怪异,
露在粉红色短衫外的双腿
仿佛元旦时快乐灯光下的婴儿,
显露出旺盛的活力。
我们那样相爱,得趣,
在我怀里,你头向后仰,
并发出怪诞轻叫,
随后又说不要我想你。

我无暇礼貌,可没讲拉丁语。

女友,你爱我,我爱你。可是,
我囊中羞涩,呵女友,不能给你
点滴物质的幸福,真自容无地。
这世界让我的她如此落魄,
又不向葡萄架洒下金雨
来支付我金贵的蜜蜂絮语,
你咋那么没脸没皮?

一片枯叶落下……

一片枯叶落下，又一片，阳光下，
梧桐树巅仿佛苍白的号角，
不知谁将冰冷的卵石敲打。

我不知花园里的花儿去了哪儿。
绛红之夜闪亮的颤动下，最后
几株大天竺葵绽放出冰冷的花。

一位红衣童子，在路旁伫立，
喧闹小径有只觅食的红母鸡，
还有两只在安静地踱来踱去。

色白味苦的蒲公英，在牧场上
疏落生长，野草莓将无味的
果实，献给柔唇的小姑娘。

这就是生活。高处，我望见牧童
在羊群前逐只数着母羊，黄杨
牧笛随意吹出曲调悠扬，随后

他走到驮着铁皮罐的驴子旁,一同
爬上山冈,山头云遮雾障,有
萋萋芳草,可为美味乳酪增香。

枯萎的树篱间,最后几丛白色的
蜜蜂花,或浓或淡,色衰枯黄,
再不见不倦的金色蜜蜂穿梭忙。

油亮的碗橱里,梨子熟香,
天冷变硬的黑葡萄籽,从
发黄的葡萄架掉落墙脚旁。

新生的冬青树,刺人而硬挺,
结出光滑的球茎,血一样红,
扎成秋日的花束,别有风情。

冷得发僵的蚱蜢,在暖阳下
缓气。近旁一株怒放的
蔷薇,会随他物一样逝去……

远了,长满鼠尾草的夏日花园已远去,
那儿,鲜红的番茄和蔷薇旁,

洒下溽热主日里惨白的静谧。

更远了,我想你的那天,
相识之前,我穿过树林,
湿润朝阳下,我的狗窜在前面。

当时,从浓密幽暗的枝桠里
远眺,时断时续,在我
心目中,那是山谷晨曦。

当时,明亮的山峦似至纯的
清思,那儿有紫色的山峰,
是山巅上蔷薇色的战栗。

那是我心中的泪和至圣至柔的
微笑,一如巧手穿针引线、
泪中含笑的少女。

更远了,我想你的那天,
穿过树林旁,仿佛
天使的歌声在我心中回荡。

我凝重的灵魂匍匐大路上。
某种宗教或温柔的情结在碧空
翱翔,而棕色的牛群照样忙……

这就像一首听不到的歌,
像冬日里的乞丐拽步走向
谷仓草垛,安睡于夜色茫茫。

那天,谦恭伤感的村庄
陡现万般柔肠,
慰藉的金合欢洒落纷扬。

鸭子摇摆着走向水塘。
蓝色的葡萄藤蜿蜒在暗窗,
在小镇的学校里,听到

字母队形的蜜蜂缠绵细语,
在传播知识的迷人画图前,
快乐孩子们把 ABCD 高唱。

老者纺纱,斜倚破旧门槛,
蓝天仿佛美羽的
翠鸟,栖息河畔。

小亲亲,如今你已远去。
你尖挺纤弱的胸脯,还有你
波浪般浑圆翘耸的腰肢如今去了哪里?

我似见你乌丝若雨燕,
微厚的唇,明眸秀丽,
洁颈宽肩,自强不息。

我们笑了。我说:哦! 你真像
缪塞诗中的老版画插图,
苔藓上行走,骑着毛驴。

于是你抱住我。浅笑中的战栗
融入我们贴紧的双唇……
随后我们当真化为一体。

你凝视着我插着白色
菖蒲花的硕大太阳帽,
那是我随手丢在了那里。

1897 年

诗人之生

《诗人之生》于1897年3月出版，与耶麦在“法兰西水星”上发表《耶麦主义宣言》是同一时期。

这首长诗原准备发表在“白色评论”上，并配发一帧由F.瓦洛蓬拍摄的诗人肖像。后因与该杂志意见相左，耶麦转而致函亨利·旺德普特①，希望《诗人之生》改由“红公鸡”杂志②发表。耶麦在信中写道：

“这首诗的手稿现在亨利·德·雷尼埃手上，马上要转给我的老友安德烈·纪德。若您能满足我的两点要求，我愿意把这首诗交由您首发：

“第一，根据本诗的篇幅，请您在‘红公鸡’的头版位置为我预留约10页的版面；

“第二，用‘梅丽莎河岸’纸，以同规格开本为我印

---

① 亨利·旺德普特(Henri Vandeputte，1877—1952)，比利时作家，以自然主义诗歌闻名，《红公鸡》杂志的发行人。

② 红公鸡(*le Coq rouge*)，比利时一份文学半月刊，1895年由诗人维尔哈伦(Emile Verhaeren，1855—1916)等人在布鲁塞尔创办，1897年停刊。

制150册单行本。”

于是,《诗人之生》便改在比利时出版了。耶麦对这本24页、以单行本形式刊印的小册子甚为满意,并把它题献给弗朗西斯·维埃雷-格里芬——这段献辞后来在《晨昏三钟经》再版时删去了:

“这部作品是在冥想状态下写成的。写作时,一种单一而纯净的灵感贯穿在我周身。藉此,我希望您会喜欢它。我把它敬献给您,因为您是伟大的诗人。弗·耶”

这首长诗出版后,获得了包括斯特凡·马拉美、亨利·德·雷尼埃、安德烈·纪德、亨利·盖翁、夏尔-路易·菲利普[①]、乔治·罗登巴赫[②]、阿尔贝·萨曼、保尔·福尔、圣-乔治·德·布埃里耶在内的众多诗人的一致赞扬。

---

① 夏尔-路易·菲利普(Charles-Louis Philippe, 1874—1909),法国诗人、小说家。

② 乔治·罗登巴赫(Georges Rodenbach, 1855—1898),比利时象征主义诗人、小说家。

诗人之生

——献给弗朗西斯·维埃雷-格里芬

第一部
天　堂

宇宙处于终极冥想之中。我想象它是一方黑色大理石,镌刻着智慧与灵光。

逐渐地,黑色变为白色。那是飞雪从黑夜中逸出。雪花飘落大地。

十二月。

诗人将降生于乡间一栋温馨的房子。天色渐亮。雪花覆罩的森林仿佛丛丛花束。

歌声响起,与适才的静谧一样温柔,开始略似竖琴般振颤,继而转入庄严、宁静和厚重,神圣的空间充盈着爱。

静穆的合唱中,村庄颤动有如像胎儿躁动于母腹,雄鸡报晓。那是

天堂的合唱

与大地上最纯净的声音汇成共响。

众天使

我们是凡人肉眼不识的天使，
空气是我们的身体，在空中，
当落下墨绿而温馨的钱币雨，
我们为凄苦乞丐喜极而泣。我们
不晓得那些响当当的名字，
是因为我们知道地球浑圆，
是因为我们知道海洋深不见底？
我们歌唱万物之父，他是全知的上帝。

我们歌唱万物之父，他是全知的上帝。
幽黯中光明将万物繁育，
尽管在坟墓中无生无死，
大地将诞生巨大的欢喜。

一位天使

一位诗人将诞生。
呵！仁慈的上帝。

世界将诞生于
牢狱。

我们是天使,
凡人看不见。
捏着乌黑小钱的
乞丐,我们最爱。

众精灵

世界像昨日和明天一样转动。
众人皆明白,我们却很懵懂。
我们惟知火和空气是透明的,
还知有位诗人将在清晨降生。

地球、宇宙和凌驾它们的那位
正在歌唱,直至诗人一切圆满,
死亡便是生命,父亲便是孤儿,
孤儿便是父亲,牢狱便是空间。

今夜,森林将不会拨动竖琴,
它把音乐留给即将诞生的人。
浓重的黑夜,将把它的光辉

送给那像星辰一样出现的人。

白昼渐亮，要把黑夜
留给他好去播撒光明。
又听到地球停转片刻，
让他把土地捏揉塑形。

海洋馈赠他泪水和波浪，
烈火馈赠他血脉的热量，
天空馈赠他大地的日子，
生命馈赠他成长的死亡。

此时，听到一位瘫痪的老奶奶在祈祷。祈祷声在空中飘荡，不绝如缕。这时，应和的歌声响起，那是

两位天使

我们爱那些瘫痪的老妪，
温柔之痛令她双腿麻痹，
对她们的慰藉便是正义。

我们喜欢额头贴着简陋教堂
纸做的蔷薇花，寂静在号泣，

祭坛上，偶尔有镀金的圣器。

我们双手合十，我们屈膝，
像我们的羽翼般凝视自己，
我们是信仰，行将离去，

但将永驻穷妇人已死的心底。

上　帝

我爱好人。我怜悯恶人。
我爱动物、植物和一切美的东西。
我爱顺从者，我爱叛逆，
我爱黑夜、白昼、傍晚和白色晨曦。

我爱并从不问有何道理。
为何你们非要刨根问底？
——是我赐予你们逻辑，
还有小麦、蔷薇和没有条理。

我爱。你们也爱吧。我言之有理……
休问我为何一条蝰蛇
作为慈母，会为孩子杀死自己，

下跪吧！心灵中真理洋溢。

天堂的合唱

赞美！让我们敲起极地
金鼓，鸣响宇宙整体。
敲，再敲，再敲响，
像水和盐把圣歌唱起。

一个精灵

巴布亚上空天堂鸟翱翔。[①]
在钟楼的花朵和青藤上
它们抖动金翅，蔷薇微晃……
将出生的诗人听到了那和谐混响。

裸美女现身亚细亚玫瑰上，
温柔手势掀起海洋的波浪，
多情俊男对她倾情赞赏……
将出生的诗人看到了那和谐景象。

---

① 巴布亚(Papouasie)，南太平洋岛名，与新几内亚岛及附近600余个大小岛屿共同组成巴布亚新几内亚。天堂鸟(oiseau de paradis)，又名极乐鸟，是巴布亚新几内亚特有的鸟，为该国的国鸟。

在阿非利加沙漠，士兵们
呼喊朋友和母亲，可怜待毙，
他们焦渴至极，要用咸涩干黑的
舌头舔舐干涸的土地……
将出生的诗人听到了那临终嚎泣。

在阿美利加，重商之城，
能听到人们辛勤炼钢。
装甲战舰撕破了海洋。
将出生的诗人把机械化构想。

朱唇欧罗巴，白色的臂膀，
把蓝色蒸汽吹向极地花窗，
四海齐聚，欧陆飘香。
将出生的诗人洞悉那和谐混响。

一位天使

世界似树，净思
　　便是硕果……
花是女人，飘飞的枯叶
　　便是乞儿。

一个精灵

温柔的
女人
灵魂的
苔藓……
男人，
美好的
事物……

乡村的巡游行列

我们是乡村的巡游行列。
眼前耸立着高高的山冈，
驴子之友的我们在扬尘的路上高唱。

穿着上浆白衫的小姑娘，
举着小会旗，头上发卷
似牧场上温柔的羔羊。

巡游行列缓缓行进，排成两行。
个个紧跟，男人们神色端庄，
笔直地走路，旗子拿在手上。

这便是荣光。人说有祥瑞飞翔。
小城街巷清爽，斜插的燕尾旗
仿佛在温柔花束中亲吻花香。

歌声飞扬，傍晚，小广场，
纯洁的临时祭坛上，喷洒和舞动着
镇里新剪的树枝，似排排诗行。

高举！下跪！树叶似喷壶般洒向
跪下的人群，人们满怀希望，
极度热狂中，小姑娘

向圣体显供台抛洒蔷薇花瓣，
年长些的姑娘温柔歌唱，
默默躬身在苔藓制成的圣器旁，

人们缓缓地起身，
圣洁的钟声敲响。
所有人笑容满面，心蕴安详。
我们是圣体瞻礼和
祈祷丰年的巡游行列，
我们感恩，崇拜上苍。

我们如巴斯克地区的废园般感伤，
如鲜花十字架行进在苍茫路上，
如诗人的灵魂生活在某个村庄，

他凝视海岛上逝去的亲人们的脚步
踩在亘古的石板路上，如今他们在
安的列斯群岛绛色烟草下长眠梦乡，

荒凉的坟冢，笼罩死寂的安详。

贞女的合唱

呵甜美之声！让我们默祷和倾听。
诗人降生。我们是贞女，将身体
向不洁的年轻人奉赠，我们微笑着
宽恕，让他们的微笑滑过我们袒露的
怀中。我们是肌肤平滑的贞女，
我们玉洁冰清，在年轻人的
床笫，我们温柔的贞洁宽恕
他们的粗鲁，带着忧郁神情……
因为从我们身上，人道降生，
从我们身上，美之准则降生，
从我们身上，善的标准降生，

从我们身上，原罪降生，
从我们身上，渊博降生，
从我们身上，今晨，诗人降生。

一位天使

这竖琴的歌声来自何方？

另一位天使

这是孩子的啼哭声，透过了
蒲草箱，想起摩西在尼罗河
飘荡，在一座银子般的
海岛上，泥岸旁，法老的公主
在冥想中等待漂浮的床。①

今天，一个女人生了诗人，
当年，同样多亏成为母亲的
姑娘，被灵魂感召的
诗人摩西才免遭溺亡。

---

① 据《旧约·出埃及记》记载，摩西受耶和华之命，率领受奴役的希伯来人逃离古埃及，到达神所应许的流着奶和蜜之地——迦南。传说他出生后，他的父母为了不让他被法老处死，便将他放在一个蒲草箱里，顺尼罗河而下，在河边芦荻中被法老的公主发现，并把他抚养成人。

无论在哪儿，都是与救出
摩西的摇篮同样的蒲草箱，
你从那儿听到的蒲草中的
笑的嚎泣化作竖琴的歌唱。

在病院中濒死的不幸的人

当他的灵魂升天之际，诗人的灵魂降临大地。

你们欢歌笑语，我却历尽煎熬地死去。
我谵妄待毙，你们却高唱歌曲。
我会在排列齐整的墓床里安息，
人们会把尖尖的东西钉上
　　我遍体鳞伤的身体。

我要死了……手举玻璃瓶的
蜡制修女，在晃动她光滑的
帽子时，我闻欢歌此伏彼起。
学生们窃语：那灯光暗了……
　　暗了……真是怪异……

同样，我曾像诗人在某日出生，

我也失去了母亲、父亲和兄弟。
我得了病，赚了足够的钱，
为了买药治病，
　　也为了充饥。

上　帝

唱吧！我是引领羔羊的那个人，
羊毛变硬，只因路上满是灰尘，
向着水源丰沛苍翠的陡坡，那里有
　　淡水粼粼。

苦命人的灵魂升入天堂。诗人的灵魂降临大地。此时，又听到了

上帝之声

无限敞开了光明，也敞开黑暗，
一人走向光明，一人走向黑暗。
你们知道谁出生？谁进了坟墓？
死和生对你们只是大地的碎片。

很多很多，胜过大地的碎片，
很多很多，胜过光明和黑暗。

人们不明白何谓真正的坟墓。

人们不知光明，因囿于黑暗。

天使们

歌唱吧！诗人的灵魂已降临大地。

第二部

大　地

森林。冬天。黎明。飞雪。

树　木

诗人的灵魂降临大地。

诗人即我，我在故他在。

我捧着果实、花朵和灰鸽子，

这些也捧在诗人的手里。

像他，斧子深藏在我心底；

像他，我临风而歌。无人在意。

而且，当我老而倒地，

像他，无发且满心啮人的焦虑。

石　头

诗人的灵魂降临大地。
诗人即我，因我像男人般粗砺，
全身覆盖软而厚的苔藓，
如诗人的灵魂充满善意。

像他，人们向我抛撒垃圾：
身披厚羽的鸟雀叽喳着，
从树梢向我倾泻粪便脏东西；
而我，却对污物回报以银币。

溪　流

诗人的灵魂降临大地。
诗人即我，我像血脉奔溢。
我唱，我祈祷，遍体被荆棘
剐伤，也只为在海洋遁迹。

像他，至死都怀揣纸张，
含泪书写大自然的篇章，
流经树林我收集金色的
树叶，树叶下，我泪淌。

蕨　草

诗人的灵魂降临大地。
诗人即我，因为我像人一样
将驴子的前额和毒蘑菇遮挡，
我的叶子如诗一般装潢漂亮。

他即我，因为我易折，易碎，
变黄，当雨的泪珠落在
我的身上，像可怜人的泪珠
在他渐死的灵魂上滴淌。

灯心草

诗人的灵魂降临大地。
他即我们。我们无叶，赤裸。
像他，我们在泥潭穷困生活，
羸瘦，折腰，只因我们软弱。

在我们的身上，什么也抓不住，
就像在诗人的灵魂上一无所获。
驻足的狗以为在我们身上总能
找到什么，往往只是泥土一抔。

荆棘丛

诗人的灵魂降临大地。
灵魂即我们。我们面貌粗鄙，
可是能为花鸟野兔遮风避雨……
当我们刮掉羊羔身上的毛，

那是为鸟儿准备避寒的巢，
对它们，我们是称职的仆人；
可自私自利的人们
却用刀砍我们，用脚踩我们。

荒　宅

诗人的灵魂降临大地。
他即我。在黑泥砌成的壁炉旁，
雨天，或许曾有恋人，像
在诗人灵魂的黑暗一隅依傍。

可还有呢……还有呢……
夜里，他似笑，像我一样，
风里，外套寒酸垢亮，像
忧伤屋檐下，我在雨中闪亮。

第三部
海上，海中，海边

海上：一艘渔船，浓雾，海鸟

海中：鱼群，海藻，珊瑚，溺死者

海边：一座渔人窝棚

大 海

我像自己一样明亮，眼瞅着
诗人的神与灵成长，透过波浪，
珊瑚的杈桠似大脑枝多蔓长，
好似人们红色的肺脏。

那又有谁知道我不思想？
又有谁不说我和诗人不一样，
当金色的鱼群嬉戏在我头顶，
那便是浓雾遮蔽了我的思想，

洒下的浓雾似陌生人一片茫茫，
还有凌乱物品上不知躺了多久的
废弃的帆樯，那里常有渔船

失事，人们迎风泪水汪汪。

一艘渔船

因为我是诗人，我前往一片摇动的
土地，那是大海，那里飞翔着鱼，
海鸟畅游海面，柔软的长长的
羽翼，仿佛是海浪的弯曲。

人们说竖琴掌握在诗人的手里。
而我绷紧的琴弦上，风唱着歌曲，
难道那风儿不是上帝的声音？
诗人的歌喉同样也由他赐予。

在海底，我有诗人般的躯体：
沉船似人，肋骨斑斑狼藉；
而我的帆，像女人挥舞的手帕，
说着再会，向残暴的章鱼致意。

一座渔人窝棚

在海边，我是一座
窝棚，窗子
和门大敞，四处

是泥土的破洞。

我就是诗人，
他像我，也在泥土之中，
他的头也有破洞：那是
鼻子，嘴，耳朵和眼睛。

我面前，有堆干衣服，
发黄，垢亮，硬挺，
旁边是一艘
有桨的小艇。

我，我就是诗人，
因为，从我简陋的窗子，
整个天空兴冲冲
涌入我头顶的破洞。

溺死者

我们如诗坛名宿活在死亡，
那死若碧水，透明而健旺；
我们再听不见大地的低语，
在海浪中，夜空露出曙光。

我们被鲨鱼撕得粉碎，正如
诗人被庸人所误，尸体喂了
牡蛎、海胆、章鱼和海蜘蛛，
它们红得就像是讪笑的少妇。

我们淹死海中，像诗人罹难于
大地，我们的碎块嵌进了岩隙，
一如普罗米修斯宁愿肝被啄食①，
只为温柔纯贞的爱人魂牵梦系……

但我们会复仇，当爱人
在水畔张嘴喝我们的血，
血溅成珠，苍白的我们
任金蔷薇滑过她的丰胸。

海藻慢慢地将我们缠绕，
缠绕，就像女人的臂膀；
好像一会儿就缠到前额，
将我们与灵魂温柔捆绑。

① 普罗米修斯（Prométhée），希腊神话中为人类从天上盗取火种并教会人类许多知识的神，他因此触怒宙斯，被锁在高加索山的悬崖上，宙斯每天派一只鹰去吃他的肝，又让他的肝每天重新长上。

第四部

天堂，大地，海洋

天　堂

呵睡吧，大地！因为我是诗人之魂。
我在无限的怀中永远抚慰你，
而人们看不见的上帝，正在
诞生有限的无限怀抱中将我们慰藉。

像煅炉中的力量齐聚我身，
不知谁熄灭了似火中之炭的
星辰，他如此神力，在清晨
离去，锻造出野猪、大麦和诗人。

听！天使唱着美妙的圣歌。
他们曼妙的歌声似竖琴和彩虹。
听！诗人降生了！光荣呵！能听到
和谐的咏唱和仁慈的宁静。

看！呵大地，黑夜裂开了。

诗人降生了，那是对他的颂扬：
每日的景象依旧，一如既往，
只为让他去爱，为他们歌唱。

看见了！那儿，向着丘陵和晨曦，
呵大地！山鹑迷失在雪地。
天亮了！荣光！看看，如弥留的
管风琴般散落在你古老的坟地。

你认出自己了吗，而且，既然你是他，
既然你、我和大海，我们是他，
你看天上，曲线般地掠过一群
你本应让其休憩和果腹的野鸭。

它们从天堂来，要飞向海洋，
呵大地！想在陆地有个栖息的地方。
让我们集合起义务，成为诗人，
惟有一个头，一颗心脏。

醒来吧！尘世的夜裂开了；
诗人降生了，那是对他的颂扬。

大　地

我醒了，哦天空！我是诗人的魂灵，
我也抚慰着你，在和谐的宇宙中。
　　呵天空！
我抚慰的天空是你，你也把我抚慰。
我醒来时，传来无限的呼声，
在温馨和祝福的宁静中，诗人
　　降生……
我听到溪流、土地和苔藓的歌声。

海洋对大地

大地，我用歌声和芳香慰藉你，
我抚慰天空，群星歌唱在星系。
天空摇着我，我也摇着天空。
让我们相爱永远，合二为一。

众

我们是诗人之魂，现在他已降生。
我充满无上喜悦，我为上帝之足
熏香，似香炉的烟篆袅袅扬升。
我是白昼，黑夜，声音和宁静。

一日

《一日》是耶麦在他"最具田园气息的朋友"夏尔·德·鲍尔德家中做客时创作的。鲍尔德住在阿博斯，距奥尔泰兹不远。耶麦在其回忆录《爱情·缪斯·狩猎》中回忆了这首诗的诞生过程：

"那是1895年4月中旬，我突然有了创作的冲动。我只找到这一个词来表达我所欲言。我体内全部的抒情能量同时爆发。在如此的冲击之下，我不知道我为何没有窒息，灵感的翅膀仿佛在猛烈地拍打着我，《一日》这首诗就这样诞生了。在我的灵魂中，所有的喷泉，所有的小溪，所有的三钟经和所有的钟声一齐纵情放歌，漫山遍野盛开着丁香花，直至夜幕降临，星星升起来了，又逐渐苍白暗淡，让位于随之而来、结满朝露的清晨，然后，蔚蓝色的中午便延展开来。"

耶麦未指望曾在1894年为他出版《诗》的奥朗道夫出版社为他出版这首诗，因为他当时还属于马拉美所称的"不叫座"的那类作家。于是，他给尚未谋面、仍以

“您”相称的安德烈·纪德写信寻求帮助。为此，纪德求助于在文学家和出版家中“最与人为善、最和蔼可亲的”阿尔弗莱德·瓦莱特，瓦莱特同意由法兰西水星出版社出版《一日》。耶麦终生感念纪德为该诗出版所做的贡献。

《一日》于1895年9月30日出版。严格地说，这是一部由十九首诗组成的对话体长诗，后收入了《晨昏三钟经》。初版只印了319册，因为未做宣传，没有过多地引起批评界的注意。

藉《一日》出版之机，耶麦平生第一次去了巴黎，那是1895年10月。

作品出版后获得众多诗人的称赞，包括马拉美、萨曼和皮埃尔·路易斯①。皮埃尔·路易斯在给耶麦的回信中写道：

“感谢您把这册淳朴清新的书寄赠给我。我虽然尚未与您结识，但您的诗已让我爱上了您。我为您迸发出的深情而深深地为您祈福。能懂得感动已属不易；能懂得感动他人更是难能可贵。

“您的《一日》需反复吟咏，我衷心感谢您赠给我这本书。”

---

① 皮埃尔·路易斯(Pierre Louÿs, 1870—1925)，法国诗人、小说家。

一　日

——献给亨利·德·雷尼埃

人　物

诗人的母亲。

诗人的父亲。

诗人(二十六岁)。

诗人的灵魂(白衣少女,二十六岁)。

诗人的未婚妻(蓝衣少女,十八岁)。

老女佣。

母猎犬。

第一幕

上午十一点。酷热的白天。

一扇门、两扇窗子的乡间膳厅,面向花园,花园里夏花绚烂。对着房门有一个简陋碗橱,碗橱顶上放着几个水果和果酱瓶。碗橱一面的墙上挂着两个色彩鲜艳的旧挂盘。一只挂盘旁，挂着一支猎枪……

餐桌上铺着一块旧漆布，摆着一盆旱金莲。

在一扇敞开的窗子前，**诗人的母亲**在缝补白衬衣。在她身旁，**诗人的未婚妻**在绣花。

诗人带着母猎犬打猎归来，**诗人的灵魂**在花园通往膳厅的旧钢琴下迎接他。

诗　人

——母亲在哪儿？

诗人的灵魂

膳厅里飘散水果的香气，
她在旱金莲旁补缀衬衣，
令人想起那位小姐丽妮。
这是我温柔灰发的生母。
葡萄园中洒下一片静谧。
烫石头上，母猫打哈欠伸懒腰，
或在阳光下仰卧露出白白肚皮。

你的狗抻直身子，伸出口鼻，
前爪伸直，后腿蜷曲。

明亮的天空似窗扇中飘进的乐曲。

上帝让你们善良似人，温情

似蜜，半发面饼和苹果上，

金色的胡蜂紧紧贴依。

你的慈母在果味飘香的膳厅里

缝补衬衣，她身旁是你未婚妻。

诗人（登上台阶，走进膳厅）

你在篱笆上晾的袜子

被刚才路过的母牛吃进肚里。

未婚妻

呵！真讨厌。这是第二次了……

两三个月前就有过一次。

诗　人

谷仓那边你可以晾晒袜子，

小牛和母牛都不路过那里……

柱子上还有绳子可以晾衣……

未婚妻

那边胡桃树太多，到处荫翳。

诗人的灵魂

你心思此时全在胡桃树影里。
你的幸福如阳光一缕，滑过
破旧台阶、鸡群和林中紫藤，
它们虬结盘曲。那边，篱笆上，
你未婚妻晾晒的薄袜
被路过的母牛吃光，
因为它们在阳光下像蓝色的草，
因为母牛在流火的蓝天下奋亢，
因为一切那么美好，那么温馨，
因为一切都好似冬青树的闪光，
因为生活仿佛潺潺的溪水，在
水田芥和温暖的金色卵石上流淌。

诗　人

亲爱的，给我一杯水，好吗？

（未婚妻拿起一个杯子。）

母亲（对走进来的女佣）

去井边打桶水吧。旧桶别碰上

井沿，用水罐吧。去吧。

（女佣走出房间。水井处传来吱吱嘎嘎的汲水声。）

诗人的灵魂

水井吱嘎，胡蜂嗡嗡，你可听见？
蔚蓝安睡在金黄的玉米田。
万物温馨如母牛爱吃的钟形花，秋天，
温馨如打雷和下雨时尘土的味道
——当小河水浑黄泛滥，
温馨如辕木上猎枪射击的声音，秋天。

母　亲

你打到了鹌鹑？那就去摘点
没喷药的葡萄叶，来做晚餐。

诗人的灵魂

母亲和未婚妻纯洁似天鹅一般。

未婚妻（对母猎犬）

亲爱的狗狗，你在喘？……去喝点
我为你煮的好汤，就在水盘那边。

诗　人

我打到两只鹌鹑……可跑了一只秧鸡……

母亲（对着猎犬，抚摩着它的耳朵）

你没逮住那只秧鸡？

诗　人

我打到了它……可它落进了刚刚刈过的
草地，就靠近湍流旁的水渠……
可它跑了，钻进了柔软的草地，
猎犬拼命地追，
但到底没逮住那只秧鸡……
　　　　父亲呢？

母　亲

他去给蔷薇剪枝，把喷壶拿去修理：
喷壶的绿漆掉了，他要去重新上漆。

诗人的灵魂

　　　　到了夜晚，
那喷壶绿得像明亮的菖兰

花钳。金色的莲蓬头照例每天
喷洒花坛。对着花朵喷洒出
夏日雨点。那水，是老父亲
顶着酷暑，汲自冰凉的井边。
水井美又暗，布满阴影，长满苔藓。
外边又干又热，你看看苔藓和地面。

（老女佣开始摆放餐具。）

父亲（进屋，放下喷壶）

我摘了几朵蔷薇。你打到鹌鹑啦？
你未婚妻的脸色怎么有些苍白暗淡……
母牛刚产下牛犊，真是好看……
村里孩子们打下一只斑鸠……
就在昂盖家的醋栗园。

（他摘下帽子看了看，又擦擦前额。）
它太旧了，这顶老草帽。

（对妻子）

再镶个边吧。它当时值两百块钱。

是我叔叔从国外带回法国的家园。
一顶这样的帽子可贵了，在那边。

诗人的灵魂

此即纯朴，是昨天和明日的
困苦。是温柔而骄人的朴素。
他们围着黑亮的桌旁用粗面包果腹。
卷边的旧草帽补了又补。
他们的钱袋早已破旧，可不晓得
家有贤妻，万金不赎，
除了丁香的树影、蔷薇、马齿苋、
百合、紫罗兰、铁制郁金香饰物、
圣诞玫瑰、甬道上的菖兰和闪光的
哀伤树丛外，也不知还有什么植物。
贫寒而自尊的人就像天鹅般淳朴。

父　亲

我清理了一窝野蜂，就在荚迷花那边。
还有，刚才有人打破了一只水罐。

未婚妻

女佣上了年纪。她得病了。

母　亲

她没有力气去拔生菜了。

（女佣递给诗人一杯水。他喝了。）

诗人的灵魂

喝吧！这是井水的呼唤。
它清冽如己，像天降的甘泉。
它纯净如你未婚妻的灵魂，
如她的怀抱清凉而温暖。
老女佣已经衰老，因此
在老井畔汲水时打破了水罐。
水很甜。屋顶的角落
找不到猫，因为旧瓦片下
是赤日炎炎。
　　　　三钟经缓缓地敲响，
像白色的念珠，白色的念珠串串……
驴子慢腾腾地走在水渠边。
沉睡的碧水畔，放歌的镰刀亮闪闪，
蟋蟀的狂鸣响成一片。
三钟经像白色的念珠迸溅……

晶莹闪亮，人们说就像雨点。
天那么热，铅色天空在流汗。
野生的胡萝卜也懒得动弹。

（女佣走出膳厅。全家围坐桌前。）

父　亲

石板掉下来了，从钟楼顶上。

诗人的灵魂

石板像鸽子的胸脯，在太阳下闪光……

父　亲

人们打算去修。可工人受了伤。
他现在躺在床上。扎了颗钉子……在脚上……
刚才我让人给他送去一点酒……
应该再给他去送点儿小牛肉……
这猪油鹅肉卷心菜浓汤不错……很香。

未婚妻

那酒是玫瑰红……

诗　人

还没有在桶里发酵。还有
一桶半，酒色诱人……

诗人的灵魂

秋月里，在山坡上采摘葡萄，
那时，河水碧绿，山坡雷响。
把酒装进修好的旧桶，
再把木芯和灯心草塞上……
刺鼻的榨汁池，沤肥用的
酸臭荆豆旁，母牛群走过，
阳光下，剩下的硫酸铜
如青山的手镯闪光……

父　亲

嗯，这卷心菜确实不错。

诗人的灵魂

　　在蓝色的菜园，
播种的卷心菜在蓝天下沉睡梦乡。
忧伤的菜园里，冷不丁蹦出

蚱蜢的棚架泛着绿光。
老园子的白墙白得像最白的
石灰，水一般的青空
万里无云，天清气朗。
卷心菜在此生长，供收割品尝。
春天，它们睡在丁香树柔软的叶下；
夏天，苍蝇盘旋，发出燥热的声响；
秋天，温柔的细雨下，一片馨香。

诗　人

这腌肉是鹅还是鸭子？

女佣（进屋）

是鹅肉，先生。

诗人的灵魂

　　一群白鹅，走在
白色的路上，似摇摆起舞，
迎着阳光。走近池塘。
鼻子里发出鸣叫，脖子伸长，扇着
宽大翅膀，纷纷跃入池塘。

母　亲

磨坊主的孩子怎么样了？

未婚妻

好多了。大家说他差点死了。
可好多了。烧退了，夜里。
我让人送去了一罐醋栗。
我想，他一定欢喜。他祖母
也病了，脚后跟受了伤。
听人家说，医生收了不少钱。
真不该那样。

父　亲

那……把小牛肉分送给
她和那个……工人吧。

诗人的灵魂

穷人帮助穷人。我不晓得
富人是否做过……吃的那
小牛犊，牵它去
屠宰场前我还见过。

当时它在开花的野苜蓿旁恣肆玩耍，
还用漂亮的小角恫吓一只憨狗。
这小牛犊真可怜，因为它可怜，
便在穷人的肚里结束了生命。
死时，它践行了生的职责。
生或死，你都要履行使命。

第二幕

老园子。黄杨树。水井。蓖麻。胡椒树。母鸡。

树上挂着一只鸟笼。

花园深处，棚架下一片绿荫，闪着暗光。

诗人和未婚妻依偎着。诗人左边坐着诗人的灵魂，苍白而庄重。

午后三点。骄阳似火。

诗　人

我爱你。

未婚妻

我爱你。我没有梳好头发。
亲我吧……你不快乐吗？

为什么你总是伤感？抱抱我吗？

诗人的灵魂

他不是伤感。他像树木一样谨严。

他像乡间小屋一样温暖。

他像温软无言的苔藓。

他像老屋顶上静静的炊烟。

他像向晚的河水。

他像幽暗的老壁炉的安娴。

他像明亮而庄严的流水。

他像比利牛斯湍流中的巉岩。

他像苹果满枝的甜美果园。

他像你。他像男子汉。

诗　人

我爱你。你笑了。为什么你总是快乐？

诗人的灵魂

她不是快乐。她像流水沉入梦境。

她像令流水欢笑的清风。

她像草原上矢车菊一片粉红。

她像雨中温柔的荆棘丛。

她像跳跃的洁白羔羊。

她像蟋蟀滑行草场上。

她像万物向阳的歌唱。

她像百合。她像蜜糖。

她像空气。她像灵魂。

她像你。她像女人。

诗　人

真是温馨,美好,安宁,雍容而纯净。

诗人的灵魂

还记得吗,孩提的你,大赦年[①],面向墓地

温馨的老墙一隅,你和母亲双膝跪地?

温柔的夜幕莅临芳香的花朵。

温馨的巡游行列行进在街区。

这一切赋予你欣悦的灵魂,

如苔藓,如巡游行列的歌曲。

还记得吗,本堂神甫的花园,

蔷薇之夜,夜莺筑巢,靠近百合花丛。

---

① 大赦年(Jubilé),天主教节日,由教皇给信徒分施基督及历代诸圣的功劳宝藏,使信徒们经告解获得赦罪。

下跪吧！上帝伟大！你那时还是孩童……
你长大了。你曾死过。上帝令你重生。

诗人（向未婚妻俯下身）

你永远不会厌倦这里吧？

未婚妻

不会的。

诗　人

那你做些什么？

诗人的灵魂

她将延续生命。

未婚妻

我会爱你。快点儿娶我吧。
我愿与你同眠，因为我爱你。

诗人的灵魂

自然宁静。蜜蜂嗡嗡。

诗　人

我爱你。

未婚妻

别人会看见的……

诗　人

不会的。没人。

诗人的灵魂

鹌鹑扑棱棱的翅膀在麦茬地里睡了。

诗　人

你的金翅鸟睡了。你给它倒水了吗?

未婚妻

倒了。看见了吗?它在闪光。

诗人(对他的灵魂)

尽管很幸福,可我仍觉苦恼。

诗人的灵魂

在她面前收敛你的烦恼，她是女人。
她太年轻了，难以背负起两颗灵魂。

诗人（对他的灵魂）

割牧草的妇人，她们都去了何方？

诗人的灵魂

她们的长柄镰刀正在山谷里闪光。

诗　人

那条走失的可怜病狗找到了吗？

诗人的灵魂

它大概已死在某块苍蝇飞舞的田地上。

诗　人

编筐的荆条割了吗？

诗人的灵魂

篾匠正弯腰背在背上。

诗　人

猪病了？——还是死了？我有点担心。

诗人的灵魂

它会死在炎热的白色大道上。

诗　人

我会卖掉一条狗，再买一头猪。

诗人的灵魂

有才而没钱。所以苦恼。

未婚妻（对诗人）

我爱你。

诗　人

　　我爱你。你上衣在抖。你很苍白。

诗人的灵魂

你看，绿葡萄缠上了藤蔓。
山坡一会儿将变为夜晚。

温柔的线条仿佛一条曲线，
像蜜和葡萄散发清甜。
三钟经快要响起，像斑尾林鸽
驻足和盘旋，林中强烈的味道
会迷惑跟踪猎物的猎犬。
肥沃的田野会像柔润的羊毛
翻滚。你会见到平原抖颤。
白昼粉红的蔷薇在黑夜变暗。
山坡那边，雨水走远。
请畅饮亲吻，在你未婚妻甘甜柔嫩的唇边。
女人的泪沉重咸涩，
像大海吞没莽撞跳进的痴情汉。
你将拥有她，这未婚妻，在你床上。
她温柔得如同最轻盈的雨丝绵长，
如同清晨卷心菜上颤动的水珠，
如同路边露水中的蛛网，
如同手中樱桃光滑的皮，
如同长毛野兔吃的百里香，
如同冰路上鹡鸰留下爪痕，
如同老井畔刺人的迷迭香，
如同啄谷粒咯咯叫的母鸡，
如同温柔抚摩下银井的歌唱，

如同常见的百合,如同葡萄,
如同每个人心中的善良……

未婚妻

我爱你。来吗?……

(他们站起身,走了。)

第三幕

天黑了。晚餐后。全家人坐在老厨房里。墙上挂着筛子,房顶上悬着肥膘肉,老挂钟,又大又黑的壁炉,宽宽的旧餐桌。燃着两枝蜡烛,一枝树脂蜡,一枝羊脂蜡。

母亲和未婚妻在捆扎果酱瓶。

诗人的灵魂在诗人身旁,诗人站在父亲身旁,父亲也站着,他刚刚进来。

诗人对着老女佣在说话。

诗　人

能不能提前三个月给他们假期?

父　亲

怎么回事?

诗　人

是女佣家里有事，很急。
有人要她掏钱买东西，
可两年了，从未付过利息。
她说，他们急着回去。

未婚妻

真可怜。

诗　人

母亲髋骨处长了个肿块。

诗人的灵魂

穷人家的床和棺材都是木板。

诗人（不耐烦地对女佣）

看，你想怎样？想让他们都被抓住？

女　佣

不是的，先生。

诗人的灵魂

那就等着自己好吧。

母亲(对诗人)

刚才你一定在弄诗。要不为什么发火?
写诗让你脾气变坏。你该有更好的生活。
你知道,诗给不了你任何东西。
你知道,我是为你好才这样说……
没有人能靠诗歌养家过活。

诗人(对他的灵魂)

哎!真是悲哀……

诗人的灵魂

笑笑吧!她是爱你的慈母,她
生了你,那是上帝的旨意。
诗人在娘胎里比别人沉重,
因为诗人怀揣世界而呱呱落地。

他们都坐下了,只有女佣在擦拭盘子。父亲打起瞌睡。母亲和未婚妻读书。诗人吸着烟斗,坐立不安,双手插在兜里，双腿伸直，沉思着……

他大声地与坐在身边的灵魂交谈。其他人都听不见。

诗　人

又丢了一天。这一天无聊而平静。

诗人的灵魂

世界是无聊和平静的吗？

诗　人

世界对富人美好惬意。
他们没有琐屑的忧虑。
我在此虚掷青春，了无乐趣。
我爱并痛苦着。至死求索灵魂之谜。
您怜悯我吗，上帝？

诗人的灵魂

你想要金子吗？会有的。
听？上帝的金子在那里鸣响。

（牛群脖子上的铃铛声传来。）

牛群平和沉重的头上响起铃铛。

铃铛声如同午夜的宝藏。

你想钱？看！天空落下流星雨。

他们像金钱苍白闪光。

你想珠宝？你有未婚妻的双眸。

你想死？难道不怕母亲心伤。

跪下吧！上帝伟大！他对土地宣讲。

清泉日夜祈祷。你要像清泉一样。

诗　人

我痛苦。

诗人的灵魂

又有谁无苦恼？

你渴望荣光吗？无人知晓能否得到。

诗　人

我从儿时起就向往荣光。

可如今已不再那么渴望。

有了它，我吸琥珀嘴老烟斗时

难道就会舒畅？还是在

卧房，听到母亲远处的脚步声

悲喜会大不一样?
荣光?不就是一件体面的衣裳?
不就是能获得众多艳羡的目光?
不就是能获得越来越多的爱慕?
可人人都抱怨受到女人的欺惘。
那又怎样?

诗人的灵魂

安静点。你会得到幸福。
所有男人早晚都会得到幸福。

(远处传来一个农夫的歌声。)

农大远处放歌就是幸福。
蟋蟀鸣叫烟炱就是幸福。
猪儿流血而死就是幸福。
小牛犊惨遭屠宰就是幸福。
猎物被残忍猎杀就是幸福。
伤员昏厥就是幸福。
不幸的人受苦就是幸福。
人出生就是幸福。
人死去也是幸福。

诗　人

谁让你这样对我说话?

诗人的灵魂

是上帝。

未婚妻

十一点了。该去睡了。

父　亲

蜡烛灭了。我再去拿……

母　亲

我听到外面有什么声音?

诗人的灵魂

是灵魂。

(他们互道晚安,走出厨房。)

第四幕

两间卧室挨着。诗人和未婚妻各住一间。

未婚妻去睡了。她双臂赤裸着在镜前梳妆，然后跪下祈祷。

诗人也去睡了。他在敞向黑夜的窗前吸着烟斗，夜像上帝一样宁静。

在蓝色的天际，像闪光的白霜或白百合的花萼，群星泪光闪闪。

无边的寂静。

牛群的铃铛声骤然响起。铃铛声仿佛一泓清泉或一缕微笑，唱着，走近，掠过，远去。

诗人关上了窗子。

诗　人

钟声响了……

（他放下烟斗。然后跪下，右手贴着额头。传来他和未婚妻在各自房间里的祈祷声，寂静，无垠的寂静。）

1895 年

诗人之死

《诗人之死》创作于1897年7月初。诗人的舅舅欧内斯特·达朗在波城[①]附近的阿萨[②]有一所房子，《诗人之死》就完成于其中的蓝色卧室。作品甫一完成，耶麦便把手稿寄给了他的朋友、画家夏尔·拉科斯特。7月9日，拉科斯特回信说：

“我今天从阿萨用挂号信把你的手稿和我制作的副本寄回给你。

“这部《诗人之死》恢宏壮丽。它如此简洁。我几乎无法评论它。我哭了，不仅因为它美，更因为它哀伤感人。那些祈祷，若不是经你写出，我简直不忍卒读。这是怎样的一部作品啊！那个未婚妻，那个少女对上帝所言，无异于金科玉律的教理问答；而那个女佣说的话有如晚上诵念的九日经。

---

① 波城(Pau)，法国市镇名，位于比利牛斯-大西洋省。

② 阿萨(Assat)，法国市镇名，位于比利牛斯-大西洋省。

“一缕期待的光芒洒下,落在田野上,也落在语言上,落在思想上,落在这临终的房间里——微温的甜水:纯洁的临终,沉重的夏日——然而,一切都是静谧的;有个灵魂飘忽于万物之上,谁知道呢。”

不久后的9月初,耶麦又把手稿拿给在萨拉耶老宅做客的阿尔贝·萨曼和作曲家雷蒙·博纳尔看。9月9日,耶麦在给纪德的信中写道:“我还请他们看了《诗人之死》,而没有给母亲看。他们感动极了!萨曼拥抱了我,嘴里吐出了‘天才’这个词。我真感动!”

耶麦从未打算要出版这首长诗。

最初,这首诗的题目是《濒死的诗人之思》。

诗人之死

——献给玛德莱娜·安德烈·纪德夫人

人　物

诗人的母亲。

诗人。

诗人的未婚妻。

诗人的朋友。

老女佣。

医生。

穷老翁。

狗。

老井。

蜀葵。

作者。

第一部

圣体瞻礼节的清晨。诗人将死。他卧室的窗子面向花园,悲伤的花园里洒满阳光,半瘫的老狗伸直了腿趴在那儿。

一只胡蜂在飞舞。

卧室内,诗人躺在床上。他发着高烧。他偶尔会嘟囔几句,有的话能听懂。他母亲在祈祷,并不时起身,把冰凉的手放在病人滚烫的额头上。

诗人的朋友和诗人的未婚妻坐在一张小桌旁。未婚妻在把药水一滴一滴地倒进碗里。朋友则神不守舍地读报。

卧室陈设简单。壁炉上放着三个玻璃罩子。中间的罩着一尊白色的青春圣母像,天真无邪的圣母身着乡下人的服装;我猜那是个石膏像。另外两个罩子里是人造花和人造麦穗,围着绶带,用金银纸装饰。

酷热的青空下一片寂静,隐约传来巡游行列伤感的哀吟声。

路上,碧蓝的风铃草、折断的灯心草花和木贼组成了花阵,散发着凋谢前的清新味道。

从朝南的窗子可以看到一面斜插的会旗。

未婚妻

哎呦！

朋　友

怎么了？

未婚妻

不小心药瓶抖了一下……
碗里多倒了点药水。
还得重来。把抹布递给我……不……另一块。
对了。

朋　友

好吧。你拿好下面的茶托。

未婚妻

好了。干净了。

（远处传来巡游行列的嘈杂声。）

诗　人

妈妈？村子里在过节吗？

母　亲

安静。好儿子。安静。

诗　人

把窗子打开吧。

朋　友

告诉他打开了,但是别开。

母　亲

窗子是开着的,朋友,你看?……

诗　人

呵!是的,窗子打开了。呵!花园
真安静!我看见了老狗,趴在那边……
旁边是生菜和紫罗兰。
我想起来了……它也病了。
现在是什么季节?
好像是收割季节了吧?
我似乎在等待这一天。
这明亮温暖的清晨仿佛到了夜晚。

长凳那儿是凉爽的幽暗……
好像我再也去不了——
那边！——他们说我命悬一线。
能不能把我的头抬起一点？

老女佣（半打开门）

小姐，
没糖了。

未婚妻

如果商店打烊，
就去爱丝黛尔家要点儿。快去。

老女佣

好的，小姐。

母亲（对未婚妻）

把窗子全关上，
巡游行列的声音好像太响。

（歌声越来越近，渐趋和谐；颤动的歌声仿佛教堂两端的石材护翼。）

诗　人

妈妈?

母　亲

儿子,怎么了?

诗　人

我多大了?

母　亲

安静点,好儿子。安静点——你说什么?

诗　人

呵!音乐,这是节日的村庄,
人们起舞歌唱。听,清新的
小榆树下,芦笛日夜泪淌……
倒伏的灯芯草上传来流水淙响……
过节啦!餐桌菜肴丰盛,觥筹交错……
看吧:是不是柠檬水洒满老凳旁?
它淹没了我的双臂,让餐桌冰凉……
你真的病了吗?……
妈妈!妈妈!妈妈!

朋友（高声对自己）

他烧得太厉害啦！
呵！啊！哎呀！这针我不敢打……
那该死的医生总是迟到。

母亲（对朋友）

几点了？

朋　友

十一点。

母亲

这样痛苦时，
就没有钟点了。

（她开始祈祷。巡游行列的歌声越发狂热。在酷热的青天下，那歌声微颤着，像嗡嗡的群蜂，又像夏日里雨水溅落水面时的回响。）

诗人（在内心里）

那花园里的声音，仿佛祈祷一样……

那是机敏的麻雀踩着碎石的
围墙。可那是巡游的行列。
呵！我分明感到温馨的祈祷
在圣体瞻礼的绿色簇叶中唱响！
想起来了！我在那儿，在那儿。一起唱！
音乐声中，远方牧草的香味蒸腾而上……
今晨，肃穆的青空下，
圣体瞻礼抑扬顿挫的隽美歌声
仿佛露水之岛上漂浮的芬芳。
呵我的上帝！你采撷山谷中的田旋花，
花儿像卷发女娃腼腆歌唱，
那卷发用糖水做成，
漂亮的会旗在阳光下飘扬。
她们细心地捧着
简朴的假花，摇着
翠菊、矢车菊和丽春花，
音乐声中，远方的牧草蒸腾芳香……
呵我的上帝，我感动至极。我想起来了……
我要将内心的全部纯洁奉献给你。
当时，一群很小的孩子身着红衣，
正是他们手捧一束束蔷薇，
而你的呼吸掠过五彩缤纷的骤雨……

这些来的孩子太娇小了，我自语：
他们捧着的蔷薇不正像他们自己？
青空仿佛一扇开启的宽广大门，
任灵魂坠落在我疲惫的头顶……
它比光纯，比水清。
那声音似爱的暴风雨的回声，
面对灿烂少女们纯净的步履，
我的心在强光下停止了跳动。
呵上帝！既然孩子们赞美你，
既然她们纯洁的手中捧着
阳光和麦种，白昼和阴翳，
我要发出无限呼喊，向你……
……啊！谢谢你！为我受苦而感谢你……
我快窒息而死……在你面前，
我像一粒微小麦种随风而去！
呵！听！我的忧思正在那里死去……
呵！听——在折断的风铃草和灯芯草上，
在香风回旋中，在纯净中，在歌声里，
我的死将掠过，我的死将掠过
隆重的巡游行列而去。

（高声地）

我将死！死在歌声里！

朋友（对未婚妻）

瓶里
没水了。玛丽回来了吗？

未婚妻

回来了。玛丽，去老井打点水？

老井（在女佣长满老茧的手底唱着）

我是老女佣的仆人，
今天我哭了，我在铁锈中呼喊。
啊！他为什么死，这年轻人灵魂灿烂，
孩子时他就玩耍井边，在井栏
摘花，葫芦花黄，田旋花蓝……
上帝！请怜悯我这老井吧，它为
那有着诗人名分的年轻人伤感……
因为在沉重而白亮的午后晚祷时，
我的井绳和女佣都在抖颤……
上帝！那时他多温柔！有时他摔倒了，
他凝视阴影深处的水潭。
他凝视蔷薇花落满井畔的石板。

他对穿草鞋的搬运工行善。

他常在温煦夏末来我身边。

他凝视阳光下鸡群扎堆觅食。

他凝视母亲祈祷，数着念珠串串。

他听得到念珠的微颤。

他看得到自己的唇映在桶中的水面。

他喜欢打水激起我的叫喊。

可现在，上帝，我宁愿自己粉碎，

因为从我的井绳和女佣的颤抖中，

我感到是在为将死之人盛满水罐。

（女佣在水罐中打满水。归途碰触到蜀葵。）

蜀葵（花瓣掉落并唱着）

你死了？你为何要死？一次圣体

瞻礼前，你曾把我送你未婚妻。

她把我插上蓝色的外衣，可

风儿吹过，我掉落在地……

于是，你未婚妻又把我捡起，

尽管翠美花梗早已折断，

她仍用纤指把我插上

雪白的胸衣，直至我凋谢委地。

（狗随女佣进屋，趴在主人床前的小地毯上。）

狗的念头

呵亲爱的主人！你就是踢我，
我也把你爱恋。在你身边我生活多年，
可现在你再不知道将我呼唤。
我想起那些日子，你忧郁地凝视
我在你的脚边。当我还是
一条小狗，你就用温奶喂我，
爱抚我，使我快乐有如疯汉。
你把我放在桌上，我那么小，可遽然
开始叫唤。

诗人（在自己内心）

　　可怜病狗，它乃我友。
它睡觉时，我常将它瞅，
它在灰尘的斜光中瞌睡。
惟有凝望它时我苦涩的心
方感安慰，它胆怯、顺从地
看着我，然后慢慢闭上眼睛。
凝望它时我常自语：
在此生活我苦涩忧郁。

那边玩耍的年轻人兴高采烈，
因为他们有势又有钱。
我内心平静，而喉咙行将
哭喊，只要看到这可怜乖狗，
我便会平和，在我脚下它安于苦难。

朋　友

把狗轰出去。它声儿太大了……

（狗被轰出去了。）

诗　人

如果我能
说话，我知道这可怜的狗能留下。
它有资格看着我死去……

第二部

作　者

这就是你们瞩目的那位诗人，
从降生之日天堂为他陶醉歌吟
直至他痛苦和早殇的如今。

在降生的良辰，我曾给你们指认，
让你们听到美妙碧空中，一切
元素和上品天神弹奏竖琴的乐音。

人们能够回想起他哀怨的童年，
想起忧伤花园深处柔弱沙堆边，
生机勃勃的葡萄架下他身着白衫。

人们能够回想起他初领圣餐，
小外套下他拘谨忧郁，纯洁温婉，
迎着圣洁之光，跪拜蜡烛前。

在庄严的花坛，你们见证了
他的初恋，仿佛由光编织的
蜀葵花开烁闪。

阳光灿烂时，我让你们听见
幽光的棚架下，未婚妻和他
互诉爱恋。

我对你们讲述过这位诗人的生活
微末而拮据，他与父母、未婚妻、
女佣和母猎犬生活在一起。

我还想说他们会有绵绵的幸福，
可上帝自有其玄密意图，有时
会剖开我们的心，似一把利斧。

于是我承命写出一位诗人的
生活，人们会对此痴迷……
——可我为何要矫饰自己的诗句？

他命当英年而逝，正值幸福年纪，
对古人而言，当此年龄归西，
正是神祇的顾惜。

莫抱怨这故事太过悲惨。
生命故事原本最为黑暗，
却也至纯，最值得赞叹。

这里，我想融合幸与不幸。
若不幸攫走他，你痛惜这些
生灵：那就为变得更好而辛勤劳动。

愿你对他的年迈老母的怜悯，
教会你见到蹒跚老妪，对她
眼睑下的岁月留痕化为敬意。

愿你对诗人的未婚妻的怜悯，
教会你尊重望穿秋水等不到
心上人的那颗悲凉的心。

愿你对诗人之友的怜悯，
教会你永远不伸手乞怜，
惟有诚心、头脑和双眼。

愿你对老女佣的怜悯，
教会你理解已举不起
太重什物的颤抖的仆人。

愿你对半瘫老狗的怜悯，
教会你抚慰受难的人，
对一切卑微生物充满爱心。

假如你垂怜开满蔷薇的老井，
无论洗礼之水还是死亡之水，
都要学会对万物的热爱尊重。

假如你未见到《一日》里的那位父亲，
他曾天真地采撷艳丽的红蔷薇，

你一定会说，他已死去：

尊重死者，尊重不在的人。

同一个房间，午后。外面的天空很哀伤，很哀伤。

母亲（跪拜祈祷）

上帝，求你。呵！别让我儿子
死去。请你，请垂怜我的苦凄。
他曾那么好。我觉得快要疯了，上帝。
我跪下求你。上帝，请怜悯
我。那不可能。我做过梦。
我梦。怜悯，怜悯，怜悯我，
我多么不幸。

未婚妻（跪拜祈祷）

　　上帝，求你，别伤碎
我心。你知我爱他胜过一切，
他是你仁慈赐予我的爱侣。
呵上帝，求你，请让我与他
幸福相爱地厮守一生。我的痛苦
超乎万物——我对他曾是那么

忠诚。呵上帝，赦免我吧。我会是忠实的
伴侣。我会安慰他。我会照顾他。
我会让他痊愈。上帝，请怜悯
我。怜悯我，求你……

朋友（站立祈祷）

上帝，请让我朋友的
手仍握在我的手里。
请赦免这两个女人的苦凄。
上帝，你还记得我们两颗心相聚。
请别打碎你曾应允的
这纯洁的友谊。我们曾亲如兄弟。
没有他，我可如何走完我的
人生之旅？上帝，请赦免我的痛苦，
你看，我在你面前屈膝。
上帝，我愿相信我的祈祷。请你
怜悯我心，求你……

老女佣（跪拜祈祷）

上帝，请让我
继续侍奉这位先生，他那么善良。
呵上帝，我愿意先他而死。

我，我已老了，从小我看着他成长。
仁慈的圣母，主的母亲，
请让这不幸远离你的仆人。

诗人（动了一下）

——水！

母亲（对医生）

他渴了。让他喝什么？

医　生

温糖水。

母　亲

（她靠近病人，想喂他喝水，却被拒绝了。）

他不喝……喝点儿吧，好儿子……
是我，好儿子，是妈妈在喂你水。

诗　人

（痛苦地强颜做笑，喝水。）

母　亲

他太累了。

医　生

他喝药了吗?

朋　友

喝了,大夫。

医　生

量体温了吗?

朋友(低声地)

四十度。

医　生

……

天色暗下来了。无边的祥和。窗外一片宁静。从窗口可看到一束巨光落在山坡上。

病人房间里一片寂静。只有杯子里的汤匙发出微响。

突然,传来女人们撕心裂肺的哭喊声。

第三部

此刻,是山雨欲来前的冥想。晚上六点。悲哀的花园里,瘫痪的老狗平躺在它惯卧的地方。

它在躲避一只蜜蜂的侵扰。

丧钟敲响。

生活就是生活。一只燕子掠过地面,又高高飞起,鸣叫着,仿佛要俯冲下来。笔直的蜀葵笼罩在无边的悲哀中。

一个穷老翁在街头出现。他脚步蹒跚,走到刚刚咽气的诗人家门前。

他敲门。盼望有人应答。他那可怜、腼腆而胆怯的声音打破了小花园的宁静。那声音似胡蜂嗡嗡低语,说:

先生,太太,行行好——愿上帝保佑你们。

1897 年 7 月

卷二　春花的葬礼

1898年10月，耶麦与母亲离开了圣-皮埃尔街的“破旧老屋”，搬到一处“安静的、长满常春藤的乡村小屋”——克雷斯蒂亚老宅。克雷斯蒂亚老宅位于城外通往波城的路边，离火车站不远。

1898年4月《晨昏三钟经》出版后，耶麦陆续出版了《诗人与鸟》、《克拉拉·黛蕾贝丝》、《裸少女》和《阿尔玛伊德·黛特蒙》。1901年3月，耶麦将1898—1900年间出版的诗集和对话体长诗按照发表顺序结集为《春花的葬礼》出版。

这部新诗集的销路不错，评论界也颇有好评，但耶麦还是抱怨出版社疏于推介。1901年10月，他写信给阿尔弗莱德·瓦莱特说：“在法国，还没有一位倍受赞誉的诗人的诗集卖得少之又少。您劝我要静候身后。这劝告太可怕了，可怕得就像在当今这个时代，我写给您的这封信都可能值上20法郎。”实际上，《春花的葬礼》确实很成功。1920年，法兰西水星出版社为这部诗集再版了豪华版，并配上了德迈特里奥斯·加拉尼斯[①]

---

① 德迈特里奥斯·加拉尼斯（Demetrios Galanis，1882—1966），法国画家、雕刻家，原籍希腊。

为这部诗集创作的多幅木刻画作品。

1898年是耶麦至为悲伤的一年。1月份，他相继失去了外祖父和舅舅“墨西哥人”。数月后，他又出于对母亲的爱，而不得不与结识近三年并深爱着的犹太裔女友玛莫尔黯然分手。这一年对耶麦而言，果真是处处葬礼，时时哀伤。

序　言

在我的诗歌作品中，这部诗集出版于《晨昏三钟经》之后，不久还将有一部我称之为《诗》的作品出版，那是我近年来的所想所思，比这部诗集应更能体现出我的进步。

我之所以作出如此说明，是因为某些评论家可能误以为我在《春花的葬礼》中对他们做出了让步。绝非如此。我的诗风，无论灵动或娴静，俱随我心而发。至于能否取悦这些评论家，我根本不在乎。①

① 当时的法国诗坛，对耶麦的诗一直都是有争论的，“当诗歌给他带来名声时，一方面，他赢得了纪德等作家的友谊，另一方面，他又遭到了另一些作家的抨击。……热闹的巴黎围绕他爆发了争吵：有人想独占他，有人想扔掉他。那些‘自然主义者’声称雅姆（耶麦）是他们的，而当雅姆回答他们不是时，他们便不再承认雅姆的才华。……在雅姆的一生中，批评界从没有放下过攻击他的武器。而谦卑的雅姆骨子里并非没有骄傲，1926 年，他秘密地告诉莫里亚克：‘我知道我在法国是什么位置：第一。即便我被贬到最末一位，我对此仍坚信不疑。’”参看树才编译：《法国九人诗选·雅姆：凭质朴的天性写诗》，上海人民出版社，2009 年，第 15—16 页。

《春花的葬礼》在形式上和思想上都是很静的，因为我刻意将其导入慰藉我的痛苦的孤独之中。

弗朗西斯·耶麦

悲　歌

1898年初与玛莫尔的黯然分手，给耶麦心中留下了难以愈合的创伤。8月末，耶麦向安德烈·纪德吐露心曲，称“良心上的新痛苦”再次向他袭来。受纪德之邀，耶麦去了纪德在诺曼底的家——拉罗克-贝尼亚尔[①]城堡做客。在朋友身边，耶麦的心灵重归平静。在拉罗克-贝尼亚尔城堡，耶麦与作曲家雷蒙·博纳尔重逢，博纳尔刚为耶麦的《一日》谱完曲。在纪德家，耶麦开始创作《悲歌》，先后写出《悲歌第二》、《悲歌第三》和《悲歌第四》。回到奥尔泰兹后又创作出《悲歌第五》和《悲歌第六》。《悲歌》中的其他诗篇大都完成于1899年。

《悲歌第一》是耶麦在得知他的挚友阿尔贝·萨曼于1900年8月18日去世的消息后创作的。8月22日，他把这首诗寄给了雷蒙·博纳尔。8月24日博纳

① 拉罗克-贝尼亚尔（La Roque-Baignard），法国市镇名，位于下诺曼底大区的卡尔瓦多斯省。

尔在回信中写道:“我读完了您这首恢弘的诗篇,心语难尽言,热泪与之俱,可泪水也难抵您诗句的温柔。”这首诗虽创作在后,但耶麦执意将它置于《春花的葬礼》的篇首,以寄托他对这位相识于1895年10月的诗人和挚友的哀思。

悲　歌

悲歌第一

——致阿尔贝·萨曼

亲爱的萨曼，我再次为你提笔[①]。
这是第一次我向一位逝者寄赠
诗句，明日，在天堂，会由
几位永生之乡的老仆带给你。
你笑吧，我没哭泣。请告诉我：
“我并非如你所想罹患了恶疾。”
朋友，来我家吧。过门槛时你
便对我说：“你缘何如此悲戚？”
来吧。你在奥尔泰兹。幸福在此。
摘下帽子吧，还放在那边的靠椅。
你渴吗？有湛蓝的井水和酒。
我母亲口喊“萨曼……”走下楼梯，

① 耶麦曾题献过萨曼一首诗，参看《晨昏三钟经》第五首《静寂……》。

母猎犬也在你手边蹭来嗅去。

我说着。你微笑，笑中略带严肃。
时间已无意义。你任我说个不住。
黄昏来临，你我仿佛在秋色的傍晚，
在黄色的光芒下漫步。
沿着湍流，一只哑嗓的鸽子
正低吟于一株青葱的杨树。
我喋喋不休。你仍笑着。沉默见幸福。
那是夏末黯黑的小路，
是我们回家的石板路，
胭脂花旁，及膝的阴影妆扮着
黑色门槛，炊烟似青色的烟柱。

你的死未改变一切。你爱那阴影，
你在其间过活，忍受并为之歌咏，
那是我们远避而你却守护的阴影。
在这姣好的夏日傍晚，你的光
在驱赶我们的及膝的暗影中诞生，
万能的上帝掠过，他让麦苗生长，
黑色牵牛花下，看家犬吠个不停。

我不为你悼亡。自会有人将
合适的桂冠戴在你满是皱纹的头上。
可我,我深知你,生怕你被中伤。
对竖琴旁哭泣并追随你棺木的
弱冠少年,不应当向他们隐瞒
那些死于自由阵线者的荣光。

我不为你悼亡。你生命犹存。
如吹拂丁香的风声
不死,多年后仍重返
同一株似已凋谢的丁香,
你的歌,亲爱的萨曼,仍会抚慰
孩子们,抚慰他们已成熟的思想。

你的坟上,如某个远古牧人
为羊群而恸哭在贫瘠的山冈,
我徒劳地找寻能带走的宝藏。
可盐已被溪涧旁的羊羔舔尽,
美酒也已被剽窃你的人喝光。

怀念你。日落时,似重见
你在我乡间老宅时的景象。

怀念你。怀念故乡的山冈。
怀念你和我漫步在凡尔赛，
一步步，推敲伤感的诗行。
怀念你的朋友和你的母亲。
怀念蓝湖畔咩咩叫的群羊
在铃铛的响声中静候死亡。
怀念你。怀念虚空纯净的穹苍。
怀念东逝的流水和火的光芒。
怀念葡萄藤上晶莹的露珠。
怀念你。怀念我。怀念上苍。

1900 年 8 月 21 日

悲歌第二

一

花儿向阳，将再为我亮闪。
我的灵魂似已遁出幽暗家园。
树下，不知我能否觅得慰安？

我像年轻时将烟斗点燃。
烟斗在雨声中燃着，

我将已逝的春日怀念。

珍贵的回忆赛过蜜蜂花温婉，
居于我欢乐衔哀的心田，
如少女如云的花园。

只因我爱将思绪与青春少女
比攀，我思如胆怯的罗圈腿，
为爆笑引来鄙夷而惶恐不安。

只有少女们对我从不厌倦：
你们知道，伴着犬蔷薇下淅沥的
雨点，她们会漫无目的地闲谈。

而我，我不知头脑中在想些什么。
当覆盆子分出白色的新蘖时，
我本该生于长假宁日的某天。

我不知会怎样穿越生命，
如今也不解为何在极度恹恹后，
会怀念起隐于雨中的爱之夜晚。

那小小的花坛是我的童年，
灰绿的秋天是我青春的爱恋，
而所剩的就只有坟墓的双眼。

也许，假如上帝不让我死，
兴许是他把太小的你怀念，
等我时照看你漂亮的金丝燕。

二

呵！来吧……（古代诗人如此述说），
呵！来吧……愿你小小的心灵伸手给我。
阴暗的村里，你会看到老百合
萌出新花，像你在点头脉脉。
假如你未见太阳安睡于
橡树上袅袅升起的青濛水雾，
会察觉到太阳在你唇上烧灼。

若你未见为夜幕织锦的温馨晨曦，
未见它在池沼畔天使般光彩熠熠，
我会阖上你双眼，为你指点晨曦，
给你一个长吻，如同晨曦自己。
你的心会充盈上升的白昼，

只因我在你唇边播种了晨曦。

若你未见捷娜伊德·弗勒丽奥[①]
称之为爱的美好情义，
当你唇贴近我唇，
我腿抵着你浑圆的双膝，
我会慢慢地、慢慢地解释给你。
由此你会理解这种爱的情感，
人们不多说，却都深藏心底。

我为何这么年轻，为何青春之心
会在夜晚的榛树林微微颤栗?
我疯了。绿茵草坪上我想要你，
近七点了，当时天顶上的皓月
在棕牛的头上洒下迷濛清辉，
而牛角上还挂着斜晖一缕。

说吧?……我从小就认识的你，
我重回梦境，却什么都记不起?……

---

① 捷娜伊德·弗勒丽奥(Zénaïde Fleuriot, 1829—1890)，法国女作家，一生创作了八十三部少女题材的小说。

我想闻你胸乳的百合花萼，
我想用西番莲的果实拽你，
还想听你咯咯的笑声
在我狂吻你的唇上撞击。

别担心：我们会重拾古老诗句，
已说定的事混在一起，
词语不过是含混的乐曲。
夜晚滑过昏暗厨房里摇曳的
白昼，像过世的老女佣
仍鞠笑谦和地坐在那里。

花儿仰望着阳光怒放。
狗儿吠叫，紫藤上的百叶窗
对着杂沓而昏睡的枝叶开启。
你活动着滑下来的平滑双臂，
平原上，我们惺忪的睡眼
只见爱在水中的蓝天飘逸。

你突然会担心我受苦，是吗？……
不要问我。我不愿回答你。
别对我的支吾刨根问底。

我只爱你，我听到北方来的
斑鸫在金秋啄食橄榄，
橄榄般苦涩的秋风乍起。

若你知道爱我，就不要好奇，
让你的娴静充溢我苦涩的胸臆。
散步时，你只倾听、沉思，
就仿佛你是首次知悉，
干枯的树叶发出持续的声响，
枝头的残叶飘零落地。

别再想我，别再想我。
有个温柔名字“呼唤秋意”。
呵女友，我爱你。可是别提问题……
你看晶莹的秋水仙和粉红的蘑菇。
你轻盈的双脚踏过黎明的青苔，
光洁的种籽上闪烁圆圆的露滴。

——朋友，告诉我？……——别说话，我爱你。
闭嘴。已知的事我不想重提。
在你特别小的时光，你家的
屋顶歌唱于五月的暴雨。

爱我吧。爱我吧。那时光归去来兮。

——请你只告诉我，她是否仍为
人妻，她的名字令你呼唤秋意？
——别让我说，呵我的小蜜蜂。
——你不再爱她了吗？——还记得
壁龛里的圣母吗，在街区一隅？
她系着蓝腰带，双手力竭精疲。

那是个承平年代，礼拜天夜里，
大都市响起柔曼的铜管乐曲。
学监们陪送任性的学生。
街上飘浮着香炉的香气。
你领着弟弟回家。
露出血脉的手苍白纤细，
还轻眨蒙古褶的眼皮。

啊！……我怀念你。是你或另一个？
你播种的爱抚已怒放在我心底。
今天，我感觉与当年不期而遇。
蓝色的蜀葵生成于我的苦凄。
若你想要，只须伸手撷取。

浇些水。它们明天即重焕生机。

三

今晨，我又一次把你怀念。
我凝望谦恭、唇形的紫罗兰。
入秋了，却很像五月的一天。
常春藤露出笑脸。故园中，
我仍是那个旧派而温和的青年，
起床后，在卧室里向阳读书，
那本植物学的旧书似燃烧的画卷。

若你愿接纳像我这样的灵魂：
来找我吧，椴树下，某个绿色夜晚。
往昔再现，小村里，
一个夏日雨夜，我独自伤感，
见到祈祷消灾的行列经过，
那洪涝正在草场泛滥。

是的，女友，我又重返童年。
我灵魂如最纯洁的灵魂一般，
如微光映照的面颊银光闪闪，
如阳光在碧空微颤，

近十一点，在白色小径将茂密的
黑蔷薇和哭泣的鸢尾花点燃。

我的瞌睡更纯于浪漫的夜晚，
温存，我愿在清夜与你心结缘。
春季的六天，黑夜相互呼唤，
白昼不退，夜莺
消逝的召唤似哀伤的喜悦
在古拙不死的丁香间回旋。

可是，重逢之前，我想象你
缓缓地从一个房间走到另一间，
与记述我一生的老物件闲谈：
却对植物学的小箱子视而不见，
我青春期之花长眠其间。
里面还保存着森林的倒影，
记录着悲伤难熬的每个夏天。
还是别看了吧，忠实的香气
一见到你兴许会兴奋地飘散。

在我的小桌子旁坐一会儿吧。
旧台布上会放着书籍几卷。

日落时，墨水瓶会发出光亮。
发黄的台历标示着另一年。
那是苦涩的日子，生活暗淡，又像
欧也妮·德·盖兰的日记那样温婉[1]。

在墙角，你会看到一只樟木箱，
幼时，祖母让我睡在里边，
如今木箱睡了，却曾经历大海的
惊涛骇浪，在将近两百年前，
心思重的伯父带着它从西印度群岛
归来，只为心中把一个女人怀念。

你可以问问那只神秘的木箱。
它会给你讲述我儿时的梦幻。
女友，那纯净的梦想清晰可见。
安睡在这沁香的旧木箱里，
温柔少女和群岛密林住满
我心间，树上还有毒蛇攀缘。

---

① 欧也妮·德·盖兰(Eugénie de Guérin，1805—1848)，法国女作家，法国诗人莫里斯·德·盖兰(Maurice de Guérin，1810—1839)的姐姐，姐弟间一直保持着通信往来。

翻看我祖父那些神圣的信函，
手要轻，并送上祝愿。
他在蓝色的科亚沃山脚下长眠，
有大洋的涛声和海鸟相伴。
告诉他你找到了他的孙子，他
灵魂会微笑，对你心存些感念。

你会因此明了我缘何沉湎，
对我灵魂的虚幻旧花万分喜欢，
为何古老的浪漫曲在我歌喉中
像垂死的太阳，步履蹒跚，
如同那些旧日的伤感青年，
回忆寄寓于十月的房间。

随后，你走来。将你心滑向
我的心田，光滑，优雅，无言。
你会了解，我哭便是深刻的欢乐，
而你只有端庄，笑靥满面，
轻柔的爱抚落在我的双肩。

我会像少女对你温存无限。
我的心会像绿篱泛出深蓝，

那儿，有位大姐夸耀他的兄弟，
临近傍晚，磨镰刀的声音
从那儿传来，在草原永恒的寂静中，
镰刀在石头上一闪一闪。

四

天上沉沉的雨洒在落叶满沟的水里。
此时此刻，你一定在火边补衣。
堂屋里阴影摇曳，温柔的微光
漂浮于褪色的黑木家具。

我们出生那天，传说我迟早
会在风雨声中写下这些诗句，
还听说我会重睹你爱与愁的
端庄侧影，透过绿花窗的玻璃。

上帝早知一切，呵女友，我的爱。
不知他今天有否我们不知的消息？
谁知道呢？雨水滴落在灰色土地。
炉火噼啪作响。我沉静，你在彼。

我的灵魂乐得不发一语，

只顾记下我从未想到的诗句。
那些词语如你灰色的旧裙，
又好像圣灰星期三的典礼①。

……可我早就时常谈论你家，
十月来临，我不能总是提起，
每逢此季，我就像花儿
做出温柔而无聊的癫狂之举。

过几天，我会再去城里，
你置身寒夜里，当商店的
灯光在人行道闪烁之际，我愿
把激情而忧郁的灵魂奉献给你。

我会变回当年的学生，
把同一只海岛木烟斗燃起，
我在灰色的街雾中吸烟，
返回时带来清新的书卷气息。

---

① 圣灰星期三(Mercredi des Cendres)，又译为圣灰节，是天主教的节日，在复活节前七周(即前40天)的星期三。这一天，人们将圣灰撒在自己的头顶或衣服上，以向上帝表达忏悔之意。

可你不觉得我很老了么?
廿九岁的我为十七岁的我惋惜。
我对此没有太多的感觉……
而我的梦如我的微笑青春洋溢。

我奉献了,奉献了全部青春,
可总感觉,总感觉痛苦不已。
总相信青春已死,却又复苏,
如光秃小树林五月春风拂煦。

如今我还要再做些什么?
那春风仿佛正掠过门隙。
我寻你,因为我需要你。
……还要在意你的话语……

坐着别动,别离开火边那把
宽大的旧靠椅,粗硬卷边的
挂毯边一定是你在穿针引线。
大笼子里,你是否仍旧寡居?

我无语。让我独自
惊诧于对你的忘记。

很久以来我就炽烈狂热。
对你温柔的端庄渴慕不已。

别赶我走。不用说爱我。
请把你能获得的深藏心底。
请继续矜持端庄地缝补吧。
然后，抬眼，看看我，无语。

1898 年 9 月作于拉罗克城堡

悲歌第三

此地浸润着水畔柔曼的清新。
曲径深入满是黑苔的树荫，
通向爱影摇曳的蓝色密林。
太高的树冠顶着太小的天穹。
我来此漫步，在朋友家，
排遣愁闷，在太阳下，慢慢地，
沿着花径，徘徊，静心。
朋友们为我心灵的忧愁担心，
我也不知道该如何回报他们。

也许，我去世后，有个乖孩子
会记起小径上曾见过一个
年轻人，戴着草帽，吸着烟斗，
缓缓地漫步在夏日的清晨。

而你，远去的你，见不到我，
不会看到我在这儿情思殷深，
心中的哀愁浓过密林……
再说，你也不会理解这一切，
因为我远离你，你远离我。
我不再牵挂你粉红的樱唇。
既如此，我为何还要愁闷？

你若知道，就来告诉我，爱人。
告诉我，为何当我消沉时，
连树林也都似乎病了？
它们会和我同时死去么？
天空会死去么？你也会死去么？

1898 年

悲歌第四

荒陇上，当你要我作一曲
悲歌，灰色天空下，忧伤的
白桦树在长风中飒飒作响，
湿润的灌木绿影中，又见
那条倦怠的裙子，飘带长长。

从茵绿花园到十月冰冷欲死的太阳，
喷泉般立着一尊残破的狄安娜雕像。①
斜斜的黄连，红榛，
臭椿，月桂和蔷薇，在天际
汇成一条凄美的小径，
青烟袅袅点缀穹苍。

死亡在我灵府缓缓复活……
往昔的居民令我怀想，
想起玩耍时毁坏丁香的孩子，
想起就餐的钟声恼人的鸣响，

---

① 狄安娜(Diane)，罗马神话中的月亮女神和狩猎女神。

想起阴湿的空中聒噪的乌鸦，
风信旗向西哗哗飘扬。

那少女家居西南，朝向
紫杉小径，靠近一碧鱼塘。
房间家具均由槭木打制。
顶针和剪子在桌上闪光，
蓝玻璃映出枝叶，修过的
壁炉上挂着蓝色爱神的雕像。

膳厅里摆着几扇屏风，
平原上传来一声枪响。
餐具上描绘着黄鸟儿。
九月末清冷的午餐
总是腻烦，严肃而安详，
当少女走出自己的闺房，
总要吻吻痴呆祖父的脸庞。

那一定是她的裙子，是梦中
潮湿青苔长凳旁的怀想。
梦境停留在幽暗小径深处，
在柔韧而死寂的松针间回荡。

午餐后，塞莉娅走向苍白的
太阳，就在此地托腮哀伤。

你和我曾再访那座老房。
你更清楚那往事的凄凉，
你知道塞莉娅死于衰弱，
她家人不说她因何而亡，
只知总有怪声萦绕身旁，
女仆也知趣地闷声不响。

我们踏着落叶过去，
打开那扇招眼的花窗，
窗棂朽烂，钉着铁条。
我们已置身黝黑的厨房，
黑得仿佛冰冷的炉膛
某晚燃过大火，烟炱满墙。

楼梯满是发霉的窟窿，
门锁旁挂着的
旧钥匙铁锈冰凉。
从那儿传来小径的风声，
那风因假期结束更显悲凉，

它呻吟着,如无花果中的故事,
濒死时也带着曙光。

你说:“这就是塞莉娅的闺房。”
摸一摸护墙板,颓圮
冰凉。你说:“看那
挂毯上奇怪的图像。”
那是黑暗王朝风靡的罗马式轿车,
那邪恶朝代是纽沁根太太
用悔恨欺蒙政客的风月场。[①]

你推开爬满紫藤的屏风。
停摆的钟挂在墙上,
过去它总在厨房门口鸣响。
你慢慢拆下发条,沉闷
而缓慢的钟簧似发出
屋主人灵魂下葬时的哭嚷。

愿作古的塞莉娜之魂安详。

---

① 纽沁根太太(la Nucingen),巴尔扎克的名著《高老头》中的人物,是高老头的二女儿,银行家纽沁根男爵的妻子,以贪财著称。

在她花园里,我采撷蔷薇,
棕色苘麻和落地的丁香……
我会虔诚地把花带到山脚下,
十月的某天,她在此安葬。
愿作古的塞莉娜之魂安详。

1898年

悲歌第五

十月的银莲花在金色的草地
休憩。蜒蚰咬过的黏滑的蘑菇
生长在野猪出没的泥地。
鸟儿的花椒树流出棕色液体。
雨后,林木仍不时全身
摇曳,如雨在持续:枝叶
发出劈啪声,淌着水滴。

这是十月的温馨,我将烟斗燃起。
红喉雀迎着泥泞苍白的太阳鸣啼。
我刚刚走进灰色而温暖的房子。
今天,回忆不再那么苦涩忧郁。

十月里，四点钟，我见到当年的自己，
还是那个小学生，而在我词典里
详记着那些亲吻的日期。

1898 年

悲歌第六

平凡景色中你如此美丽。
常春藤下热却清爽的教堂
钟鸣，似穷苦的心悲啼。
羊羔向上帝温顺诚心地咩咩叫着，
它祈祷的灵魂在纯洁中孕育。
一只癞猫躲进了破旧走廊，
一个可怜的鸡胸儿，一只笼中鸟，
走过他们时你神采奕奕，
长裙子亦优雅飘逸。

而我俯身，在你面前
攀爬在大山脚下的街区，
在穷人眼前偃卧着死去。
你不知在我身上发生了什么，

就这样片刻抛弃了你的美丽……
可看到笼中辗转的那鸟儿，
还有那猫和那鸡胸儿挤在一起，
而它们的灵魂也都面向上帝。

你把纤手放在我肩。
我慢慢抬眼望你芳唇，
又随即挪开，凝视着孤寂
黑夜中痴呆而颤抖的老妪。
礼拜天，钟声总是响起。
你娇柔肌肤融入我灵魂
陋居，胜过圣洁祈祷中
手持圣枝孩子清脆的歌曲。

你不解我沉默的含义。
你反复说：朋友，你有些忧郁？……
要安慰你吗？想让我读书吗……
我没言语，你便从卧室取来
我酷爱的《保尔和薇吉妮》，
在熨帖人心的蓝色山坡上，我像
小学生，身心置于欧石南的天地。

我心重归平静，回想童年甜蜜，
你头戴插柚子花的大草帽嬉戏，
伴着青苔中银色的步履，
伴着猎犬费德尔还有多明各和玛丽，
伴着祈祷小屋顶上夜幕降临，
还有蜂鸟在花间飞来飞去。

你缓慢珍贵的声音，似令人
欲死的亲吻，在我灵魂游弋。
你阖上书，见我落泪，如
卢梭时代，人们多愁善泣，
如歌咏真情的蓝色时期，在
永恒苦难中赞美节操的情侣
（乌德托夫人，你当能忆起①！），
哎！相聚不易，又哪堪早早别离。

……你又像纯洁的钟形花般
欢喜，充满池塘之魂的梦呓。

---

① 乌德托夫人（Mme. Sophie d'Houdetot，1730—1813），是卢梭中年时爱恋的对象。1757年春天，卢梭在创作《新爱洛漪丝》时，乌德托夫人前来拜访他，卢梭从她身上看到了小说女主人公茱丽的形象，于是疯狂地爱恋上了乌德托夫人，将他对爱情的追忆与幻想全部寄托在她的身上。参看卢梭《忏悔录》第九章。

你抱着我，凝重而脉脉无语。

蔚蓝的眩晕，随飞湍而下，
向碧波中沉闷的岩石撞击。
从敞开的窗子，见到
呆板农夫们去教堂拜祭。

他们举止缓慢僵硬，声音
回声般短促尖利，在硬地上
步履整齐。这一切碰撞着
空气。娃娃们前边跑，跟着的
老妇们花花绿绿似丑陋的玩具。
积雪的山峰，仿佛斜插在
天空透明宝石般的冰川里。

呵女友，我心随之撕裂。
读经，苦难，贫瘠，
这些脚踏硬地的山民
让我想起我出生的土地。
我心中感受到比戈尔的气息，①

① 比戈尔(la Bigorre)，法国西南部的一个地区，属于中世纪加斯科尼的一部分，有其独特的历史、文化、方言和习俗。

感受到白色羊群漫山遍野的晨曦，
感受到荫影里挥舞羊鞭的牧人，
感受到雾中散落的燃烧的荆棘，
感受到不安的猎犬、驴子和牧笛，
感受到夜里的声响和静默的上帝。

呵！爱我吧。请把手放我胸口，
呼吸我心底全部的爱意。
请记住砾石山坡和雨后激流，
记住峰顶上向青空咩咩叫的
羊群，还有全村卑微的苦凄。

呵我温柔的爱人，我也会铭记
你点亮穷途的静谧的微笑，
我的灵魂在那里安憩。

1898 年 11 月

悲歌第七

——告诉我，请告诉我，
　　我可治愈我心之痛？

——朋友，朋友，雪花
无法医治纯洁心灵。

——涕笑的女友
若雨中彩虹，

告诉我，请告诉我，呵玛莫尔，
我还要死么？

——小友，你疯啦？
你知……我俩正去天庭……

——呵玛莫尔，你说，在青空，
对好天主你欲诉何情？

——我会告诉他，人间
仍灾患丛生。

——呵亲爱的玛莫尔……说啊？……
天堂是啥光景？

——有碧蓝的竖琴

和片片彩虹。

——玛莫尔,天堂里还有啥?
再说些……给我听……

——呵朋友,我是你的玛莫尔,
天堂里还有我俩的爱情。

悲歌第八

陌生女人,还未伤害我的你,
人人都说爱我的你温柔美丽,
呵纯洁青空、宝石和苔藓的姊妹,
我心之焰为你赤裸的清纯燃起。
这曲悲歌中,当我像植物图籍
在鸽子咕咕叫的哀怨音符中
珍藏起我老去的灵魂的香气,
你会做什么,在此时,此地?

堂屋中有只粉色的旧箱子,
日落时分,我就坐在那里……
我放下沾满翠冈污泥的手杖,

可怜的老狗在黑旮旯里安憩。
落灰而褪色的帽子上，扔着
发亮的冬青果实的红树枝，
此时，我听到村头
隐约而喑哑的牛铃声逐渐隐去，
想到你在我灵魂之爱中苏醒，
恰如可怜火堆旁穷人的叹息。

呵！假若你走过火烫的大道，
那里萦绕着知了刺耳的鸣啼，
在门口停下脚步吧，孩子们
注视着与母猎犬踱步的
年轻人，便是昔日的我自己，
还能在悲怆的衣橱抽屉里
翻出一些尘封的情书，
本应该早在火中灭迹……

我为何早不是上一章里
被奉为年轻人楷模的范例？
那个宫廷参议利亚斯就曾
向自己的侄女祖尔妮建议：
“注意那男孩；他是一首诗：闺女，

他会把整柜子的爱给你。”

女友呵，可在我的苍白心灵中，
不懂贞洁、自由和纯净的含义。
在我故乡小村，林子的
沙砾岩洞中涌泉碧绿。
泉水缓缓流过静谧草地，
年轻牧羊人们跪在水畔，
在上面建起磨坊，风轮
用四块小木片拼接一起。
那神圣的时刻我常想起，
那轻快的磨坊我常想起，
那年轻牧羊人我常想起。
若你想和我们前去，
在沉睡的榛树黑绿色宁静下，
由翠鸟和水虹为伴走近大堤。
我们又会找到晴空下的流水，
当你俯身水面，可见到
孩提时的我向你伸出双臂。

不堪回首呵，那童年一隅。
若重见，定和你相聚，呵，

那深爱我却又不懂我的你。
为了在朝圣之旅少些怨艾，
让我痛苦的爱我宁愿放弃，
午后，嘈杂万物中，一缕
灵魂经久浮游在金色草地。

听，三钟经歌声中，我的爱
凋谢了，蓝天的鸽子死去。

我们走过前往村子的小桥。
十字架、喷泉、学校、公鸡，
椴树、白马王子旅店，在
本堂神甫老园子里我曾很乖，
一切让我缅怀你诚挚的友谊。
你会明白祝福涵盖万物，
那含混的和谐我认为来自上帝，
在我心中它似香篆升腾，
飘向晦暗谦卑的灵魂，
飘向病害的麦穗，飘向
窜入墙缝里的小蜥蜴。

有株石榴树生长在我故居

贫瘠的花园里。秋风中，
仍会有红涩的果实几粒。
黄杨树旁的角落有几株百合。
还有温馨的棚架早已颓圮，
但仍弥漫夏日浓浓的香气。
从那里可闻白日钟声的撞击。
假若还有童年，呵爱人，
端坐在红花满枝、树叶闪光的
石榴树下，你可愿意？
我愿跪伏在故乡的土地，
重归故乡，愿为爱死去。

……亲爱的女友呵，蹑足屏息。
走进祖先的房子。这是我出生
之地。冬季的老院子早已封冻。
往昔，公鸡在爱的晨曦里啼鸣。
人们在屋中祈祷，呵上帝，我
出生在圣日里。这时，冰雪的
比戈尔，飞湍不息，冰冷山坡上，
牧人们赶着羸瘦的棕色毛驴
和咩咩叫的羊群缓缓走向天际。

女友呵，我展示你的这些回忆
将珍藏于这首贞洁的悲歌里，
若我是个古代的伟大诗哲，
我会在无言而旋动的煦风中，
长发飘散，面树而泣。你
终会在我墓前读到这些诗句。
那是灰石砖而非大理石的墓地。
我就是这样，愿在贫困中安息。
伤心斑鸠呵，来自永恒大地紫杉的
情侣，你独自前来便会令他狂喜。

1898 年 11 月

悲歌第九

沙砾小径上，
她们走了，神色凄惶。

长凳上，她们戴着微颤的
大草帽，身穿白丝带裙装。

她们有夜莺的魂灵，

将狂放飞扬的故事歌唱……

和风中，她们打个手势，
我不懂，我很懊丧。

我是谁？我们在凉爽的
林边碰上。

她们告诉我：您是诗人，
是我们如花之心流泪的梦想。

捧着坟墓之鸽的
缪斯在我身旁。

碧霄中，她拍击
巨大的翅膀。

空中，缓缓地，神秘地，
落下几束丁香。

1898 年 11 月

悲歌第十

一

当我心为爱而亡:狐狸
打洞做巢的斜坡上,
覆盖着野生的郁金香,
夏日,两青年来访。
他们歇息在橡树下,劲风
经年吹拂,弱草偃伏地上。
当我心为爱而亡:呵,紧随
少男而娇喘的俏女郎,
想我心为琐屑争斗所苦,
在狂风掠过的山冈,寻觅
一颗澄碧的心,使她不再受伤。
说吧,呵女郎,你说:他疯了,
如塞万提斯笔下相恋的牧羊人
在宁静的草原放牧白羊……
他们离别炊烟袅袅的古镇,
或许是圣奎特丽娅令人心伤。①

---

① 圣奎特丽娅(Quittéria),5世纪时的一位天主教圣女,因捍卫自己的信仰而被斩首,其纪念日为5月22日。

说吧:你想如不幸的牧人,
徒劳地想躺卧秾丽的花旁,
吹着羊皮袋,唱颂忧伤。

二

当我心为爱而亡,请你激赏。
他生如鳟鱼跃过蓝涧。
他生如流星划过穹苍。
他生如忍冬弥散芳香。
当我心将亡,莫再觅他忙……
求你:就让他安睡
冬青树下,清晨,红喉雀
总将感恩歌向圣母玛利亚啼唱。

三

当我心将亡……不……来找他吧……
来找他吧,带着你仁慈的芬芳。
我不想他拒绝你的亲吻。
抓住,带走,厉害模样,
像你时常紧抱我
一样……别哭,呵,姑娘。

别哭，女友。生命秀美端庄。
我受苦，却从不对你讲……
月亮亲吻着沉睡的迷雾，
羊羔吃草于破晓的山冈，
麕子安睡在苍白的林间空地，
娃娃惬意地吮咬母亲的乳房，
紧闭甜蜜的唇，身子却抖晃，
你痴狂转身，投入我的臂膀……
别哭，女友。生命秀美端庄。

当我心为爱而亡，心
没有了，那时，我或将你遗忘？
不……我是疯子……我不会忘。
我们同一颗心，归你，呵情郎，
当我畅饮草原清泉，
当我向你的芳唇注入天光，
我们彼此连体同心，
孰分少女，情郎。
当我心……
　　　　　亲爱的女友，不用
再想……醒时你冷得发抖的乳房
似露打蔷薇丛中的鸟巢一样。

你看，我那么爱你，我心花怒放。
我心向你，如园中遗忘的
百合投身一碧穹苍。
我无法再想。我只是物象……
只是你双眸。只是蔷薇花香。
若我非我，若我托形蔷薇，
一旦离去，你是否悔断愁肠？

四

当我心为爱而亡：我灵
苏醒在茵绿斜坡上。
可爱的孩子呵，当你们走上山冈，
它在沐浴曙色的湿润草丛中闪亮。

夜晚，它在雾中飘浮，灰濛
湿润的月色令夜雾柔和迷茫。
它让清新蔷薇燃烧于
颤抖潮湿的老墙。

它停步在阴暗的狗窝旁，
房门口几只老狗睡得正香，
它慈笑着驻足小小坟岗，

几个无辜的生命过早夭亡。

愿我的苦楚沉溺温柔之乡，
愿村里年轻人来此
找到野生的郁金香，
找到更多淳朴和快乐时光。

想一日几多伤心事。
要哭，哭吧，依偎我的肩膀……
我的离去惹你心绪乱，是吗？
你的香吻颤抖着，宛若曙光。

说吧，让我们向心爱的灵魂告别，
一如昔日远游的诀别景况，
村口大道，白杨成行，
手帕挥舞，憔悴脸庞。

忘掉痛苦吧，让
我心的抚触下，你的
泣颜缓缓平复如常，
笑一笑，似我俩仍置身哀伤！……

悲歌第十一

——致阿尔图尔·封丹夫人①

你在哪里？你生活可曾静谧？
快四岁时我们相识，你那时
是幼女，住公证人老祖父家里，
诗中我曾咏唱过你。
还记得花园吗，那明媚的
日子里，孟加拉玫瑰的蓓蕾
熏香了梨树，麻雀在枝椏鸣啼？
台阶上，你祖父戴着丝绒鸭嘴帽，
坐在背后靠墙的木椅，
注视着转晴的天气，
或许正将往日爱情回忆，
和风吹拂着碧空下的紫藤，
送给他远去的吉他曲。

呵我的小女友，你名叫玛丽，

---

① 阿尔图尔·封丹夫人（Mme. Arthur Fontaine）是耶麦的朋友、文学艺术资助人阿尔图尔·封丹（Arthur Fontaine，1860—1931）的妻子。

像我一样，你肯定没投来过
难以言表的做作一瞥，
至今让我憋屈，却仍
甜蜜得让我跪倒在地。你听：
圣-马丁岛的一个美好夏日，①
你与一位单纯善良的青年结缡。
花园旁接着举办婚礼，
农妇出身的女佣采来百里香，
置办红酒洋葱烧野兔的筵席。
你朴讷地将芳唇献给丈夫，
他是年轻的公证人，彬彬有礼。

去吧，女友，你选择了美好的生活。
或许，今晨，当我写出这些诗句，
你仍会起身，清新端庄，
推开绿花窗的玻璃。
如让我选择那天的祝辞，
我就想知道如今你是否如意。
在膳厅，球形灯下站着一位
穿罗纱的贞女，我想再吃点东西。

---

① 圣-马丁岛(Saint-Martin)，法国在加勒比海西印度背风群岛的一个属地。

我会对你说：从四岁起，
二十六年来我常常想起你。

我会和你丈夫聊到很晚，
晚餐后，旧台阶，
紫藤下我会和你俩围坐一起。
倾诉我终生都在痛苦。
你们虽不明何故，
内心却感受到我深沉的苦凄。
你们高兴我平静下来，
因为那美好夜晚是个好天气。
我们倾听内心灵魂的歌唱，
在路上可见车灯明灭，
在温暖之夜疾驰而去。

随后，你们领我去装饰着漂亮
挂毯的蓝色卧室，祝我睡得安逸。
她还在世吗？也有美图相伴起居？
画面上，农妇井中汲水，
奶牛母子在一旁亲昵，
画面萦绕在我脑海里！教堂，
清晨的三钟经萦回，

如长天碧水涓涓不息。

我死之日，呵小玛丽，
——人们大多在悲歌结束时死去——
请去黑森林采些蕨草，
如我所愿，将新鲜的花束
放在我诗意的墓地：
绕墓撒上半透明的青苔，
撒上叫作秋水仙的紫色百合。
为感念纪德，再摆几束水仙，
他曾为《一日》的出版尽心竭力①。
你还要摆上白宝石般的长茎
金芯睡莲，因为，在不是
爱却哀愁无尽和可爱的
日子里，它让人想起
在拉马丁的《湖》一样的湖上②，
我为一位倦笑的夫人披衣。

---

① 1895年4月，耶麦创作完成对话体长诗《一日》后，因没有名气，找不到为他出版这首长诗的出版社。于是耶麦冒昧地求助于纪德。在纪德的慷慨帮助下，这首长诗由法兰西水星出版社出版。

② 《湖》(*Le Lac*)是浪漫派诗人拉马丁(Alphonse de Lamartine, 1790—1896)于1820年出版的代表作《沉思集》中的名篇。

你也要摆上刚采的红色蕨草，
要从干旱的赭红山坡采集。
而且只在胡蜂嗡鸣的
中午，你才能前去。
小女生采撷的花瓣令我欣喜。
你还要摆上玛莫尔的花束，
取自我们忧郁之爱的季节里。
亲爱的女友，再摆一些蔷薇，
重温你愁闷的童年记忆。

1899 年 1 月 25 日

悲歌第十二

——致 M. M. 莫蕾诺-施沃布夫人①

一

啊，林畔，巨风卷起
银莲花和海船的樯帆；
托起伟大的勒内之魂，

① 莫蕾诺-施沃布夫人(Mme. Marguerite Moreno-Schwob，1871—1948)，法国戏剧和电影艺术家，是法国作家、象征派诗人和翻译家马塞尔·施沃布(Marcel Schwob，1867—1905)的妻子。

当他向巨浪呐喊仇怨；
它晃动薇吉妮的小屋，
作践圣心教堂秋季的庭院；
无论飞沙或湿雨
扑面，我都爱你永远。

轻抚我吧，做我怯懦的
心之友，从前，当我还是孩子，
常在谷仓里，听你
门外呼号，缝隙间飞旋。
我还钻进粮囤。从那儿，
凝望蓝雪花飘落高山。
我心跳。身穿白色小罩衫。
哭，上帝？……不知道……我四岁。
啊！故乡……真是通透光艳……

风呵，告诉我，你想当牧童吗，
在轻柔牧笛上印下吻痕，
诗人般端坐蕨草间？
你愿使所有少女的香唇
蔷薇般俯簇我的胸前？
你引我梦向何方？……何方？……

骡群走过拂晓的雪地，
驮着少女、烟草和黑葡萄酒坛。

二

风呵，你让三钟经轻轻飘散，
如苹果花飘坠果园；
你让婆娑草坪鳞光闪闪；
你让松树作响，野草莓折断，
让白云斯须变幻。风呵，
小屋内我闻风声，
更让我孤寂的灵魂愁惨。
无论我哭我笑，总有风声相伴。
我读卢梭时，是你风掠
老版画中的树巅。我任
灵魂走开。对自己说：我沉思，
当我死之思绪听你漫谈。

是你在墨绿色大洋引领我祖先
前往安的列斯，那里鲜花开遍。
离开法兰西时你波翻浪卷。
肆虐的暴雨冰雹撞击船舷。
舱板吱嘎作响。令人心颤。

驶近宜和的安的列斯群岛，
你收敛喑哑的咆哮，绽放笑脸，
见到海鸥那白裔的表亲
正守在岸边翘首相盼。[①]

啊！我见到了，开辟新生活的那天。
上帝，求你，告诉我，我可在里边？
是的，我见祖父踏上马提尼克的
圣皮埃尔大街，姑婆们跟随后面。[②]
风呵，你曾吹拂新鲜的烟草
花冠，掀动柔软细布衫，
那是姑婆们翻飞的花瓣。

吹拂的风，你因此成为我友。
我知你所知。兄弟般把你眷恋。
愿你幸福漫游小榆树林。
我知你识鸟之心千千万。
我知惟我解你言辞涵义。
我知白裔姑婆们的亲吻

---

① 白裔，即克里奥尔人，指印度洋岛屿和安的列斯群岛等地的白种人后裔。

② 马提尼克的圣皮埃尔(Saint-Pierre-de-Martinique)，马提尼克岛的港口，始建于 1635 年，18—19 世纪曾为岛上的商业和文化艺术中心。

偕你而至，今晨，在粉蓝露珠下
掠过长满蔷薇的花园。

1899 年 4 月

悲歌第十三

当教堂为我俩单独奏响
　　管风琴乐曲，
她眼睫闪动天蓝色水珠，
　　是幸福的泪滴。

那清纯的女孩儿又在哪里？
　　我心中她本似乡村
教堂之钟，却在马兜铃下消弭。
　　你在哪儿，未婚妻？

啊！若我以六月白蔷薇之魂
　　吹拂你孟加拉玫瑰色双唇：
洗净身子，穿上凉鞋来吧，
　　呵，簌簌战栗。

离开苦涩世界，来我
　　冥思的陋居，
惨白阳光晒蔫的薄荷下，
　　活水潺潺成溪。

为你，我备下翠绿的梦境，
　　羊群在那儿安憩。
为你，我有沙滩白卵石项链，
　　早用井水清洗。

你若感疲倦，我会屈膝
　　为你解开鞋带。
你只须将头靠我双臂，
　　我会搂着你。

白房子笼罩金色的喧哗，
　　为你莅临欢喜。
铺好的床上，清冽的水罐
　　你小憩时会降临梦里。

我会在白色夏至赶到，为爱而泣，
　　紧随的狗儿喘着粗气，

我会去敲响最简陋教堂的花钟，
　　通知未婚妻到来的消息。

1899 年 6 月 1 日

悲歌第十四

——我的爱，你说。我的爱，我答。
——下雪了，你说。下雪了，我答。

——我还要，你说。我还要，我答。
——就这样，你说。就这样，我对你说。

后来你说：我爱你。而我说：我，我还要……
——你说，美好夏日完结。——我却答道：

是秋季。我俩的话语不再对题。
终有一天你说：呵朋友，我真爱你……

（那时寥廓霜天已壮丽凋敝。）
而我答道：再说一遍……我还要……

悲歌第十五

——致亨利·盖翁

这册植物志里，又见枯叶一片，
已夹了十五年，是在波尔多，某礼拜天，
一个蜜桃般芬芳金黄的夜晚。

波尔多是座美丽城市，煤烟的
雨中是鸣笛的樯帆，当年
瓦尔莫夫人便是在此登船①。

她随着一群孤女上船，
长发在船头飘散。
她低吟着摩尔人的海滨，②
手势夸张，嚎啕哭喊。

---

① 瓦尔莫夫人(Mme. Desbordes-Valmore, 1786—1859)，法国女诗人，其诗歌经常描述哀愁和伤感，并表现从痛苦中汲取的力量和美，故被法国诗界誉为“哭泣的圣母”。1801—1802年，因生活贫困，年幼的瓦尔莫夫人曾随母亲前往法国的海外领地瓜德罗普岛去投亲靠友，没想到亲戚去世，岛民暴动，且瘟疫肆虐，她的母亲不幸染病客死他乡，孤苦伶仃的她不得不折返法国，回到父亲身边。

② 摩尔人(les Mores)，居住在北非和西非地区的柏柏尔人、阿拉伯人和黑人混血的后裔。

啊！她一定拨动了船长的心弦，
而此心过去只对热病、台风，
炮击和海底涌浪习惯。
他注视着她，而年轻的女诗人
却脸色苍白，眩晕在船。

陋舱中，她是否带了猫，
或带了她喂养的金丝燕，
并为它们准备了淡水，
以熬过长途跋涉的惨淡？
这可怜孤女的钱包里，
是否还有铜板，好在过赤道时
为洗礼而向装腔作势的海员付钱？

我的心，别嘲笑这位女诗人。
她的才华承受着无尽苦难，
愁泪咸涩辛酸，打湿了
长发，煎熬红肿的眼睑。
她随着海风流浪他乡，
惟彩虹般的蜂鸟了然，
那拥抱帝国竖琴的女人
颓然蜷缩在长发卷下面。

当她在安的列斯群岛登陆，
凹陷的双颊带着黑色火焰，
她得找到某家小旅馆，
才吃上家常的餐饭，而那些人
结账时却还哀声喟叹。

而我，我藉回忆向她致敬，
是那片枯叶令我浮想联翩。
当我死去，谁会向我致敬，
如我般将瓦尔莫夫人怀念？

悲歌第十六

某城堡的蔷薇……台阶宽敞，
潮湿的林中有人采薇忙，
日晷上标示慵倦的午后，
百年老园中有人闲逛，
我是活死人，这是我心之丧。

呵玛莫尔，呵亡故的爱人，莫非
你的草帽在寡言的葡萄旁飘荡？
伤心夜，我像罗贝尔-罗贝尔

和黑橡胶们，登船向安哥拉远航。[①]

我多想知道，日晷仪是否
仍放在角落，西班牙月桂
在伤感阴湿的小径闪光。
回想起登船的那天：
痉挛的嘴巴吞咽着泪水，
你为我在炎热草场上采撷的
最后一束鲜花灿灿金黄。

我不学罗贝尔-罗贝尔
讲述鞭笞下黑人的哀伤，
也不讲斑疹伤寒和雨骤风狂。
其他的，最多也就讲讲
几位游客遭雷击的沮丧。

我会讲述我之后的一生，
讲我出生至今的哀伤。
若一切均亡，我为何独活世上？
徒劳求索，惟见眩目之尘白茫茫。

---

① 安哥拉（Angola），非洲国家名，位于非洲西南部。

载你散步的驴车
不再在道路尽头徜徉。
我不安。我心泣。我猜想。
你没有带着欧楂木手杖。

你没有带着欧楂木手杖。
苹果树的朝露不再落你身上。
我只带着狗和泥泞的拐杖。
那荡彻灵魂的情爱
只剩下沙粒和斑斑空茫。

你死了。万物死了。死亡。砍下的
枝叶沿古驿道散落纷扬。
填塞了车辙。砾石堆满
路上，清流劈开道路。而
维吉尔式牛车不再颠簸摇晃。

可我知道：我们尚有一处
古时称作香榭丽舍的地方[1]，

---

① 香榭丽舍(Champs-Élysées)，源自希腊神话，意为“神话中的仙景”，原指希腊神话中的圣人或英灵居住的冥界(Elysium)，转义为“极乐世界”或“乐土”。

是位诗人说的，四月某个晚上。
他聊到，爱的影子不相信
“数字、空间和时光”。

你将坐着驴车前往。
我迎着你，你正要下车。
你微笑着，百合花插在草帽上，
身子似弯曲的忍冬，斜倚我的
臂膀，我的太阳穴紧贴你的脸庞。

在这幸福的香榭丽舍，一切，包括
小蟋蟀，小桑葚，都重回我俩身旁。
今天，茂密的小溪在我们
久已迷失的心间潺潺流淌。
水果成熟了，棕榈结籽了，
撩起长袍的但丁掠过身旁。

晚上，裸睡于清新的银莲花下，
感恩你仁慈的臂膀。
一滴清凉温馨的露珠
滑过你软过青苔的腰肢上，
还有让波莫娜瞠目的

浑圆尖挺的乳房。①

可香榭丽舍并不存在。
生命归来。城堡照旧空荡,
安哥拉人在明亮的阿特拉斯沉入梦乡,②
不知道。不知道。不知道。
你没有带着欧楂木手杖。

1900 年 5 月

悲歌第十七

——致欧仁·卢瓦尔夫人③

下过雨了。万物闪亮。大地漾清意。
蔷薇花瓣上悬着欲坠的水滴。
过会儿天要转热,今天下午
热闹的阳光要划破棕红的土地。

---

① 波莫娜(Pomone),罗马神话中的果神。

② 阿特拉斯(Atlas),希腊神话中的擎天神,被宙斯降罪用双肩支撑苍天。传说中,北非国王是阿特拉斯的后裔,北非的阿特拉斯山脉以他的名字命名。

③ 欧仁·卢瓦尔夫人(Madame Eugène Rouart)是耶麦的朋友、法国作家欧仁·卢瓦尔(Eugène Rouart, 1872—1936)的妻子。

氤氲的天空露出水一般的蓝洞，
漏过的光柱在山坡上洒下数缕。
油光的鼹鼠，用利爪填塞了
它们遍布草场的树根般的洞穴。
银色的蜒蚰爬过路面，
吃透水的蕨草压弯了身体，
而少女颈背落下树莓的水滴……

少女们呢，她们远去了，去往
湿润、微颤和绿茵的幽地。
一个手拿针线，一个饶舌不已，
一个夹着旧书，另一个手捧樱桃，
还有一个早把祈祷忘记。

——露西，看到鼹鼠窝了吗？
——哎呀！那蜒蚰真难看。踩死它。
——哦！真吓人！我说了不……我不乐意。
——听，是杜鹃鸣啼？

她们去远了，
走向路尽头，走进野地。
她们的衣裙时聚时离。

能听到她们欢笑后的静寂。
一只喜鹊划过长天。黑橡树上，
一只松鸦叽喳叫着与另一只追逐嬉戏。
少女们的衣裙似扇面招展，
在山顶的阳光下起伏飘逸。
她们消失了。只剩下感伤的我。
突然觉得自己老了，不知为何，
在渠边采下一枝薄荷捏在手里。

裸少女

1899年,耶麦作为“少女诗人”显露头角。3月,他创作了第一部小说《克拉拉·黛蕾贝丝或一位古代少女的故事》。7月,他又在“隐修”杂志发表了长诗《裸少女》。在这部对话体长诗中,可以领略到耶麦在创作《悲歌第八》时的激情。

维克多·马格里特[①]在收到《裸少女》后给耶麦的致谢信中写道:“亲爱的朋友,感谢您给我寄赠《裸少女》的美意,‘隐修’杂志对这部作品也颇为推崇。这首诗就像一大束犬蔷薇花,浓艳夺目,朝露袭人。嗅此细腻花香,似乎白昼的戾气和夜幕的哀愁扑面而来。真无法想象您是如何感受和表现生活的!”

① 维克多·马格里特(Victor Marguerite, 1866—1942),法国小说家、剧作家。

裸少女

——献给安德烈·博尼耶①

人　物

小老妇。

少女。

诗人。

第一幕

诗人在简陋的家中接待了一位来访的小老妇。她挎着旧果篮，戴着一块花花绿绿的方围巾，围巾的下角垂在背后，身穿绿色长裙，披着一袭破旧的印度沙丽，可能是某夫人的礼物。她面庞十分柔和，像一只皱缩的苹果，双眸似两滴蔚蓝色的小水珠。

① 安德烈·博尼耶(André Beaunier，1869—1925)，法国小说家、文学评论家。

诗人的房间朝向花园，花园里生长着丁香和郁金香，游丝上挂着粉蓝色的露珠，胡蜂飞舞。接骨木花上，三只蝴蝶上下翻飞。天空、大地和比利牛斯湍流闪烁在远方，一切如此纯净，若置身于贝壳的珠光之中。远山的雪峰、泛着孔雀翎色的丘陵和清新的白杨林，构成了一幅颤动的、令人赏心悦目的图景。钟声响了，牛车走过，叽叽喳喳的鸟群像卵石般一只只挤在一起。

丘陵上，是成片茂密的树林。

本幕结束时，已近黄昏。

诗　人

怪老太，你筐子里放着啥？

小老妇

喂鸭子的蜗牛，还有长袜。

诗　人

还有呢？

小老妇

林子里长熟的覆盆子。

诗　人

还有吗?

小老妇

几捆青菜。

诗　人

还有吗?

小老妇

还有啥呢?几束蔷薇,
中午在荫凉处摘的。

诗　人

还有啥?

小老妇

有一块被脏兮兮的穷人舔过的
黑面包,苦涩异常。
我用老太太牙啃去了面包皮。
取出面包瓤,在清澈的河边

蘸点水，像麻雀一样。
那穷人的脚伤青肿发亮，
敷上面包瓤可得些清凉。

诗　人

怪老太真是菩萨心肠，你可
有灵药，疗我诗人灵魂之伤？
若你理解，你会心生感伤……
它像秃鹰阴影下的山雀，
惊惧翻飞，不停嘶嚷。
我也难细说端详。

小老妇

既非驱虫药，亦非油膏，
即便用菊苣和天主之手
按白色秘方制成灵药，
也难医你心灵的高烧。
听着：有株参天橡树
长在翠绿幽暗的林中。
树干蠕动成团的金蜂，
夜幕中树冠将红日触动。
它似弯曲的压榨机螺栓，

像要在黑夜里碾碎群星。
它好客。松鼠在树上飞窜跳动，
旋木雀翻飞，还住着鹿角锹甲虫。
树皮下有个潮湿的小世界藏匿。
阳光下树脚一片青苔刚刚死去。
当警醒的树叶上颤响着柔和的
暴雨，老迈的绿啄木鸟
从树上自家窗内发出散乱
叫声，似乎十分惬意。
橡树的圆叶子上长着
一大蓬苔藓，清新如圣水缸，
挂满了青紫的蜘蛛游丝
和浸透水的蔷薇落叶。
在这颤抖的爱巢中，躺着
一位露珠遍体的裸少女……

诗　人

听你讲话，如遇良辰，
我像阳光下的葡萄般欢欣……
不过，怪老太，你还没说
什么能疗我因爱而死的心？

小老妇

爱情。

诗　人

别说了。太痛苦。你知道完结了。
这一年我心让我窒息。她走了，
那个曾在我心中建起家园的少女。

小老妇

她是另一个，住在黑林子的
巢里，那里阒无人迹，只有
吟唱的三钟经那迟钝的怨艾，
或是田鼠钻进软土时湿冷的
战栗，那里对小动物最为宜居。

诗　人

别惹我哭泣。另一人睡我床上，
远比她的青苔巢穴更舒适惬意。
那里，春天曾紧连夏季。
她身体仿佛凋谢的丁香，
唇似碎裂的草莓，身子弯曲，

站在秋天白门槛前，孩子们哭泣。
呵！好老太，你难道没有
蜜蜂采来的什么药剂？
或许能在我心中抹些香蜜。
你难道也没有甜美的香膏
勾兑起农夫圣洁的汗水
和小羊奶，对身心有益？
你难道想让我终日痛苦，
终日饮泣，为路上见到不知
为何总是相同的东西而厌腻？

小老妇

那满身露珠的裸少女正在
等你。别耽误。新的爱情
在马鞭草和嚏根草上低语。

诗　人

你说，她要再走了怎么办？

小老妇

别哭，孩子。去吧。去林子一趟。
以前你爱人之床，不缺凋谢的

犬蔷薇，也不缺粉蓝露珠的
装潢，更不缺温柔的慵懒
和使人安睡的温暖臂膀；
你缺失的远比痛苦更甚：
就是屈从于所谓的善良。
可是，朋友，她自然从容的存在
却能治愈你痛苦的创伤。
她居住在繁花的青苔之巢，
生于树林，胸前交叉着
能伸手触天的优雅的臂膀，
比哀叹厚重，比大麦金黄。
这就是那姑娘，双眸凝视穹苍，
欢笑入睡，凸起肚腹，
看皎洁的鸽子在天空翱翔，
她的金发只接受蜂群在夜晚
为她带来不知名的麦粒。
她是大自然完美的贞女，
无瑕的身体，纯净的思虑。

诗　人

她从哪儿来，呵好老太，
你驼背，似夏末高高的

蕨草，呵好老太，你的话
如欧石南花串般轻快；
那身披露珠裸睡于巢中的
少女，她从哪儿来?

小老妇

一会儿告诉你，还有她的父母。
别耽误时间。野兔快要
去黑夜的林边安眠。
第一颗星辰已升上青天，像
墙上的玻璃烁闪，向绣女们
宣告彩衣已在昏暗农庄绣完。
昏黑的青空，夜莺伴着
泉之泪，已笑啼三遍。
你拿好手杖。翻过雨蛙鸣叫的
篱笆。你看:青苔上月光一片。
夜似白昼，惊醒公鸡打鸣，
以为曙光已照进庭院。
来吧。钻进美丽的树林，
裸少女在露水中安眠。
我会驼背祈祷，引路在前。

第二幕

夜里，混沌的草地上长满丁香。月亮颤抖的清辉洒向浓密的田野。紫色的山影轮廓显现出来，线条与另一个跃入的阴影重叠。母羊咩咩的叫声里隐约有一丝笛声。牛群发出上帝般的叹息。亮晶晶的水洼。群星似流火的露珠在天空抖颤。

诗 人

呵小老太，还得走
多远？

小老妇

刚刚半夜。黎明时分
可到密林边。

诗 人

草地上隐约传来的是什么声音？

小老妇

那是万物在倾诉爱恋。

诗　人

你听？

小老妇

　　那是对着蔷薇上移动的
月影吠叫的守夜犬。

诗　人

这个呢？

小老妇

　　那是机杼声，夜阑，
谷仓灯火闪闪。

诗　人

那个呢？

小老妇

　　那是厩舍横木上哗哗响的
锁链。

诗　人

还有这个？那个？

小老妇

　　　　　　那是庄重的夜莺
在轻唤。那是新芽钻出地面。
那是村边泥淖中，一只蟾蜍
从玻璃般的灵魂中，时而
冒出的一声孤独的哀叹。
那是蝙蝠吱嘎的轻叫。
那是草莽深处呜咽的流泉。
那是鹌鹑对绿麦三声温柔的召唤。

诗　人

那看似阴影的光亮是什么？

小老妇

曙光即将分娩。它逐渐隆起。
分娩出我们所见的一切：
大地与森林，阳光和水面。

诗　人

闪光的是什么?

小老妇

那是霜月下的湖面。
它微颤着,在湖岸桤木下升腾青烟。
真安静。若轻雾升起,
湖面会银装一片。
黑水鸡会惊拍水面。
银装。银装。银装素裹的湖面。
那是凝结的寂静,寂静的光闪。
等一下。我要为露水巢中
翘盼的裸少女,采撷一束
有雾丝果实的铁线莲。

诗　人

老太太,东西不少了,
你非要将菜篮装满?

小老妇

不会的,

穷妇的菜篮向来不会满。
那雾丝的果实都会飘散。

诗　人

看？那轻雾多像天使翅膀？
更像凝固的万物掠过眼前。
呵神奇可笑的老太太！看
美景每时每刻变幻。
哪样让你喜欢？

小老妇

贫穷。
空气是大洋。晨曦将大地分娩。
丘陵跳跃着游向太阳，
似巨鲸浮现。一辆牛车
吱嘎着，将泥泞中的沙砾压碾。
生活开始了。你看：细草
棵棵钻出地面。那是
金色大戟、蓝色婆婆纳和苔藓。
请感受它们生命的良善。
露珠是其歌喉，它们默默无言。
它们的灵魂终究会凋谢暗淡。

大家只笼统地说它们简单。
它们像我们在履行未知的使命。
屈膝祈祷,气定神闲。

太阳在天空升起。清晨逐渐燥热。干燥的大地上,蟋蟀在鸣叫。茂密的草地上盛开着翠菊,蓝色的细亚麻在摇曳。金黄的鳃角金龟飞起来,在闪光的橡树叶上洒下灰尘。树木的枝桠将长满槲寄生的向日葵托举向蓝天。炽亮的青空露出蔷薇色,仿佛丘陵在远方抚摩着森林。清风拂煦,草莓飒飒作响,尔后又归于寂静。上千只鸟儿在歌唱。细嘴雀在山楂树上摇头摆尾,纺锤状的啄木鸟在空中编织着曲线。小树林里,翠绿的欧石南和蕨草上,金色的枝条投下荇影。

诗　人

快到了吗?

小老妇

你看那片深色树林。
多像天堂里清新的临时祭坛。
我们将在赤炎正午到达,
村里钟楼的蓝针分好了时间。

诗　人

我心欲死,一想起伏天,
丽春花下,清流岸边,
那轻盈似罗纱的吾爱,
却将芳唇贴上了新欢。
我心碎欲死。你说,他们起身了吗?
今晨有否笑颜?待晚间回返,
想不到只为你老人家的温柔,
我日夜泪洒衣衫?

小老妇

要有信念。疗你心疾的她,
那落叶茅檐下光影中的
裸少女,天黑前就会看见。
在她面前,你心会忘怀过去,
会因她落泪,因她怠倦。
那藤缠树般窒息你灵魂的人,
你将从此不再挂念。

诗　人

可我难忘她真诚的爱抚。

小老妇

绿芽会忘掉枯黄的树叶，
杏树会忘掉春雪的严寒。
你火热青春新的爱情之果
会在你牙釉中融化相连。
你就如那蔷薇，枯萎后
才现金花怒放的波澜。

诗　人

呵老太太，你的话像一道蜜光。
蜜从何处采，在哪个温馨清晨，
哪群蜜蜂，采自哪朵纯洁花萼里边？

小老妇

孩子，那蜜，采自我的秋天。

第三幕

小老妇推开简陋小屋满是青苔的门，门已虫蛀，与挡在门前的树缠绕一处。金碧色覆盖着被地衣侵蚀的草屋。门板缝隙中钻出了蝴蝶花。常春藤伸进了屋里，与蔷薇花紧紧相缠，红唇般的花蕊贴在见青天的窟窿上，窟窿是啄木鸟啄开的，胡蜂在窟窿上吮吸着。

草屋中央站着一位年轻的伐木女郎，她脱掉了肥大的服装，那服装比夜里的露水还湿。

她周身赤裸，像光，又像水。屋外阳光变幻时，她弯下腰，一只脚放在新砍的野生榛木劈柴上，一只手举着斧子砍枝条。撒满小枝杈的地上爬着瓢虫。

少女突然转身，一时间竟未认出小老妇原来是她的祖母。

她金发碧眼，从头至踵洋溢着阳光般的曲线。

小老妇

我们走了一夜，又走了一早上，

沿着湖水，踏着青苔，闻着百里香。

少　女

我整夜砍树捆柴忙。

月色下斧子泛清光。

露水打湿了我的小围裙，

清新的树皮使森林沐浴馨香。

后来雨水落在砍伐的栗树上，

流进我脖子，浸湿我的上装，

我感觉自己像冰冷的彩虹一样……
我只好全身赤裸，阳光下晾我
湿透的衣裳，全裸着重新
工作，砍柴刀下，只有树叶的
折光遮掩我光洁的乳房。

小老妇

从黎明起你在等谁？

少　女

等您，祖母。

小老妇

在蔷薇色的黎明中你还在等谁？

少　女

我不知，祖母，不知……在等什么……
一丝空落落的甜蜜在心中膨胀，
就像黑夜令夜莺激昂，像
风儿吹散饱饮雨水的蓝丁香。
祖母，我真想号啕大哭一场。

小老妇

你是害怕吗?
是野草莓那儿来了恶狼?

少　女

不。羊群独自穿过了树林,
铃铛像暴雨的雨点般歌唱。
硬毛犬咬着身上的跳蚤。
驴子低头,牧人祈祷,
水罐在驴子光秃的肋间碰响。

小老妇

你是说,他们爬上了香脂味的山冈?

少　女

还没有。他们正在绿灯心草丛
用蓝蓟花将凝结的奶收藏。
牧人走过时,拿着山金车。[①]

---

① 山金车(jonçaie),菊科植物,分布于北美和欧洲,是一种含有植物精油的药草,具有治疗跌打损伤和抗瘀血的功效。

想分些给我,便唤我
又拍打门窗;可我怕太年少
又赤身,就未搭腔。
只有一只啄木鸟在树洞扑响。

小老妇

那你在等谁? 在蔷薇色的黎明等谁?

少　女

我不知在等什么。这件事
我难言其详,恰似蔷薇花,
虽看不到,却嗅到花香。
我灵魂焦渴,仿佛鹡鸰
站在冰封水池的卵石上。
祖母,您身边这后生是谁,那么阳光?

小老妇

黑色常春藤压得屋顶作响。

少　女

祖母,您身边这后生是谁,那么阳光?

小老妇

你听，白鹡鸰发出银色的声响。

少　女

祖母，您身边这后生是谁，那么阳光？

小老妇

珊瑚色的山鹑在欧石南上歌唱。

少　女

祖母，您身边这后生是谁，那么阳光？

小老妇

青苔上咩咩叫着迷途的母羊。
正午了。我得去采摘
沉睡的药草，熬制
香膏，有益健康。
暗淡的叶子睡在灌木丛中，
盘结的游蛇滑溜冰凉。
沿着流沙的溪水，我采撷
薄荷，手中搓揉味清神爽。
干热草地上，风荡清凉，

粉色的剪秋罗和野酸模生长，
紫红色，具条纹，长茎摇荡。
翠菊似一位妙龄女郎。
毛茛似草地金色的眸子，
勿忘草似河水蓝色的目光。
蒲公英似蟋蟀的须。
阿福花似蜡烛迎着太阳。[①]
长春花似放大了的群星。
鸢尾花似鸟栖息河岸上。
忍冬似绿篱的芳唇，
抖颤的犬蔷薇似未婚妻的脸庞。

少　女

您知道那么多草药……
祖母，您身边这后生是谁，那么阳光？

小老妇走了。

诗　人

我灵魂疲倦得似大梦一场。

---

① 阿福花(asphodèle)，百合科几种植物的俗名，在诗人笔下通常指水仙。

因谎言对生命的厌恶
让我丧失希望,人们嘲笑
我心中珍贵的愿望。
病人们笑我,当我为他们裹伤。
女人们笑我,当我舐干她们的泪光。
幸福的人笑我,当我为其欢乐歌唱。
悲痛的人笑我,当我赴逝者的安葬。
他们只有倾听我这个诗人讲话,
而眼中却流露神秘的兽性目光。

少　女

别说了。朋友,你的话太可怕,
像被狼拖咬发出惨叫的羔羊。
谁让你这般痛苦,
令你的灵魂血淌?

诗　人

他们撒谎。
有时,我希望走向远方,
和我的狗走在荒陌沙滩上,
看潮落汐涨,朝暾
夕阳,相伴着死亡。

在棺木和爱人类的恐惧欢乐中，
我可怕的心会悄无声响。

少　女

安静些，可怜的朋友，你近乎疯狂。
牵我手，来我身旁。我会让你安详。
以往你太孤独，如今和我同在森林心脏，
这是能向灵魂倾诉的清新的蓝色故乡。

诗　人

放开我吧。这里非我故乡。刚刚
说话那人，在干燥的路上，
是个穷人，双脚青肿，褴褛衣裳，
跟着一条多疑的狗，目露饥色凶光。
自从我失去美丽而虚幻的姑娘，
我的爱便如仇恨满心的人一样，
那些心中有爱的人，我恨他们
从不为他人着想，从无香唇
轻拂过焦虑而尘灰的脸庞。

少　女

安静点：青苔遍体的蔷薇是我的

朋友，你如今光临这幸福的小房。
爱在此候你。我在你身旁，
颤抖如雨中的榅桲花一样。
我爱你。我赤裸。我燃烧的唇
伸向你，似胡蜂为花而狂。
我爱你。你难道不是我祖母
中意的人选，不是那想医治
心伤、要我心抚慰的情郎？

诗　人

不。放开我吧，姑娘。我怕你的爱
像蓝色的熊蜂将田旋花蜇伤……
莫将你唇上的胡蜂吻我身上。
你清新的肌肤难治我的谵妄。
我不要贴到你光滑浑圆的乳房。
你剧烈的心跳会致我死亡。
远离我吧。从你灵魂中，我听到
另一个女人苦涩温馨跳动的心脏。

少　女

呵朋友，怕什么？……我是你温柔的
女奴。我会抚慰你，我微笑端庄。

你看？我微笑了，正在坠入情网。

诗人（稍许放松）

你的微笑仿佛林中空场。

少　女

蔷薇之魂的雨滴照亮了草房。
我唇翕张，把你拉入爱你的
臂膀，我全身心爱你，我的碧眼，
长腿和红发全都一样。
可怜的心。这里，在我臂膀，
你总能觅得简单、纯洁和安静的
处所，医治病痛，将一切遗忘。
这是诗人理想的避难所，
简约生活在森林的中央，
多汁的春天带来能量的芳香，
多雨的秋天披上苔藓的衣裳。
夏天赐予我们葡萄园的收获，
带来黑树丛和茴香藤的芬芳。
冬天赐予我们干果，带来
祖母的故事和机杼的声响。

诗　人

呵裸少女，在清新的大道上，
我终于能生活于火热的阳光。
我找到你，亲爱的女友，
我将死的心已等候太长。
上帝面前，我要祝福你的祖母，
是她在草地上采割药草，
是她在迷人森林引我来你身旁，
来到你蔷薇和露珠编织的草房。
你是灵魂，你是裸体。你是真理，
你澄澈的芬芳在我唇上怒放。
我将生活在何种纯洁的梦想？

小老妇（诗人睁开眼，看到小老妇）

梦乡。

1899 年 4 月—5 月

诗人与鸟

1899年夏末，耶麦陪母亲回到她的老家西斯特隆，母亲的儿时女友阿梅丽·玛尔西夫人热情地接待了母子二人。在西斯特隆期间，昂特比尔镇布里亚斯克城堡[①]附近的山谷激发了耶麦的灵感，创作出长诗《诗人与鸟》。

10月底，耶麦把这首对话体长诗的手稿寄给了时任政府高官的朋友阿尔图尔·封丹。封丹又转给了画家夏尔·拉科斯特、亨利·勒洛尔[②]、爱德华·维亚尔[③]和作曲家雷蒙·博纳尔阅读。数日后，阿尔贝·萨曼在去封丹家赴宴时也读到了这首诗。

1900年1月，《诗人与鸟》在“隐修”杂志上发表，接着又印制了60册单行本。《春花的葬礼》出版时，耶麦将这首长诗收入在内。

---

① 昂特比尔(Entrepierres)，法国市镇名，位于上普罗旺斯省阿尔卑斯山区。

② 亨利·勒洛尔(Henri Lerolle，1848—1929)，法国画家、收藏家。

③ 爱德华·维亚尔(Edouard Vuillard)，法国画家、“纳比派”成员。

诗人与鸟

——献给夏尔·盖兰

人　物

诗人。

鸟。

第一幕

诗人走在阿尔卑斯山区的一条峡谷里。头上青天似一条窄河，两侧岩壁有如河岸。嶙峋的峭壁层叠斑驳，幽暗处泛出银光。水滴从高处坠地的声音清晰可闻。

干燥的砂岩上长着灌木丛和薰衣草，蚱蜢跳跃着，像泥灰岩的碎片。

右侧岩顶下，一股清冽的比利牛斯湍流飞流直下。天气干燥，诗人加快步伐走向峰顶的冷杉林，那里有厚实、柔软、翠绿的草地，禽兽都休憩在那里。

诗人在满是碎石子的干燥小道上走着。时值午后两点。他唱道：

我离开村子，那儿的老鹳草
　　在白日下长出锈斑；
毛绒绒粗叶子下，南瓜
在午睡的葡萄架绿影里安眠。

这是我母亲贫穷美丽的家园，
板结的土地，向黄鹂和斑鸫
　　奉献青涩的橄榄。

听，灰蝗虫扑棱棱飞上蓝天。
它跳着，干燥的寂静中，
在棵棵枯干的薰衣草上飞旋。

我灵魂渴望碧水的笑。
我变得鸟儿般疯癫，
　　而眼下我哭了。
山谷深处我的柔情泪洒衣衫。
如荒凉老园子里熟透的荚果，
白昼某天，桃树死了，

墙头上,我敞开的心扉沉甸甸。

看看我的花环:用金蜂
　　和冬青相缠。
仿佛黯然的玛莫尔缠绕着我,
　　我又近乎疯癫。

我灵魂渴望托起她虔诚的手腕,
我灵魂渴望一碧清泉,
用空幻的碧水将金洞填满。

去找我心吧。我不知在哪儿。
　　心已变得疯癫。
在石头下踢一踢。
在灌木丛和刺柏里找找看,
在燃烧的蓝天下的红色沟壑寻觅翻拣,
正午,旱魃一片,能听到
灰色小山鹑在薰衣草上聒噪盘旋。

诗人在冬青树旁的一块石头上坐下。头顶上,一只鸟落在一株花楸树上,对他说:

是我纤细的声音惊扰了你：
因为我黑色的小硬嘴
正在嗑着一颗好不容易
在骡粪中找到的大麻籽。
我是个老实人，可我是鸟，
我知道到了秋季，好上帝
会松开手，撒下好的种子。

诗　人

呵！这鸟会说话！好神奇……
我从不识山中鸟。
最稀奇的是它居然对我唱出言语。
呵！它长着漂亮的小胖脑袋。
黑丝绒衣，似夏末
爬山虎般的坎肩多么美丽。
小鸟！你真美！美极！
黑眼珠似两颗野生覆盆子。
球形小脊背闪着深灰色，
多像你家青瓦的屋脊……

鸟

去年一年我都在受罪。

有粒猎枪霰弹打进我翅膀里。
在湿石头上，我用嘴
捣碎薄荷叶，和上泥。
把翅膀淤血的伤口敷起。
每早，露珠唤我起，
我慢慢伸开好痛的翅膀，
再用薄荷叶制成的小药泥
做些小小的处理。
如今好多了，我祈祷上帝。

诗　人

天空飞翔时你看到了上帝？

鸟

不。好上帝不在天上。他住在大地。
就住在你能看见的小屋那里，
那儿有喷泉和野石竹，还有
一条狗在苍蝇嗡嗡的厩舍睡去。
清晨我栖息在花楸树上，常见
上帝的铲子光闪熠熠，
旁边是他好动的小山羊
拉出屎球上千粒。

上帝日出而作，日入而息，
当蔷薇微笑或隐在色彩里。
他知晓万物心中所有需求：
小草太干时他洒下及时雨。
他照料茄子、笋瓜和莴苣。
他播撒良种，他懂得信义。
十月来临，他飘香的葡萄
在柳条箍的旧木桶中高歌不已。
他话语温柔如吻，
他的狗会晃动颈圈站起。
上帝老了，可身体强壮，他驾驭
黑色阿尔卑斯群峰移行绿草地，
夜里，兔子、油光光的母羊
和羸瘦的小山羊在那儿将铃鼓敲击。
我姊妹常唤我在灰色沟壑中跟随他，
她是上帝在灌木丛中的牧笛。
从花楸到花楸，我在羊群上空飞舞，
有时落上羊背，只为啄食
羊背上的种子，那是秋天的赠予。

诗　人

呵！可是！你像人一样讲话！真惊奇……

比起圣人们在画册中介绍的那些
珍稀的鸟，你更可爱至极，
画中，能看到好上帝正穿越云霓。
你没有家吧，我是说鸟巢？
告诉我，小鸟，夜里你睡在哪里？
这里只有植物和满地沙砾：
蓝色的蓟像冬青一样扎人，
冬青也长刺，像蓝色的蓟。
要睡到月亮上却又高缈无际？

鸟

夜里我睡在花楸串上。
很惬意。一只小鸟无太多希冀。
若风太急，山谷里轰隆隆
滚下乌黑巨石，
我会在百里香花丛躲避……
不过当春天来临，在绛色天空
和白色果园，我会有雌鸟相依。
数日里，我们双飞比翼，不知
种子和希望充溢在我们心底。
之后，为给产下的蓝蛋做巢，
若很难觅到更软的东西，

我们会在心中铺上最柔情的苔藓，
还有爱抚时蹭掉的绒毛柔软无比。

诗　人

我也如此，那时我也有个情侣，
此地难觅，最天然，也最美丽。
上帝！我们如此相爱，
改日也该产下蓝蛋，
在树间，或蕨草巢里……

鸟

春天里你们在哪个花园重聚？

诗　人

人成为恋人就永不分离。

鸟

你不记得那个明亮的夜里，
华羽的夜莺令报春花沾满香气，
金龟子在白蔷薇花中蹭满花粉，
挺着泛绿光的肚皮，笨如
面团，摆腿飞快爬离？

诗　人

不。我跟你说她走了，永远别离……
鸟呵？……你爱人叫什么名字，
你们相逢在青春的花季？

鸟

朋友，鸟儿的女人没有名字。
我呼哨，她就来了。总是如此。
她喜欢四月的雨下蔷薇的嫩芽，
喜爱蓝亚麻籽和蜜蜂的肉体。
我能认出她，因为在春季，
她熟稔我唱的歌曲。

诗　人

不会错吗？鸟儿，长相
相似，歌也差不离？

鸟

你想要我说什么，没听仔细。

诗　人

她会不会随你的同类歌声而去，

你会不会迷恋她同类唱的歌曲?

鸟

我想我们不会孤寂。
彼此相似。总是同一个爱侣,
春季来临,椴树发出甜蜜
温香,你的所爱候在那里。

诗　人

去年的她会不会坠落秋风,
会不会死去?

鸟

春天总和她结伴而返,
爱总随我们呼唤而聚,
对我们,所爱的雌鸟永不会死去。
假如她有名字,那就不会是她了:
她不会再来,她没有那么忠义。

诗　人

呵温柔的小鸟!你言之有理。
没名字,若我倾心的她

没名字，我会少些痛苦委屈。
她总是每年五月来，比上年
更年轻，比上年更美丽。
我理解那痛苦了，呵亲爱的小鸟，
你圆睁着眼，歪头听我絮语，
我理解了那痛苦缘于执著，
总想打探深爱之人的底细。

小鸟飞走了。

第二幕

诗人在美景中行走，四处是山毛榉、松树、激流和岩石。

碧蓝填充了每一块空白，在峭壁和枝桠的映衬下，青天宛若宝石。

诗人听到一声尖细悠长的叫声。

他在树顶上看见了那天的朋友。

鸟

嘀嘀嘀嘀嘀嘀嘀嘀嘀嘀嘀嘀……

诗　人

你是老实人。无人听你歌唱。
你在为谁而歌,呵小不点儿?
你温婉的红歌喉传向远方。

鸟

我唱给自己,你既然听到,
就当我是在为你歌唱。
像林中清凉的深色激流:
为谁呢?是为渴饮者奔淌。
天上的色彩呢?是为游人流光。
我的歌喉为知音献唱。

诗　人

鸟呵!你像希腊的智者,
镌刻在纪念碑的石座上。
举起手指,一只脚迈向前方,
向凡人传授神圣的思想。
卷曲的胡子,嘲谑的鼻梁,
残臂搭在年轻的学生
肩上,就像一条手杖。

鸟

……你或许是说那些雀巢吧，
是人们费心地雕凿在岩石上。
燕子们告诉我，它们住在
那里，城里的人都很善良，
冬天到了就清整希腊的智者，
来春却又成了燕子们的殿堂。

诗　人

好大口气！雕像并非为燕雀而建，
是为向永恒者奉献荣光，
那些雀巢其实是博物馆，
上面镌刻着智者的头像。

鸟

……诗人，我不是刚对你讲，
物就是物，不能变成别样。
做了雀巢，就不再会是蔷薇，
做了雀巢，尽管是希腊智者，
也不会再是头像。

诗　人

亲爱的小鸟，你充满智慧，
真难想象天下还有鸟
如你一般谈吐和思想。
假若我是波斯城邦的总督，
我会为你的笼子铺上波斯古毯。
由上千赤裸贞女精选白色黍子，
散发出酥胸和青春气息的芳香，
这种大餐是你应得的报偿。
在远方，我会邀你
来我的枢密院，在竞放的
桃花下躲避灼热的阳光。

鸟

给我青山吧。它不是波斯。
让波斯裸女为我采黍子，
　　我也无此奢望。
那些小驴子多漂亮，它们甩着
蹄子，踢石块踢出的小虫子
　　足够将我供养。

坦率地讲，你有点傻，
确与其他诗人没啥两样，
他们对目睹的事物充满幻想。
他们妄论薰衣草天蓝的芬芳，
其实尾巴朝天吃草的兔子
知道的都远比你说得周详。

你的宫廷枢密院，
在波斯或印度斯坦，[①]
对我们，是明媚的
春天邀约我们爱恋。

银乌色的山岩尽管
渗水，对鸟而言，
能喝到水，并且
没有危险。

这是好上帝家
枝叶满地的麦田，

① 印度斯坦(Hindoustan)，又译为“兴都斯坦”，意为“印度人的土地”。

正是收割者们去田间
窝棚睡觉的时间。

一到冬天,要迁离
阿尔比耶高原,[1]
那里红如少女的灌木
将覆盖冰雪一片。

一到冬天,
我们瘦弱不堪。
还会有穷人
倒毙教堂门前。

看我们满怀希望
羽毛缩成一团,
单爪站立在
结冰的栅栏。

回见吧……何时再见?

① 阿尔比耶高原(massif des Alpilles),位于法国罗讷河口省西北部。

第三幕

冬天。离山村不远。雪花飘飞。灰色的天空闪着光。诗人听到微弱的叫声从树根部传来。他四处张望,看到一朵漂亮的蔷薇花,他想伸手采摘,叫声从那儿传来。

蔷薇花,就是那只在山上和他畅谈的鸟儿朋友,它受伤了。诗人把它捧起来。

诗人心中涌起巨大的痛苦。莫名的可怕仇恨令他难过,他的手颤抖着。

他仔细察看这只哆嗦的鸟,随后向大山望去。山峰仿佛偃卧在地,像端庄的寡妇般祈祷着,像守卫羊群的牧羊犬那么善良。鸟儿动了一下,认出了诗人,对他说:

我挨了一枪。没错……那边。
我在雪地迷了路,又饿得慌,
单腿蹦着,身子蜷成球状。
我靠近那儿,见一位小姑娘
在吃面包,或许有面包渣
掉在地上,旁边是她父亲,

抱着她，脸庞贴着脸庞，
在哀伤花园中，灌木丛和
卷心菜如今都蒙着雪霜。
我落在年年夏天都在红花
绿叶下酣睡的石榴树上。
他们，父亲和女儿，坐在
绿篱的干树枝后方。
我知道他们善良，因为他们曾在
尘嚣的路上，向对着荆棘丛
和石堆怨天尤人的穷人施舍口粮。
我靠近了。我知道他们善良。
父亲动了一下。而小姑娘
说：爸爸？看？它在那儿，真漂亮……

他向我开了一枪。我感到黑夜
在四周嗡嗡作响，爆出亮光。
……我不知道怎么逃到了这里。
我难受。我心跳得似要折断翅膀。
山在转，我的腿发僵。

诗　人

呵我的小鸟！我来为你疗伤……

鸟

薄冰切断了薰衣草蓝色的心脏。

诗　人

冰层的激流下，泥土早已死亡。[①]

鸟

裹伤的蓟草也已随风飘荡。

诗　人

薄荷亲吻下，流水不再低语。

鸟

起风了，好上帝将死于谷仓。

诗　人

安静点。让我的暖唇轻吻
你的头，像呵气一样。
你晶莹双眼中恐惧和多疑的

---

① 泥土(argile)，此处指宗教中上帝造人的泥土。

神色真让我心伤……你不会死……
你还会掠过风铃草姊妹；
还会在蓝菊花上飞翔。
雾色苍茫之夜，你仍会见到
牧人的篝火燃烧在冬青树旁，
在夜里召唤同伴，驱赶野狼……
小不点儿，放心吧，你不会死亡。

鸟

如果不难受，死是坏事吗？
朋友，你为何不愿我死亡？
眼看花儿枯萎，你也不会心伤？
活在山中或活在死里，
地方相同，难道有啥两样？
任旋风席卷或水中飘荡，
我尸身还不是和落叶一样：
难道不像蝗虫照常蹦跳？
难道不像金雀花照常开放？
难道不像花楸照常结果？
难道不像山岩照常泪淌？
难道不像我爱人栖息在
毛茸茸的青苔新芽上照常歌唱？

死中长存难道会少些幸福时光?

诗　人

呵亲爱的鸟儿,若见不到大自然
我会伤心欲绝,再无法像你那样歌唱。

鸟

我不明白见不到是什么意思。
我不曾死过。所以不知端详。
我也不知道我曾去过和人们
要去的群山会变成啥样。
我只知道动不了了就是死亡……
你的手……张开了吗?……我很安详……

诗人眼瞅着鸟儿死去,泪如雨下,鸟儿的腿不再僵硬。

1899年10月

杂感

华伦夫人[1]

华伦夫人，您曾谛视暴风雨
荡涤夏麦特庄园晦暗的树林，
您或许曾铿锵弹奏斯频耐琴[2]，
呵，卢梭曾说教的理性女人！

同样的夜晚，或许，对此人……
黑色雷电下天空萎靡不振……
雨前砍下的枝桠的味道
在黄杨林畔感伤地浮沉……

我又赌气地见到那个您膝前
身着小外套的少年诗人和哲人……

---

① 华伦夫人（Mme. Françoise-Louise de Warens，1699—1762），卢梭的监护人和情人。

② 斯频耐琴（épinette），欧洲古代的一种长方形小型羽管键琴。

他怎么了？……他为何凝望摇晃的
鹊巢，面对低垂的蔷薇伤神？

呵！他在心底常恳请您
收敛无度的挥霍，
那忒过分，可是，哎，
那行为属于大部分女人……

您，才华横溢，优雅温存，
却对他说：又来了，小哲人！……
或追上他，笑着对他的
假发扑洒粉红色的药粉。

温馨的避难所！温馨的岁月！温馨的退隐！
桤木笛在山毛榉中激越清吟……
黄色的忍冬拥簇着花窗……
有时在此等候神甫的光临……

华伦夫人，您垂青这位
神色略带狡黠的年轻人，
不太敏捷却不愚笨，
作曲又别有天分。

您该悔泣啊！无定见的女人，
当他抛弃这些，独自转身
离去，肩扛寒碜的
小铺盖卷，穿过湍流畔的松林。

嘉达露波·德·阿卡拉丝

嘉达露波·德·阿卡拉丝戴着
金手套，石榴花垂在耳畔，
发髻弯卷，如两个巨大的
软音符，粘在光洁的额前①。

她那大眼睛仿佛滴过药物
（过去有人曾用颠茄点眼）；
眼神露出激情、惊异和好奇，
青眼白上，黑眼珠滴溜乱转。

她鼻子像鹌鹑喙又短又弯。
冷酷，饰金，石榴般粗圆。

---

① 软音符（cédille），是法语中加在字母 c 下的符号（ç），以使该字母在 a、o、u 等字母前发出[s]音。

她又名罗茜塔·玛丽娅，
却把女傅叫作“万人嫌”！①

她吃巧克力，从早到晚，
或在阿梅丽亚山谷花园
与她的鹦鹉贫嘴扯淡，那里
遍地青葱、胡椒，群蜂满天。

* * * * * *

十七岁的嘉达露波一旦
到了八十寿诞，会常去
喷香花园，戴着小手套，
面对着蔫花将吉他拨弹。

鹰嘴鼻，短下巴，干瘪腰弯，
瞪着老小孩般浑浊的双眼，
秃鹫般的脖子上僵直地挂着
一串镶金的祖母绿项链。

---

① 女傅（duègne），参看《晨昏三钟经》中《山谷……》一诗译注。

她的手杖是条长长的掸衣鞭，
打猫打孩子，又将蚊蝇轰赶。
为不搭腔，她紧闭起双唇。
唇上的浓汗毛剪得短又短。

卧室圆玻璃罩下是一尊圣母，
戴着白手套，裙镶银边。
这蜡制圣母是她的主保圣人，
此处可称作嘉达露波圣母院。

嘉达露波·德·阿卡拉丝一旦升天，
一群臃肿饶舌的末等贵族
会面带翅膀呼扇的神气，
在她平放的瘦脚前祈愿。

往事重访……

又见去年的往事重访：
暴风雨、春天和凋谢的丁香，
我在神甫家品尝白酒。
灵魂依旧可怕、温柔和哀伤。

我的心何不能永远独往？……
我心底没有噬人的迷茫：
还会为乡巴佬神甫的十字架
装饰白头翁、菖兰和茴香。

我们外在的生活很少变化，
呵母亲……错将花园的反光
当成了水，想汲水浇灌
清晨蓝影般肥沃的土壤。

……没别的了……只想灯影下入睡，
额抵着拳，肘抵在桌上，
只听到无尽的嗡嗡声，在它
抚慰下，再无其他声响。

他们对我说……

他们对我说："要起劲歌唱生活！"……
这是在说过气蠢蛋还是乡村乐手？
是说暴雨前耕地的浅色老牛？
或是说林子里布谷鸟的悲愁？

他们说:“不要可怜! 不要可怜!”……
我把顽童打伤的刺猬放进
旧大衣,随后在花园,已
越来越不在乎他们的论点。

高兴的事我想做就做,讨厌
探究缘何。我愿信步走去,
如薄荷秆逐流随波。谁是
尼采? 我向朋友问过。

他说:“那是超人的哲学。”
——我立刻想到小河,
接骨木香气甜温,
树影曼舞婆娑。

他们对我说:“能不能细说?”
我答:“是的……或许……懂了也难尽说。”
无知面前,他们陷入困惑,
而我对他们的大学问深感惊愕。

阿姆斯特丹

——致艾米尔·凡·蒙斯[1]

尖顶房子似乎斜向半边。有人说
像要倒了。船上歪斜的桅杆
散乱地伸向苍天，颜色似枯树枝
混杂着翠绿、鲜红、橘红、
烟熏鲱鱼、羊皮和煤炭。

至少我相信，鲁滨逊曾途经
阿姆斯特丹，他从长着新鲜
可可果的浓荫碧绿之岛归返。
看到闪光的巨大城门和沉重的
门环，他该何等激动难安！……

他是否会惊讶地凝望错落有致的
楼房，或看伙计们在本子上记账？
若想起心爱的鹦鹉和暖和的

---

① 艾米尔·凡·蒙斯(Emile Van Mons，1844—1924)，比利时人，耶麦的朋友。

伤心之岛为他遮风挡雨的大阳伞，
他是否会热泪盈眶？

“主呵，赞美你”，他在涂满
五颜六色郁金香的甲板前叫嚷。
可他因返乡狂喜泣泪的心
仍惦记岛上葡萄园中或许
已死去的孤独的羔羊。

在大商场门前我想起了这些，
又想起犹太商人戴着绿宝石
戒指的干枯手指在触摸秤杆。
看吧！雪花下，在轻雾和涩煤
芳香中入睡了，阿姆斯特丹。

昨晚灯火通明的酒吧间，葫芦
果实般的白球形吊灯高悬，
时而传来胖女人的娇唤。
红红绿绿的广告很是刺眼。
香甜的啤酒那杀口的清苦
弄痒我鼻子，刺激我舌尖。

可犹太人聚居区满地垃圾，
生冷的鱼味飘来，腥气刺鼻。
黏滑的街道到处橘子皮。
一个浮肿的脑袋怒目圆睁，
抡胳膊吵架，将葱头高举。

蕊贝卡，向小餐桌推销
融化的糖果真是鬼主意。

人们会说天空似肮脏的海
在向运河倾泄波涛的云霓。
看不见的轻烟，从片片
宁静商号华丽的屋顶腾起，
舒适的宅邸可嗅出印度的气息。

啊！我渴望是个批发商，
像往昔从阿姆斯特丹前往
中国的人一样，把房屋
托管给诚信的代理人手上。
像鲁滨逊，在公证人面前
签署委托书时神情夸张。

那样，我的诚实会让我致富。
我的买卖会红火兴旺，像月光
照亮我船头凸起的雕像。
我会在家中接待孟买的王公，
他们会为我妻的健康之美发狂。

会有个戴金戒指的黑人来自
蒙古，在大阳伞下笑脸经商！
他讲蛮荒的故事让我苗条的
长女着迷，还会赠她一条缀满
红宝石的裙子，由奴隶们手镶。

我会请一位命蹇的画匠
画一幅全家福：有我怀孕的
美丽金发妻子粉红的脸庞，
有我全城闻名的帅儿子，还有
我纯洁的女儿们个个优雅端庄。

那就像今天，我是另一个人，
不再是我自己，我会去参观
往昔世纪里那些豪华的府邸，
并幻想在简单的词语中任我的

灵魂飘逸：耶麦曾居住这里。

布鲁日

——致托马斯·布朗[1]

布鲁日，你让我对孩童时
收到的圣物浮想联翩，
那上面镶着两片亮玻璃，
内有新摘的蔷薇花瓣。

在小咖啡馆，有些伤感青年
打礼拜天早上就一直吸烟，
他们成立了一个文学和科学
俱乐部，就在其中一间。

一个说：这书少见，
可不知里面在扯啥闲篇。
另一个说：这是一张
从运河捡来的女人照片。

---

① 布鲁日（Bruges），比利时古城，在佛兰德语中，“布鲁日”是“桥”的意思，因流经市内的莱伊河上一座古罗马桥梁而得名。托马斯·布朗（Thomas Braun，1876—1961），比利时诗人、法学家，曾任布鲁塞尔律师公会会长。

那儿有人叫卖各种食品，
死鱼泡在洋葱间，
还有鳗鱼和各种鲟鱼，
干瘪有如条条皮鞭。

教堂的钟声像玻璃杯一样
依次轮番敲响，而
在庄严圣洁的修道院附近，
只有水一样白与黑的死亡。

于是，我顺着犬牙交错的
房屋走着，一片茵绿景象，
绿得像船和葡萄藤，
一幢挨着一幢。

十四篇祈祷

《十四篇祈祷》是耶麦诗歌中的名篇，尤以《为带驴子同上天堂而祈祷》最为脍炙人口。这部诗集于1898年7月由法杰出版社在奥尔泰兹印制成小册子，是非卖品。

马塞尔·施沃布在1898年12月26日致耶麦的信中写道："……我真感动，为了我们这些爱您的朋友，这本可爱的小书如您所愿在奥尔泰兹印制，而不是出自巴黎那些烂俗的印刷厂。我今天不想评论这本可爱小书中醇美的诗歌，因为我太感伤了。"

《十四篇祈祷》中，有五首曾在杂志上公开发表，分别是：

1898年8月15日"白色评论"：《为我死之日美丽纯净而祈祷》；《为活得单纯而祈祷》；《为赞美天主而祈祷》。

1898年"隐修杂志"9月号：《为摘下一颗星而祈祷》；《为他人得幸福而祈祷》。

十四篇祈祷

一　为他人得幸福而祈祷

主呵，既然芸芸众生如此尽职，
既然四蹄沉重的老马
和俯首的牛都温顺地走向集市：
就请您赐福乡村和所有村民吧。
您知道闪光林木和奔涌激流间，
有虬结的葡萄藤、玉米和麦田
蜿蜒伸展到蔚蓝的天边。
这一切仿佛汇成仁慈的大洋，
向天下普照着肃穆的光芒，
林中花叶在颤动着歌唱，
似乎全身汁液笑迎欢乐的太阳。
主呵，我心诚如葡萄珠般饱满，
有迸发爱和置身苦海的渴望，
如果这有用，主呵，请任我心哀伤……
在您全能之下，让无邪的葡萄

缓缓成熟于山冈。

请将我未得的幸福赐予大众，
愿轻声曼语的恋人们
在牛车、牲畜和叫卖声中
互搂腰肢，亲吻相拥。
愿农家驯良的看家狗，在客栈一隅
享受一盆好汤后，熟睡荫凉，
愿慢吞吞走着的成群山羊
啃食到卷曲透明的青葡萄。
主呵，那就忽略我吧，假如您想……
可是……多谢……因为在您仁慈的青空下，
主呵，我已听见那些或许困死笼中的
飞鸟，正像骤雨般欢唱。

二　为求得一颗星而祈祷

主呵，请让我摘下一颗星：
或许能平复我患病的心灵……
可您不愿我摘下星星，
您不愿，您不愿哪怕有

点滴幸福来到我生命中。
您瞧:我不抱怨,我心
噤声,无怨艾,也不嘲讽,
像一只泣血的鸟儿藏身石缝。
呵!告诉我,那颗星就是死亡?……
那就赐给我吧,像把一枚铜子儿
施舍给水沟旁挨饿的可怜人一样?
主呵,我如同那些驴子蹒跚而行……
您要收回您曾经的赐予,那
太残酷,我们会感到内心中
刮过一阵惊怵的恐怖罡风。
如何治好我?主呵,您知道吗?
主呵,你还记得我尚是孩子时,
在您马槽旁,我头戴冬青,而我
母亲在清理烛台托盘,脉脉温情。
您能否把我所做的回馈一些给我,
要是您觉得这能治愈我心中的病,
难道您不能,主呵,给我一颗星?
我需要它,因为今夜,我要把它
安放在我冰冷空虚而阴郁的心灵。

三　为一个孩子别夭折而祈祷

主呵，为他们留住这小孩子吧，
就像风中您留住一棵草。
母亲在哭泣，能为您做些什么，
才能不让孩子一会儿死在这里，
面对飞来的横祸无法逃避？
您如让他活下去，他会跑去抛洒
蔷薇，来年，在光明的圣体瞻礼。
您太仁慈了。主呵，准不是您
在他粉红小脸烙上青色的死亡，
除非您没有好地方，将窗边的
儿子们安置到他们的妈妈身旁？
那为何不在这儿？啊！既然时钟敲响，
记得吗，主呵，面对那濒死的孩子，
您可总是生活在您的母亲身旁。

四　为在森林中获得信仰而祈祷

我不再指望，主呵，我认命。
我任自己如蜿蜒而去的丘陵。

夜在我身上如它寄身田野，
当太阳熄灭，夜，像一盏灯。
我再看不到自己。有如这夜晚
使人们看不到蓝天上晒草的人
穿越我心灵之思的草坪。
我愿如这凝美的清晨，
兔子梳洗在蔷薇色露水中。
我再无所求，主呵，除去不幸，
它磨砺我似农夫般温和，
耐心随着钉齿耙的跃动，
在后面，在犄角高高的耕牛之中。
我很迟钝，可我怀着炽热温情，
在丘陵高处，在酷热中，
凝望黑光闪烁的树林延伸着，
如大片大片的林叶般寂静。
我的主，若您取走我心中的
一切，我或许对您更为钦敬，
宛若暴雨前红棕色的天空。
也许，主呵，若您引领我
走向树巅营造的小教堂，
我会找到比大理石还坚强的信仰。
碧蓝的松鸦让穹苍

在大森林凝滞的炎热中歌唱，
又在圣水缸中畅饮清凉。
晚上，一口小钟发出晚课的
鸣响，另一次是山雀叫的辰光。
小教堂里，只有老人、孩子
和天使，没有年轻的姑娘。
伫立枝椏，便是站在天上。
无觉无念，什么都不想……
只有夜里，那条老狗偶尔
会发现善良旅人迷失方向。

主呵，您可在林中赐我信仰？

五　为活得单纯而祈祷

蝴蝶随风舞翩跹，
像乖孩子们向
巡游行列抛撒花瓣。
主呵，时已清晨，祈祷声
飘向您，随着花般的蝴蝶
和石匠们的敲打与鸡鸣。
梧桐树下，绿棕榈亮晶晶，

在这大地龟裂的七月，
只听得刺耳却不见踪影的蝉鸣，
在不懈地将您的全能歌颂。
不安的乌鸫，在水畔昏暗的树丛
胆怯地欲发出些稍长的叫声。
它不知因何烦闷。稍停，
又倏地飞起，划出一道孤影，
贴着地面，飞得不知所踪。

主呵，今天，生活重又开始，
像昨天，像以往，有序从容。
像这些蝴蝶，像这些劳作者，
像这些贪吃太阳的蝉，和这些
藏身寒冷昏暗树丛中的乌鸫，
主呵，请让我以尽可能
单纯的方式，延续我的生命。

六　为爱上痛苦而祈祷

我只要我的痛苦，别无所需。
它过去和现在都忠诚无比。
我为何要恨它，既然每逢

我的灵魂折磨我的心时，
它端坐一旁，伴我一起？
痛苦呵，瞧，最终，我敬重你，
因为我坚信你永不会离我而去。
啊！我明白了：你在，所以美丽。
你同那些人一样，对我幽心之火
那可怜的哀伤一隅不离不弃。
我的痛苦呵，你胜过情人：
因为我知道，当弥留之际，
你定在那里，躲在床单下，
痛苦呵，还试图潜入我的心底。

七　为我死之日圣洁美丽而祈祷

主呵，请让我死之日圣洁而美丽。
愿那一天祥和静谧，或许，我的
文学的或其他顾虑，还有生活的
嘲谑，将随我额头的大疲倦而去。
我不像那些只想歇歇脚的人们，
我渴望死，渴望极简至简的死，
就像小囡囡渴望着洋娃娃玩具。

主呵，您知道，所谓的
幸福中总缺些什么东西，
它根本不存在，并非无上的
荣誉，不是爱，也非无瑕花朵，
而且，白色中总羼杂黑的痕迹……

主呵，请让那一天圣洁而美丽，
那一天，我这个平和的诗人，我愿
环视围聚我身边的娇好儿女，
黑眼睛的儿子，蓝眼睛的小女……
愿他们来，端详自己的父亲，不哭泣，
愿我脸上严肃的神情，令他们
为一种辽远温馨的神秘而战栗，
我的死为他们展现出某种赐予。

愿儿子们互诉：荣耀徒劳无益，
忧虑留给那些人，他们懂得惟有上帝
才是诗人，并在未婚妻清新温柔的
唇上，抹上椴树的香气。
愿儿子们互诉：爱是嘲讽，
是它将契合的人们分离：
我们父亲的心至死痛苦，

为他与亲爱的玛莫尔的心分离……

愿女儿们在我临终的床前互诉：
我们不晓得坟墓那边有何消息，
我们的父亲像秋日林中
美丽清澈的流水般逝去。

主呵，请让我死之日圣洁而美丽，
愿我把孩子们的手握在我的手里，
像拉封丹寓言中那位善良的农夫，
愿我的死如心灵中无垠的静谧。

八 为带驴子同上天堂而祈祷

该走向您的时候，上帝呵，请让
这一天成为乡间节日，尘灰飞扬。
我渴望，如我在尘世所为，
选择一条路，如愿上天堂，
那里的白昼也是满天星光。
我会拿好手杖，走在大道上，
还会对驴子——我的朋友们讲：
我是弗朗西斯·耶麦，我要去天堂，

那儿没有地狱，是仁慈天主的故乡。
我会说：来吧，青天下温顺的朋友，
可怜可爱的驴子们，快甩晃双耳，
把讨厌的马蝇、鞭打和胡蜂赶光。

让我和这些驴子一起出现您面前，
我那么爱它们，因为他们驯顺地
垂头，停下脚步，并拢小蹄子，
样子那么温顺，令您心生爱怜。
我将到来，身后是驴子的长耳千万双，
跟着的驴子，腰际驮着箩筐，
跟着的驴子，拉着艺人或装满
鸡毛掸子和铁皮桶的车辆，
跟着的驴子，背上驮着鼓鼓的水囊，
跟着的怀崽母驴，体态臃肿，碎步踉跄，
跟着的驴子，套着细小的护腿，
因为身上有青肿的创伤，
才惹得执著的苍蝇麇集着忙。
主呵，让我和这些驴子同来见您。
让和平中的天使引领我们走向
水草丰茂的小溪，那里有颤动的
樱桃，光滑似少女欢笑的冰肌，

当我在这灵魂的天国寄寓，
身临神圣的流水，能像这些毛驴，
面对永恒之爱的清流，映出
恭顺、温柔而贫寒的自己。

九　为赞美天主而祈祷

昏沉的正晌。松间的知了
高唱。猩红色青天的闪烁中，
惟有无花果似乎茂密而清爽。
我独自跟随您，主呵，因为哀伤、
幽深的乡间花园，万物默无声响。
梨树状如香炉，又黑又亮，
沿着饰满花环的黄杨，在圣餐台般
洁白的砾石旁进入梦乡。
几株谦卑的唇形花，向端坐蓖麻旁
沉思的人，送去圣洁的沁香。
主呵，从前，这里，我梦想过爱，
但爱已不在我无用的血液中流淌，
就像一条破乌木长凳徒劳地
躺在那里，在百合花的叶簇中央。
我未携来温柔快乐的女友，我的

额头无从倚靠她清瘦的臂膀。
我剩下的，主呵，只有痛苦
和确信自己微不足道，只是
我轻浮灵魂中无意识的回响，
似欧石南花串叶落纷扬。
读书时，我微笑。写作时，我微笑。
思索时，我微笑，哭泣时，我仍
微笑，心知尘世无缘幸福，
想微笑时，有时却会泪淌。

主呵，请让我心平静，让我可怜的心安详。
在这夏日的一天，让昏沉
似流水，在不变的万物上漫淌，
让我勇气尚存，像那只知了
在沉睡的松树间爆发出欢唱，
赞美您，主呵，我谦卑善良。

十　为冥思而祈祷

主呵，我在冥思中走向你。
静谧。静谧。
在溪畔和沉睡的密林深处，

我愿生活在沉思的愉悦里。

主呵,请从我心头驱走文学的
或其他顾虑,让我忘掉自己,
让我像一只斜坡上聪慧
筑巢的谦卑的蚂蚁。

为了幸福,真该忘掉自己:
我们微不足道,尘世亦有瑕疵。
不是我们,是主在低语:爱你;
当我们的爱相拥着温柔睡去。

我不会在腰间系上绳索:
伤害肌肤就是侮辱上帝。
无论卖笑女或明媚的未婚妻的情人,
我心将祈祷为女性不竭地唱起。

我不欣赏女人身穿褐色花呢,
遮蔽美就是遮蔽上帝:
但我希望胸乳坚挺的处女
像百合绽放在订婚的蔚蓝天际。

主呵，我将冥思。我想听
雪白的羔羊穿行草地，
在九月的车辙中呼吸
最后季节中爱的香气。

我将重返此地，骄矜尽去，平心
静气，精神因沉思而简洁单一，
除了水和面包外别无所求，
偶闻可怜的蝉鸣凄厉。

十一　为拥有一位单纯女子而祈祷

主呵，请让将为我妻的女人
谦卑柔顺，是我温柔的女伴；
让我们牵手同眠；
让她的颈项戴着镶圣牌的银链
稍稍被双乳遮掩；
让她肌肤比沉睡于夏末的李子
更柔嫩，更光泽，更温软；
让她将温柔的贞洁呵护心间，
在我们拥吻时微笑而无言；
让她坚强，守护我的灵魂，

如蜜蜂守护花儿安眠；
让她在我大限那天，为我阖上
双眼，别做任何祈祷，仅
双手合十，跪我床前，
在痛苦欲绝中衔哀无限。

十二　为向天主奉献朴素话语而祈祷

像我今晨见到的那位工匠，
他专注地俯身于纯净的光，
正在祭坛的四周雕刻圣像，
我愿为我灵浇注虔诚的构想。
他唤我走近谦卑的工作台旁，
我仔细端详那些木制的偶像：
马可脚下是雄狮的头，苍鹰
在若望脚旁，而路加手不释卷，
书中一定是圣训煌煌。[①]
工匠一只手迟疑举锤；
扶凿子的另一只手则在抖晃。

---

① 马可(Marc)，圣经人物，《新约·马可福音》的作者。若望(Jean)，圣经人物，耶稣的十二门徒之一，《新约·若望福音》的作者。路加(Luc)，圣经人物，保罗的门徒，《新约·路加福音》和《新约·使徒行传》的作者。

远处，蓝色的正午在石板上舞蹈。
枯萎的罗勒[①]，向中国人面孔的
蛮荒圣人们升腾起虔诚的乳香。
传说，透过这乡村的布道台，
有一股迅疾的元气，似树精中
鸟儿的灵气，永世流淌。

主呵，我创作不出如此圣美的雕像。
哎，一定是您不愿让我降生
贫寒之家，那儿，倚寒酸破窗，
有支蜡烛在绿玻璃的夜晚跳荡，
清晨起，爽利的刨子开始歌唱。
主呵，我本可为您画一些圣像，
当可爱的孩子们从学校回家时，
会着迷于三王来朝的画像[②]，
是他们带来象牙、黄金和乳香。
在这些东方君王身旁，我本可
描绘些木材的轻烟表现乳香，
还可以仿制些百合形圣餐杯，

---

① 罗勒(basilic)，又称矮糠或萝艻，一年生草本植物，叶子卵圆形，略带紫色，花白色或略带紫色。茎和叶有香气，可做香料，又可入药。

② 三王来朝(les rois mages)，参看《晨昏三钟经》中《我谈起天主……》一诗译注。

像穷人的酒杯般谦卑，漂亮。

主呵，对您，我心还不够朴素，
既然我至今都为此怅惘，
就让我把这些朴素话语向您奉上，
因为我没有布道台，温柔的圣母
会在那儿为我祈福，无论黄昏，早上。

十三　为承认无知而祈祷

下来吧，归真返朴。
我适见胡蜂在沙里辛苦。
温柔而病痛的心呵，像它们那样做吧：乖，
遵上帝之嘱，去履行你的义务。
我心曾充满荼毒生命的傲气。
我曾自认有别于他人：可如今
我才明白，上帝，自亚当和夏娃
在天堂深处闪光硕果下相依，
我只不过是在重拾
人类发明的那些词语。
主呵，我同那些最谦卑的石头无异。
您看：小草静谧，沉甸甸的苹果树

俯身土地，充满了爱，在战栗。
我既如此痛苦，请从我灵魂中祛除
欲成为天才创造者的傲气。
我无知。我微不足道。我想
见到的，不过是一只鸟巢，不时地
在粉红杨树上摇晃，或者，在白色的路上，
走过一个穷人，拖着肿胀的脚伤。
主呵，请祛除荼毒我的傲气吧。
啊！让我变回平庸的羔羊，
它们在绿染篱笆的春季节日里，
谦和地走过秋日的忧伤。
写作时，请让我的傲气消失：
让我对自己讲，是我的慈父
耐心教会我文法规则，我的灵魂
最终化为整个宇宙之声的回响。
荣耀是徒劳的，主呵，天才也同样。
它只属于您，是您把它赐予世人，
而那些无知和学舌的人们，不过
是夏日黑色枝桠间飞舞的蜂群。
让我从桌旁起身时，今天早上，
在这明媚的礼拜天，同常人一样，
去谦卑的白色教堂，在您脚旁，为自己

淳朴的无知，倾诉微薄而纯真的愿望。

十四　为最后一个愿望而祈祷

主呵，能否有一天，像浪漫曲中，
我携未婚妻走向洁白婚礼的圣坛，
踏着被夏日染成银白色的林中苔藓？
孩子们在硕大花束下跌跌撞撞奔跑，
跟在衣着朴素而温和的祖父们后边。
真诚的额头上笼罩着无边的宁静，
上了年纪的夫人们，漫不经心地
将衣襟前长长的金项链把玩。
茂密的小榆树丛中，山雀歌唱着
为婚礼的庆典而真诚感动的心弦。
我是个卑微的匠人，而非诗人，
我雕凿的粉色山毛榉香气袭人，
而我妻温顺地在窗前缝纫，
田旋花从蓝天上纷扬落下，
那儿狂舞着嗡嗡的蜂群。
我过够了繁杂而卖弄的生活，
主呵，为了您，我的生命将变身居士，
我的日子将在欢乐的刨子下度过，

与天穹中绽放的礼拜天钟声应和。
我会对孩子们说:给乌鸫一点水喝,
等它会飞时就任它飞走,
让它在暴雨的欢笑中赠给蓝色
榛树的碧绿珍珠间快乐地生活。
我会对孩子们说:新年了,该给
颤巍巍的奶奶写封信,就在今晚,
她会垂下硬朗、起皱和发亮的额头,
阅读孙辈们写下的美好的语言。
我生无闻,死亦无荣光。
我的棺木将很简单,与村民
和小学的白衣孩童一样。
仅留名字,主呵,刻在朴素的墓碑上,
告诉孩子们可在此祈祷进香。
主呵,若某天,有诗人
进庄,打听我的下落,
就请这样回答他:我们不知详。
可……(呵不!别拒绝我,我的主)……
若有女人来问哪儿是我的坟墓,
且知我的名字,要摆放花束,
就让一个儿子起身,别追问,
哭着,领她到我的长眠之处。

附录　耶麦生平与创作年表

1868 年

12 月 2 日，弗朗西斯·耶麦(Francis Jammes)出生于法国上比利牛斯省的都尔奈，是家中老二。父亲路易-维克多·耶麦，时年三十七岁，税务员，七岁时与其兄奥克达夫从法国的海外领地瓜德罗普岛返回法国；母亲安娜·贝洛，时年二十七岁，来自西斯特隆。耶麦有一个姐姐，名叫玛格丽特。六岁半以前，耶麦与全家一直住在都尔奈的麦鲁老屋。他自幼热爱乡村生活，喜爱动物和植物。

1873 年

耶麦在都尔奈上小学。

1875 年

耶麦的父亲只身前往索沃泰尔-德吉耶讷任税务员，年幼的耶麦离开居住了六年半的都尔奈，与母亲和姐姐去了波城的外公外婆家，住在塞维耶街。住在波城时，耶麦第一次去了奥尔泰兹，那里住着耶麦祖父的两个姐姐：克莱芒斯和塞拉妮尔。离波城八公里的阿萨，住着耶麦的舅舅、原籍墨西哥的欧内斯特·达朗。达朗舅舅给耶麦留下了至深印象。耶麦还去过住在阿尔泰兹的伯父奥克达夫家，伯父在城里当税务官，娶了一位克里奥尔人后裔为妻。

1876 年

耶麦的父亲被任命为巴斯克地区圣-巴莱的税务员。当年 5 月，全家迁居圣-巴莱。耶麦从私立学校转入公立学校。他天性敏感，不喜欢学校生活，对强迫他记忆的东西万分厌恶，只对动物特别是对昆虫着迷。他的诗歌天性似乎从这时已开始显露。

1878 年

因学习成绩不理想，耶麦的父母决定把他送回波城由外公外婆照顾。远离父母，耶麦在波城中学的学习成绩更糟，父母只好又把他接回圣-巴莱。此时的耶麦开始对植物学感兴趣。

1879 年

耶麦的父亲又被委任新职，但他拒绝了，全家搬到奥尔泰兹，住在圣-皮埃尔街的“胡格诺姑妈”塞拉妮尔家中。在奥尔泰兹，耶麦爱听他的堂叔古斯塔夫·拉汝赞给他讲 1814 年奥尔泰兹战役的往事。

1880 年

1 月，耶麦先住在阿萨，后又住在波城，学习完全丧失了连续性。3 月，耶麦的父亲被任命为波尔多的税务员。全家迁至波尔多，住在沟沿林荫路 196 号，今为巴斯德林荫路 11 号。

10 月，耶麦进入波尔多中学就读九年级，然后是八年级。他喜欢自然科学，对物理学、化学和昆虫学有兴趣，喜爱收集植物和昆虫，怀念田园生活，开始阅读儒勒·凡尔纳的作品。

1883 年

1883—1884 学年，耶麦进入五年级，开始阅读波德莱尔的《恶之花》并深受感动。阅读《保尔和薇吉妮》令他如醉如痴。

同年，耶麦与同学夏尔·拉科斯特结为终生挚友。夏尔热爱绘画，耶麦酷爱诗歌。在这一时期，两人曾一起逃学外出玩耍。在嘉布遣会会众聚居区，耶麦第一次被一位忧郁的少女所打动，只见她在窗前双手支颐，后来又在图书馆碰到过。这一情景萦绕在耶麦心头，许久挥之不去，他把这位少女想象成一位象征纯洁爱情的女神和理想的缪斯。多年后，其作品中出现的让娜、西蒙娜或阿奈特都可能是这一情景的再现。

1885 年

耶麦的外婆去世。

1886 年

耶麦入二年级，正值青春期，他厌恶文学课教师，却对诗歌情有独钟。

1887 年

本年，耶麦开始写诗，他的处女作登载在一个内部刊物上。耶麦转入另一所中学。年底，他未能通过中学毕业会考，作文分析课得了零分，这一结果深深刺痛了他。

耶麦的父亲生病，去阿萨疗养。

1888 年

耶麦爱上了一位“美丽而可怜”的少女奥迪拉·迪弗尔，她曾邀请耶麦去她父母的老城堡做客。这个他称之为“蜜娜”或“蜜奈特”的女孩儿激发了耶麦的灵感，令他的诗才精进，所作最初的八十九首诗后结集成册，名为《自我》，手稿现存波城图书馆。

12 月 3 日，耶麦的父亲去世，令他倍受打击。遗嘱中，父亲希望安葬在奥尔泰兹，于是母亲带着耶麦和姐姐玛格丽特回到奥尔泰兹定居，暂时住在“胡格诺姑妈”塞拉妮尔家。在姑婆家中，耶麦发现了几封他祖父寄自小安的列斯群岛的信，令他对海岛和热带风情十分向往。

1889 年

年初，耶麦家在希腊人码头旁的圣-皮埃尔街 8 号一家旧皮革厂租赁了一套正房居住，即萨拉耶老宅，与塞拉妮尔姑婆家隔街相望。耶麦回忆说那所房子“房顶上生锈的瓦片摇摇欲坠，仿佛通往天堂的锁钥”。

耶麦健康欠佳，精神抑郁。母亲希望他摆脱孤独，他就去了一家公证事务所当见习生，但仍提不起精神，所幸他在狩猎和垂钓中找到了乐趣。他喜欢去蒙卡德灯塔旁欣赏阿尔卑斯激流，老城的宁静对他是一种安慰。

在奥尔泰兹,他结识的第一个朋友是伊波利特·布朗医生,一个从不妥协的天主教徒。他养成了吸烟斗的习惯。他定期去参加朋友圈的活动,结识了巴西尔·亨利·维达尔、埃米尔·贝特里亚、安德烈·德·普雷维尔、阿姆斯特朗少校、马蒂厄·杜迪尔、兽医塞斯加斯和埃米尔·杜布劳加。

夏天,耶麦和母亲一起去卢尔德朝圣。

耶麦开始对当地的政治活动感兴趣。他支持自己的朋友亨利·维达尔竞选市政官。他和圈子里的所有朋友都属于保守派,他把这个朋友圈称为"古物陈列所"。

同年,耶麦结识了到奥尔泰兹度假的一位年轻的英国作家休伯特·克莱肯瑟普并结为好友。正是由于休伯特·克莱肯瑟普的鼓励,1893年耶麦在自己创作的诗歌中选出二十一首结集出版,并寄给了亨利·德·雷尼埃、斯特凡·马拉美和安德烈·纪德。

1890 年

7月,耶麦的姐姐玛格丽特与雅文邑的一个地主卡耶巴尔结婚。婚礼在奥尔泰兹举行。

1891 年

耶麦结识了阿莫里·德·卡赞诺夫，一位幽默而有教养的诗人，耶麦受邀到他在奥尔泰兹的城堡做客，他鼓励耶麦写诗。

耶麦常去波城看望他的外祖父。他与夏尔·拉科斯特又重新取得了联系。他还常去埃斯唐看望姐姐。

同年，耶麦在奥尔泰兹出版第一部诗集《十四行诗六首》。这个小册子中，耶麦的诗风渐成：柔弱、忧郁、耽梦的少女，恬静的田野，动物和绚烂变幻的色彩。

1892 年

耶麦在奥尔泰兹出版收录七首诗的诗集《诗》。

1893 年

1893 年是耶麦命运的转折点：在休伯特·克莱肯瑟普的鼓励下，他在奥尔泰兹出版了二十一首诗的诗集《诗》，题献给休伯特·克莱肯瑟普和夏尔·拉科斯特，由此开始与马拉美、纪德和德·雷尼埃通信。马拉美热情地给他提了很多建议。年底，“法兰西水星”刊载了对《诗》的第一篇评论。虽然文章没有过分地称赞他，但对他已是极大的鼓励。

1894 年

在马拉美、德·雷尼埃和纪德的推介下，巴黎开始谈论耶麦。但他也有失望的时候：一是皮埃尔·洛蒂对他的傲慢的评价，二是“新评论杂志”拒绝登载他撰写的一篇评论拉马丁、雨果、勒孔特·德·利勒、波德莱尔和缪塞的文章。

在阿尔蒂尔·夏塞里奥的帮助下，耶麦与皮埃尔·洛蒂结识；德·雷尼埃也为他与“白色评论”和“法兰西水星”建立了联系。在洛蒂和马拉美的帮助下，耶麦在巴黎出版了自1893年以来创作的诗歌集《诗》，收录了三十四首诗，其中十五首从未发表过。

同年，休伯特·克莱肯瑟普返回伦敦不久后去世，令耶麦十分悲痛，但结识夏尔·德·鲍尔德又使他有了新的朋友，对狩猎和文学的共同爱好，使他们志同道合，成为终生挚友。

1895 年

4月，在纪德的帮助下，耶麦出版四幕戏剧体长诗《一日》。

10月，耶麦首次去巴黎，见到了刚刚出版诗集《白屋》的诗人亨利·巴达耶，但两人很快就因意见不合而分手。在巴黎期间，耶麦结识了出版家、法兰西水星出版社的老板阿尔弗莱德·瓦莱特、诗人阿尔贝·萨曼、小说家马塞尔·施沃布和作曲家雷蒙·博纳尔。他还出席了德·雷尼埃与玛丽·德·埃雷迪亚的婚礼。

12月,耶麦在波城美术馆馆长、雕刻家保尔·拉封家中邂逅画家欧仁·卡里叶。

1896年

5月,耶麦平生第一次去海外旅行,他和欧仁·卢瓦尔从马赛乘船前往阿尔及利亚,去与蜜月旅行中的安德烈·纪德会面,并带给纪德一根牧羊人的手杖作为礼物。返回法国后,他创作了《绿洲与阿尔及尔游记》在巴黎出版。

同年,耶麦结识并爱上了一位犹太裔少女,名叫玛莫尔或阿玛丽莉娅。

1897年

1月,伊薇特·吉尔贝在运动剧场首次演唱以耶麦诗谱写的歌曲。

3月,在罗登巴赫和梅特林克的帮助下,比利时《红公鸡》杂志刊登了耶麦的对话体长诗《诗人之生》。耶麦对一些批评他的文章感到失望,特别是洛蒂的漠不关心让他觉得心灵受到了伤害。

19世纪末,有关诗歌的各种主张和宣言纷纷出笼,主要有1887年卡恩倡导的自由诗派、1887年勒内·吉尔倡导的工具诗派、1888年莫雷亚斯倡导的罗曼文学派、1890年圣-保尔·鲁倡导的卓越诗派、1890年约瑟芬·佩拉当倡导的神秘诗派、1891年罗道夫·达尔岑倡导的社会主义诗派、1892年洛朗·戴拉德和费利克斯·费内昂倡导的无政府主义诗派、1893年维尔哈伦、埃克胡德和默克尔倡导的高潮诗派、1895年维克多-埃米尔·米舍莱和爱德华·舒雷倡导的玄奥诗派和1896年圣-乔治·德·布埃里耶倡导的自然主义诗派,等等。

耶麦对这些"门派"冷眼相看。3月,他在"法兰西水星"发表《耶麦主义宣言》,阐述了他本人对诗歌的定义:"描绘真实,礼赞天主"。

诗人雷米·德·古尔蒙和弗朗索瓦·科佩撰文,对他诗歌中的淳朴清新谨慎地表示称许,而夏尔·盖兰则在"隐修"杂志热情地为他讴歌,并因此成为他的挚友。在媒体关注他的同时,他也必须面对一些尖刻的批评,特别是威利在"趣事日报"和"居家书苑"上发表的评论。

7月,耶麦创作并完成对话体长诗"诗人三部曲"的最后一部《诗人之死》。

夏天，耶麦在去埃斯唐看望他姐姐的途中，在萨利邂逅阿尔图尔·封丹，并与他结为好友。

10月，耶麦迁居克雷斯蒂亚老宅(现为耶麦研究会所在地)，这座房屋位于去波城的路上。

12月7日，耶麦在家乡接待了来访的诗人阿尔贝·萨曼和作曲家雷蒙·博纳尔，相谈甚欢。这次会面对耶麦而言十分重要。

同年，耶麦与保尔·福尔和保尔·克洛岱尔开始通信。

1898年

1月4日和21日，耶麦的外公奥古斯特·贝洛和舅舅、绰号“墨西哥人”的欧内斯特·达朗相继去世，令耶麦沮丧而悲伤。

4月20日，诗集《晨昏三钟经》由法兰西水星出版社出版，简洁而平静的语言，使人们感受到他对大自然和万物的真挚情感特别是对动物的热爱，在文学界引起巨大轰动，不少诗人(安德烈·德利埃、弗朗索瓦·科佩、德·埃雷迪亚等)撰文赞扬，表达他们的喜悦和感动。几乎所有的杂志都在议论《晨昏三钟经》，其中也包括瑞士、比利时和英国的媒体。亨利·波尔多和阿道夫·勒岱提出了一些保留性意见。夏尔·穆拉和莫里斯·勒布隆发表了一些尖刻的评论。尽管有人认为他的诗有些古怪,但所有舆论都认可他的诗歌的独创性,认为他创造了新的传奇。

5月,因母亲的反对,耶麦与相恋三年的女友玛莫尔痛苦地分手。他与玛莫尔是在参加奥尔泰兹附近一个城堡酒会时相遇并相爱的,但这一爱情与奥尔泰兹保守而正统的观念格格不入。他写信给朋友说,“我出于对母亲的爱而离开了最值得爱的女人”。

夏天,耶麦在奥尔泰兹接待了来访的诗人马赛尔·施沃布和美丽的女演员玛格丽特·莫蕾诺,他们带来了安德烈·纪德邀请他去做客的热情洋溢的信。

秋天,应纪德之邀,耶麦启程前往诺曼底的拉罗克-贝尼亚尔城堡看望纪德。与他同行的还有雷蒙·博纳尔和盖翁。返家时,他又应博纳尔之邀去博纳尔家做客,在凡尔赛游览时,他邂逅萨曼。

同年,《十四篇祈祷》在奥尔泰兹由法杰出版社印制。年末,耶麦在家乡收到了莫里斯·巴莱斯和保尔·克洛岱尔的问候信。

1899年

2月,耶麦与夏尔·拉科斯特、欧仁·卡里叶、亨利·杜巴克和克里斯蒂安·舍菲尔一同去参加好友夏尔·鲍尔德的婚礼。

春天，画家托马斯·布劳恩去卢尔德朝圣后，到奥尔泰兹拜访耶麦，耶麦热情地接待了他。

8月底，耶麦陪母亲去普罗旺斯和阿尔卑斯山区旅行，参观了查尔特勒大修道院和尚贝里。在尚贝里，耶麦母子邂逅亨利·波尔多，他们一同游览了夏麦特庄园，并追忆卢梭与华伦夫人在此居住时的往事。

同年，耶麦开始创作《悲歌》的前几篇，并出版了对话体长诗《裸少女》和小说《克拉拉·黛蕾贝丝或一位古代少女的故事》。克洛岱尔、德·古尔蒙和科莱特对这两部作品给予了很高的评价。

1900年

年初，耶麦应托马斯·布劳恩之邀去比利时和荷兰旅行。途经巴黎时，他下榻阿尔图尔·封丹家中，与萨曼、博纳尔、卡里叶共进午餐，并拜访了画家奥迪隆·雷东和音乐家德彪西。

3月22日，耶麦在布鲁塞尔以“诗人与文学”为题，向六百余人发表演讲，获得成功。纪德出席了演讲会。在安特卫普，他结识了比利时诗人马科斯·埃尔斯冈普；在布鲁日，他与阿尔图尔·达克斯哈莱谈话；在阿姆斯特丹，他特地去参观了犹太人聚居区。回国时，他照例在巴黎停留，在拉贝鲁兹餐厅与纪德、克洛岱尔和马塞尔·施沃布共进午餐。

回到奥尔泰兹后，耶麦又一次感觉到精神上出现的幻灭的危机。他对来访的维埃雷-格里芬倾诉了自己的痛苦。同时，加斯东·戴尚和卡杜尔·蒙戴斯对他的批评也使他心烦。为了排遣烦恼，他去奥索旅行。

8月，他去埃斯唐看望姐姐，在比亚里茨与封丹伉俪重逢。他们商定，沿着海岸进行一次比利牛斯山区之旅。

8月18日，耶麦得知挚友阿尔贝·萨曼去世，万分悲痛。在悲伤中，他写下了著名的《悲歌第一》。

夏末，耶麦完成戏剧体长诗《生存》的写作。

同年，对话体长诗《诗人与鸟》和小说《阿尔玛伊德·黛特蒙或一位激情少女的故事》出版。耶麦把《诗人与鸟》这部作品题献给了夏尔·盖兰。

1901年

3月，诗集《春花的葬礼》出版，获得舆论的一致好评。

5月8日，夏尔·盖兰到访奥尔泰兹，并献给耶麦一首著名的诗——《呵耶麦，你的家多像你的脸》。

整个夏天，耶麦忙于《让·德·诺阿里约》的创作，

8月末,这部作品在加瓦尔尼完成。在加瓦尔尼,耶麦邂逅比利牛斯探险家亨利·鲁塞尔。

秋天,欧仁·卡里叶全家到访奥尔泰兹。

1902年

3月,耶麦心爱的母狗弗洛尔死去,令耶麦十分悲伤,开始创作小说《兔子的故事》。

4月,耶麦去卡斯岱底拜访友人路易·巴尔贝夫妇时,结识了波城一位医生的女儿安东妮特·莫尼耶并爱上了她,称她为"奈特"。

同年,诗集《生命的凯旋》出版,收入《让·德·诺阿里约》和《生存》两首戏剧体长诗。新诗集销路不好,并激起奥尔泰兹保守正统阶层的非议;在巴黎,文学界也没有为这部新作叫好。

同年,诗人雅克·迪索尔和雷昂·穆兰教授到奥尔泰兹拜访耶麦。

1903年

小说《兔子的故事》出版,耶麦将其题献给路易·巴尔贝夫妇,并开始创作《阿妮丝的苹果或一位衰残少女的故事》,讲述的是一个年轻女护士的故事。

同年,耶麦去比亚利兹看望封丹夫妇,去埃斯唐看望姐姐，然后去波尔多拜访夏尔·拉科斯特，再陪同保尔-让·杜莱去巴涅尔，与马塞尔·施沃布和玛格丽特·莫蕾诺盘桓数日，再返回鲁瓦扬与封丹夫妇会合。

1904 年

耶麦与“奈特”的恋情，终因女方父母反对女儿嫁给一个“没有地位”的人而结束。他动身前往圣-乔治·德迪多讷与封丹和雷东相聚，为他们朗读了刚刚创作的一首诗《诗人和他的妻子》，这首诗后来收入了诗集《天上云隙》。

哀伤之中，他频频给封丹和克洛岱尔写信倾诉衷肠。12 月 8 日，他前往卢尔德朝圣，在岩间教堂向天主祈祷。

同年，小说《阿妮丝的苹果或一位衰残少女的故事》出版。耶麦开始创作另一部小说《长寿花或一位疯女的故事》，但始终未能完成。

他的名声越来越大，科莱特希望能得到他的一册签名的诗集。他发行了明信片，以回报众多喜爱他作品的人。

1905 年

春天，在中国当外交官的保尔·克洛岱尔返回法国，与耶麦在欧波讷促膝长谈。在克洛岱尔的说服下，耶麦皈依了天主教，并于7月7日在巴斯克地区的拉巴斯蒂德-克莱伦斯教堂举行了坚信礼。坚信礼由米歇尔·卡亚瓦神甫主持，克洛岱尔担任了辅弥撒。坚信礼结束后，两人一同去卢尔德朝圣后分手告别。从此，耶麦遵循教规生活，永远摆脱了精神上的危机。

心灵重归平静使耶麦有感而发，创作出《身穿树叶的教堂》。11月30日，阿尔图尔·封丹在巴黎的家中迎来了耶麦、纪德夫妇、米图瓦尔夫妇、博纳尔和克洛岱尔，由纪德朗读《身穿树叶的教堂》。

同年，诗集《哀愁》在奥尔泰兹出版。

1906年

春天，耶麦与母亲一起平静地生活。

5月，他去塔尔纳省的盖拉(莫里斯·德·盖兰和欧也妮·德·盖兰的故乡)朝圣，5月15日回到奥尔泰兹。这是他皈依天主教之后一次十分重要的旅行。

10月，诗集《天上云隙》出版，《身穿树叶的教堂》也收录其中。新诗集在伦理和文学方面的变化十分明显，风格渐趋“古朴”。

11月，耶麦告诉朋友们他与一位来自贝里戈的名叫让娜·贝古的姑娘订了婚。12月，他又告诉朋友们，

“那姑娘一想到永远无法读懂我的作品就痛苦万分，凄凄而去，反正是走了。”

同年，散文诗集《花园之思》和《心向天主》出版。

1907 年

年初，耶麦给封丹写信，称他的心境已完全平复。在波城的冬宫，他发表了题为“少女与花朵”的演讲。

此时的耶麦，其知名度已达顶点。当然，仍然有尖刻攻讦他的文章，比如夏尔·穆勒就嘲笑他的诗是“园艺博览会”。然而，穆勒给他起的绰号“奥尔泰兹的天鹅”反而成了他的象征。

3 月 17 日，耶麦得知挚友夏尔·盖兰去世（此前欧仁·卡里叶于 1906 年去世）后十分悲伤，发出了“春天再也不会降临”的哀叹，并前往洛林大区的吕内维尔，在盖兰的墓前凭吊。回程在巴黎停留时，他在封丹家与雷东夫妇、纪德、莫里斯·德尼、雷蒙·博纳尔和让·德·古尔蒙等老友重逢。

回到奥尔泰兹后，耶麦收到一位住在埃纳省的布西-勒-隆、名叫吉内特·戈多尔的 24 岁姑娘来信，信中说拜读过他的全部作品，对他的诗大为赞赏，并为他诗歌中的美深深感动。吉内特是个虔诚而有教养的女孩儿，耶麦感受到了爱的召唤。

8月18日，耶麦和母亲在波城的阿梅娜伊德姑母家中接待了去卢尔德朝圣的吉内特母女。19日，耶麦与吉内特在卢尔德圣母玛利亚显圣的岩洞前订婚，随后一同返回奥尔泰兹。

9月初，耶麦去布西-勒-隆回访。

10月8日，耶麦与吉内特在布西-勒-隆举行婚礼。随后，新婚夫妇去昂代蜜月旅行，下榻伊玛兹旅馆。

婚后，耶麦原来居住的克雷斯蒂亚老宅已显局促。12月1日，耶麦夫妇伤感地离开老宅，先去布西-勒-隆过圣诞节，回到奥尔泰兹后即迁居拉贝莱尔街的马约尔老宅。在布西-勒-隆，耶麦创作了《格律诗集》，包含10音节亚历山大体诗歌二十一首。

1908年

8月19日，耶麦的长女贝尔娜黛特出生。

同年，诗集《格律诗集》和《蜜光》在巴黎出版。

耶麦经常陪同妻子参与当地的文化生活，拜访了雕刻家保尔·拉封、画家于贝尔·达莫兰古尔和钢琴家保尔·曼弗雷德，并在波城的冬宫出席各种展览会。

1909年

春天，耶麦夫妇从布西-勒-隆出发去巴黎看望纪德夫妇，与诸位老友——拉科斯特、封丹、博纳尔、鲁伊岱尔(新评论杂志的负责人，耶麦将与该杂志合作)等再次聚首。此时的巴黎，讴歌大自然与田园生活已成时尚，耶麦早已开始与安娜·德·诺阿伊、阿贝尔·博纳尔、儒勒·罗曼和亨利·布拉等诗人通信。弗朗西斯·加尔戈给耶麦寄去了他第一部模仿特里斯坦·德莱姆的诗集。在众多崇拜者中，耶麦留意到了弗朗索瓦·莫里亚克。伊薇特·吉尔贝在欧洲和美国巡演时演唱以耶麦诗谱写的歌曲也大获好评。

11月，耶麦拜访了瓦勒里·拉多夫妇，接待了封丹和弗洛朗·施米特的来访。

12月25日圣诞节，耶麦的次女艾玛纽埃尔出生。

1910年

5月，散文诗《我的女儿贝尔娜黛特》出版。

同年，耶麦与纪德的友谊终结。两人的裂痕始于1907年，因意见分歧而分道扬镳。纪德不再写诗，因怀疑而转向问题小说的创作；耶麦则相反，因自信而更加投入到诗歌创作之中。

这一年的圣诞节，耶麦夫妇在布西-勒-隆度过，他创作了剧本《迷途的羔羊》。返家途经巴黎时，他邀请在巴黎的友人阅读了《迷途的羔羊》。在拜访艾德蒙·毕隆时,毕隆向他介绍了一个以安德烈·拉封和弗朗索瓦·莫里亚克为首的天主教青年诗人团体。

秋天,天主教哲学家乔治·杜迈斯尼尔到奥尔泰兹拜访耶麦并逗留了三天。受其启发,耶麦开始构思和创作《基督教农事诗》。

同年,《迷途的羔羊》出版。

1911 年

8 月,瓦莱里·拉尔博到奥尔泰兹拜访耶麦,探讨天主教文学问题。同年,弗朗索瓦·莫里亚克和安德烈·拉封也相继前来拜访。

8 月 20 日,耶麦的三女玛丽出生。

同年,诗集《基督教农事诗》第一歌至第四歌相继在巴黎出版。

1912 年

3 月,《基督教农事诗》第五歌至第七歌在巴黎出版。

6 月,耶麦因《基督教农事诗》获得法兰西学院圣-克里克-戴斯大奖和三千法郎奖金。

同年,《基督教农事诗》全本(第一歌至第七歌)在巴黎出版。

夏天,作曲家达利尤斯·米洛由耶麦的朋友列奥·拉蒂尔陪同到访奥尔泰兹,向耶麦介绍他为《迷途的羔羊》谱写的音乐。

9月，耶麦去加斯科尼的拉萨涅城堡拜访乔治·杜迈斯尼尔，在杜迈斯尼尔家中与莫里亚克、瓦勒里·拉多、拉封、欧塞卜·德·布莱蒙·达尔等朋友会面。

同年，耶麦越来越多地参与到奥尔泰兹圣-皮埃尔堂区的宗教事务中。

1913 年

春天，为出席《迷途的羔羊》首演，耶麦只身前往巴黎，下榻在封丹家。4月3日，阿尔封斯·都德夫人为他举行了欢迎酒会。在酒会上，耶麦与安娜·德·诺阿伊首次会面。

4月9日，《迷途的羔羊》在作品剧院首演。

6月6日，耶麦的长子保尔出生。克洛岱尔成为保尔的教父。

在奥尔泰兹，耶麦夫妇相继接待了来访的诗人欧塞卜·布莱蒙·达尔、钢琴家伊夫·纳特以及总统的儿子克洛德·卡西米尔-贝里叶、演员西蒙娜夫人和作家阿兰·富尼耶。

同年，面对女儿玛丽生病和妻子的劳顿，耶麦创作了散文诗集《风中的树叶》，并于当年出版。收入该书的还有剧本《迷途的羔羊》。研究者认为，这部作品是耶麦作品的最后一座高峰。

1914 年

第一次世界大战爆发，耶麦由于年龄原因未被征召入伍，但被任命为奥尔泰兹临时战地医院的负责人。

1915 年

5 月 30 日，耶麦的次子米歇尔出生。

1916 年

诗集《战时的五篇祈祷》和小说《阳光下的玫瑰经》出版。

12 月 23 日，耶麦应邀前往巴黎，在巴黎大学历史学院发表演讲“卢尔德的泉声”。安娜・德・诺阿伊和马塞尔・普鲁斯特称赞他的成就。亨利・波尔多、德・雷尼埃和埃蒂安・拉米希望他能有机会成为法兰西学院院士。

1917 年

耶麦获得法兰西学院文学大奖和一万法郎奖金。

12 月 14 日，耶麦的四女安娜出生。

1918 年

2 月 2 日，耶麦再次应邀在巴黎大学历史学院发表演讲“天堂之岸”。

12 月 14 日，耶麦的五女弗朗索瓦兹出生。

同年，小说《奥泽隆的本堂神甫》出版。

1919 年

诗集《圣母与十四行诗》和《献给玛丽的玫瑰》、童话《一位圣女》和《我孩子们的圣诞节》出版，并在书中分别收录了安德烈·戴斯利涅尔和鲁比耶等人的木雕画作品。

1920 年

6 月 3 日，耶麦首次竞选法兰西学院院士，以 8 票对 20 票失利。同年，散文集《田园诗人》出版。

1921 年

4 月 16 日，耶麦在波尔多发表演讲，介绍亨利·杜巴克和他的音乐。

由于马约尔老宅的房主想卖掉房子，耶麦全家面临何去何从的窘境。此时，他的老友米歇尔·卡亚瓦神甫向他介绍了自己的一个远房亲戚吉尔夫人，吉尔夫人同意将耶麦列为一般继承人。8 月,吉尔夫人去世,耶麦继承了她的一处房产,名艾哈尔齐亚老宅,位于比利牛斯-大西洋省阿斯帕伦的乌尔苏亚山麓。

在阿斯帕伦的新居,耶麦开始创作《回忆录》和《四行诗集四卷》。安娜·德·诺阿伊曾来看望他,两人之间发生了一点小误会,起因是耶麦的一个暧昧的题赠:"献给小蜜蜂安娜·德·诺阿伊",招致了安娜·德·诺阿伊的反唇相讥,"同弗朗西斯·耶麦的圣水相比,我宁肯要他的露水"。

同年,散文集《圣-约瑟记》和《孩子们心中的好天主》、诗集《墓志铭》和《拉封丹之墓》及《弗朗西斯·耶麦作品集》第一卷、第二卷出版。同时,耶麦还出版了回忆录的第一部《从敬神期到青春期》。

1922 年

9 月 3 日,官方宣布,根据雷昂·贝拉尔的推荐,耶麦获得骑士荣誉勋位的提名。耶麦当天便拒绝了这一荣誉。

同年,耶麦回忆录的第二部《爱情·缪斯·狩猎》和配有阿尔芒·古桑版画插图的散文集《诗人与灵感》出版。

1923 年

耶麦回忆录的第三部《反复无常的诗人》、《弗朗西斯·耶麦作品集》第三卷和《四行诗集四卷》的第一、二卷出版。中篇小说《两场婚礼的钟声》、《巴斯克式婚礼》和《理智的婚姻》出版。

1924 年

11 月 27 日，耶麦再次竞选法兰西学院院士失利。

同年，《四行诗集四卷》的第三卷和《弗朗西斯·耶麦作品集》第四卷、第五卷出版。

从本年开始，除了少量几次外出演讲（一次是去布鲁塞尔谈诗人的责任，另一次是去巴黎介绍龙沙）或去方塔拉比亚看望女儿和去波尔多去看望儿子外，耶麦基本不再离开巴斯克地区。每天早上，他坚持从艾哈尔齐亚老宅步行去教堂做弥撒。

1925 年

《四行诗集四卷》的第四卷、散文集《重燃信念的树枝》和小说《巴斯克的鲁滨逊》出版。

1926 年

本年，耶麦在艾哈尔齐亚老宅接待了来访的亨利·盖翁、莫里亚克和达里尤斯·米洛，他们告知耶麦，喜歌剧《迷途的羔羊》即将上演。

同年,诗集《我的诗意法国》和散文集《下比利牛斯:自然与诗的历史》、《三十六个女人:女性心理学》出版。

1927 年

传记《拉维杰利传》、散文诗集《方济各会修士之梦》、诗集《春天开门》出版。

1928 年

夏天,保尔·瓦雷里拜访了耶麦。他后来回忆说,“这次完美的会面本身就像是一首诗”。

同年,中篇小说《神圣的痛苦》、三幕剧本《狄安娜》、小说《傻瓜诗人》、诗集《黑夜为我歌唱》和散文集《海岛》出版。

1929 年

传记《居伊·丰加朗的一生》出版。

1930 年

7 月,乔治-克莱芒·德·斯维辛斯基为耶麦制作了陶制胸像。该胸像现收藏于波城美术馆。

同年,文学评论《诗学课》和散文集《田园与沉思》相继出版。

1931 年

散文集《爱情彩虹》和《逃学或散文选修课》出版。

1932 年

5 月,小说《安迪吉德或螺钿艾丽娅》出版。

8 月 31 日,耶麦送次子米歇尔去滨海塞纳省的圣-旺德里耶修道院成为一名本笃会修士。

9 月 4 日,礼拜天,耶麦为布西-勒-隆教堂的三口新钟剪彩,大钟上镌刻了他的三首四行诗。

9 月 5 日至 8 日,耶麦去比利时阿登地区的梅森旅行,下榻在老友托马斯·布劳恩家中。

1933 年

小说《烟斗·狗》出版。

1934 年

4 月 5 日,耶麦的母亲以九十三岁高龄去世。为出席母亲的葬礼,耶麦最后一次去了奥尔泰兹。

同年,散文集《乐善好施者的药房》出版。

1935 年

散文集《诗人的十字架》和诗集《云雀》、《永恒》出版。

1936 年

耶麦获法兰西学院奥马尔大奖和一万法郎奖金。这是他最后一次获奖。

同年,散文集《天主·灵魂·情感》、《卢尔德的朝圣者》和诗集《泉水集》出版。

1937 年

值巴黎举办万国博览会之际,耶麦最后一次去了巴黎。10 月 26 日,他在保尔·克洛岱尔和弗朗索瓦·莫里亚克的陪同下,在香榭丽舍剧院发表演说,对自己献身于"痛并热爱着的"诗歌生涯进行了总结。演说获得极大成功。

1938 年

小说《翼的传说或玛丽-伊丽莎白》出版。

耶麦的身体情况越来越差。去世不久前,耶麦曾对来看望他并给他带来一瓶乌尔苏亚山泉水的让·拉贝说:"现在我已不用祈祷了。我的痛苦本身就是祈祷。我把它全部奉献给天主,剩下的属于大家。"

11 月 1 日,耶麦去世,享年七十岁,这一天正是天主教的诸圣瞻礼节。弥留之际,他吐出的最后一个词是"奥尔泰兹"。

耶麦安葬于阿斯帕伦公墓。墓碑上镌刻着两行碑文:弗朗西斯·耶麦,诗人。

耶麦身后,遗作陆续出版,主要有:

1940年,通信集《斯特凡·马拉美-弗朗西斯·耶麦对话录》和《诗十首》出版;

1941年,历史故事集《圣-路易》出版;

1942年,散文集《法国音乐变奏曲》出版;

1943年,散文集《两个女人:玛莫尔和西蒙娜》和《波尔多城的呼唤》、诗集《悲歌与杂感》出版;

1944年,诗集《泉与星》出版;

1945年,散文集《人群中的孤寂》出版;

1946年,诗集《感恩》出版;

1948年,诗集《拾起旧时的回忆》出版;

1949年,耶麦回忆录的第四部《族长和他的家族》出版,由耶麦夫人作序;

1950年,诗集《讽刺诗与爱情诗》和《诗选》出版。

译后记

2011年12月的一个周末，我应诗人何家炜兄之邀，去上海参加由他发起、每周一次的“星期天读书会”。这次读书会的主题是“波德莱尔与《恶之花》”。在徐汇区广元路139弄一栋年代久远的花园洋房里，一群爱文学的青年人席地而坐，热烈地朗读和讨论包括拙译在内的《恶之花》三个译本。

就是那次在沪期间，家炜兄对我谈起了法国大诗人耶麦，谈起了耶麦早期最重要的两部作品——《晨昏三钟经》和《春花的葬礼》，谈起了这两部诗集至今在国内尚无全译本。家炜兄鼓励我译出来。我也萌生了这个愿望。

今天，我将拙译奉献给读者诸君。

法国诗坛这片富于精识、激情四溢的人文沃土众星云集。相比于浪漫主义诗歌巨匠雨果的恢宏瑰丽、象征主义诗歌先驱波德莱尔“比冰和铁更刺人心肠的快乐"和超现实主义诗歌鼻祖兰波的"通灵"，诗人耶麦无论从家庭背景、成长环境、个人经历到诗歌风格，在当时的法国诗坛上都别具一格，说他是法国诗坛的另类和异数也绝不为过。他出生于乡村，逝世于乡村，毕生生活和创作于乡村；他终生与大都市无缘，也不屑于与之有染；他避居法国西南的乡村一隅，朝夕与鲜花、流水为邻，与少女、动物(特别是驴子)相伴，只有在这片热土上他才感到自在、惬意和充实，这片热土也为他的诗歌创作提供了取之不尽的灵感；他在尘世过着平静而虔诚的隐士生活，心中却向往和追慕天国的极乐世界；他咏颂田野、乡村、鲜花、少女、驴子以及乡居生活种种鲜活景象，以其文字的淳朴、简洁、真实和虔诚而独树一帜，成为法国文学史上独一无二的"外省诗人"、"乡村诗人"、"天主教诗人"和"歌唱自然与少女的诗人"。

耶麦的诗歌一生

弗朗西斯·耶麦，1868 年 12 月 2 日出生于法国西南上比利牛斯省的都尔奈，1938 年 11 月 1 日逝世于下比利牛斯省(今比利牛斯—大西洋省)的阿斯帕伦。他一生的大部分光阴都是在比利牛斯山区的贝亚恩和巴斯克地区度过的。

耶麦在波城和波尔多上中学时，学习成绩极不理想，文学天赋却早露端倪，有资料说他在1883年就阅读过波德莱尔。1887年，他在中学毕业会考中失败(作文分析课得零分)；1888年父亲去世，他随母亲返回老家奥尔泰兹定居；1889年他曾去过一家公证事务所当见习生，不久即甩手而去。少年耶麦虽生活窘迫，却从未间断过诗歌创作，他母亲也曾多次自费在奥尔泰兹为他印制诗集。

苍天不负有心人，在年轻的英国友人、作家休伯特·克莱肯瑟普的倾力相助下，马拉美、纪德和德·雷尼埃读到了耶麦的诗，这几位大诗人都被这位陌生的年轻人清新、真诚的文笔所打动，马拉美还热情地给他写信提了很多建议。诗坛精英的垂青和赏识，使耶麦在1895年最终下定决心终生从事文学创作。耶麦是幸运的，一生中始终有贵人相助，克莱肯瑟普、马拉美、纪德、德·雷尼埃、洛蒂、夏塞里奥、瓦莱特、克洛岱尔、莫里亚克……他们有的帮他出版诗集，有的为他撰文推介，有的为他指引迷津，有的为他组织演讲，法兰西水星出版社也与他长期合作……1897年，当诗坛上各种现代诗歌“主义”纷纷出笼甚嚣尘上时，耶麦发表了自己的惊世之作——《耶麦主义宣言》，阐述自己对诗歌的定义：“描绘真实，礼赞天主”，为评论界所瞩目。

1898年，耶麦首部真正意义上的诗集——《晨昏三钟经》出版，立刻在文学界引起了巨大轰动。当时的巴黎乃至欧洲仍是象征主义诗歌风靡的天下，和声繁复，音节朦胧且意象迷离。《晨昏三钟经》的问世，如一曲洞箫从遥远的西南边陲小镇奥尔泰兹飘入京城，使诗坛为之震惊。耶麦之诗既非古典主义，也非浪漫主义，虽有象征主义微痕，却并非都市豪歌而尽显乡土韵味；他的诗感觉细腻而敏锐，表里如一且和谐静穆，像质朴的民歌却尽脱民歌的俚俗，词语间的独特、简洁、朴素和纯净，使人们感受到他对大自然和世间万物的真挚情感，似一曲江南丝竹，洗濯了听惯阳春白雪的耳朵，如一缕清新的和风，令嘈杂的诗坛耳目一新。不少诗人撰文表达他们的欣喜和感动，夸赞这部诗集"言简意赅，诗如其人，耶麦主义的精髓尽在其中"，甚至瑞士、比利时和英国的媒体也纷纷加入到好评的合唱中来。"大概是厌倦了雨果式的轰隆巨响，巴那斯派的平淡无奇，还有象征主义的矫饰做作，十九世纪末的法国诗歌听众，一下子就对雅姆（耶麦）从外省乡村唱出的那纯朴自然的温良歌声表示了欢迎"①。尽管也有尖刻的评

① 参看树才（编译）：《法国九人诗选·雅姆：凭质朴的天性写诗》，上海人民出版社，2009年，第12页。

论认为他的诗有些古怪,但几乎所有舆论都认可其诗歌的独创性,承认他创造了诗歌的新的传奇。时至今日,仍有研究者认为《晨昏三钟经》是耶麦所有作品中最好的一部。

这部诗集的出版,使耶麦有幸结识了对他后半生影响至深的克洛岱尔;而另一位诗人夏尔·盖兰则为这部诗集所感动,专程跑去奥尔泰兹拜访耶麦,并献给他那首著名的《呵耶麦,你的家多像你的脸……》:

呵耶麦,你的家多像你的脸。
常春藤似胡须在松荫下爬满,
永远年轻茂密,如你心田。
无论痛苦、北风和冬天。
青苔把你低矮的院墙染得金光闪闪,
你家只有简陋的一层,小草钻出
环绕着水井和月桂树的花园。
我听到,像濒死的鸟儿苦啼
栅栏,温柔的激动令我灵魂晕眩。
呵耶麦,这么久我终于来到你的面前,
我觉得你与我梦中所见丝毫未变。
我见到你玩耍的狗在路上打蔫,
在喜鹊般黑白相间的帽檐下,

忧郁的微笑爬上你坦诚的双眼。
你爱思索的花窗敞向地平线，
你的烟斗，你的玻璃橱，反射着
诗人书中描写的乡间。
……
耶麦，在你窗前俯下身，能看见
排排房屋、田野、白雪和地平线；
五月，你在室外低吟诗篇，
你屋顶的水槽里装满了蓝天……
和谐的家，朋友，何时再能相见？

《晨昏三钟经》出版三年后，1901 年《春花的葬礼》的出版再次赢得舆论的一致好评。法国作家罗贝尔·马莱谈及阅读这部诗集的感受时说“感觉有千百种色彩投射在洁白的纸页上，就像灵感勃发的画家无须素描打底，径直在画布上作画”。《晨昏三钟经》和《春花的葬礼》这两部诗集的出版，奠定了耶麦作为“乡村诗人”在法国诗坛的地位，耶麦的乡村本源诗也由此应运而生。

作为诗人的耶麦此时声名鹊起，可个人的感情生活却屡遭磨难。1898 年因母亲的反对，耶麦与相恋三年的犹太裔女友玛莫尔痛苦分手，他在写给朋友的信中说,“我出于对母亲的爱而离开了最值得爱的女人”。1902 年他与一位名叫奈特的姑娘相恋,三年后的 1904 年又因女方父母反对女儿嫁给一个“没有地位”的人无果而终。

痛苦导致他的精神出现危机,他频频给朋友们写信求助,说他“在肉体上和精神上都烦躁不安,只有在祈祷中才能找到安慰”。1905 年春天,在中国福州当领事的克洛岱尔回国休假期间,专程去看望耶麦并与他促膝长谈。在克洛岱尔的劝说下,耶麦皈依了天主教,并于当年 7 月 7 日在巴斯克地区的拉巴斯蒂德—克莱伦斯教堂举行了坚信礼,克洛岱尔身着庄重的礼服出席坚信礼,并担任卡亚瓦神甫的辅弥撒。坚信礼结束后,两人一同去卢尔德朝圣后分手告别。从此,耶麦投入天主的怀抱,严格遵循教规生活,永远摆脱了精神上的危机;同时,他的诗风也在伦理和文学方面发生明显的变化,风格渐趋“古朴”,宗教情怀和说教意味渐浓。

1907 年 10 月,39 岁的耶麦与喜爱他诗歌的一位虔诚的天主教徒、24 岁的吉内特·戈多尔结婚,婚后平静甜蜜的生活使耶麦找到了生命的意义和心灵的归宿。此后数年间,耶麦夫妇共养育了五女二男,克洛岱尔成为长子保尔的教父。

1912 年,耶麦的鸿篇巨制《基督教农事诗》出版,并获得法兰西学院圣—克里克—戴斯大奖。尽管他始终笔耕不辍，也创作和出版了若干重要的作品如《生命的凯旋》、《天上云隙》、《身穿树叶的教堂》、《格律诗集》、《蜜光》、《我的女儿贝尔娜黛特》、《迷途的羔羊》、《风中的树叶》、《四行诗集四卷》、《我的诗意法国》、《黑夜为我歌唱》、《云雀》、《泉水集》和《拾起旧时的回忆》等，却已无法再现皈依前的辉煌。

耶麦曾两次竞选法兰西学院院士，均以失利告终。

1938 年 11 月 1 日天主教的诸圣瞻礼节那天，耶麦逝世于阿斯帕伦，离他七十岁生日还有一个月。去世前一年，他的两位朋友克洛岱尔和莫里亚克借万国博览会之机，在巴黎香榭丽舍剧院为他组织了一场诗歌晚会，耶麦在晚会上发表演说，对自己献身于“痛并热爱着的”诗歌生涯进行了总结，获得极大成功。可以说，这是法国诗坛以掌声和鲜花向他最后的致敬。

耶麦的世界性

如今在法国，耶麦早期那些自由而深情的诗仍为大众熟知，而在欧洲其他国家特别是德国、奥地利和瑞士，他的作品仍拥有广大的读者群，许多知名的作家、诗人、作曲家对他的作品爱不释手，仍从他的作品中汲取着宝贵的营养。

著名诗人里尔克对耶麦推崇备至，他在《马尔特·劳利兹·布里格随笔》中曾写过如下一段文字：

我读的是另一个诗人（指耶麦），他不住在巴黎，完全是另一个人。一个诗人，他在山里有一所寂寞的房子。他发出的声音像是洁净的晴空里的一口钟。他是一位幸福的诗人，他述说他的窗子和他书橱上的玻璃门，它们沉思着映照出可爱而寂寞的旷远。正是这位诗人，应该是我所向往的；因为他关于少女知道得这么多，我也知道这样多才好。他知道生活在百年前的少女；她们都死去了，这不关紧要，因为他知道一切。这是首要的事。他说出她们的名字，那些饰着旧式花纹用瘦长的字母写出的轻盈秀丽的名字，还有她们年长的女友们成年的名字，这里已经有一些儿命运在共鸣，一些儿失望和死亡。也许在他的桃花芯木书桌的一个格子里存有她们褪色的信笺和日记的散页，里边记载着诞辰，夏游，诞辰。或者可能在他寝室后方腹形的抽屉桌有一个抽屉，其中保存着她们早春的衣裳；复活节初次穿过的白色的衣裳；用印染着斑点的轻纱制成、本来是属于那焦急等待着的夏日的衣裳。啊，是怎样一个幸福的命运，在一所祖传的房子的寂寞的小屋里，置身于固定安静的物件中间，外边听见嫩绿的园中有最早的山雀的试唱，远方有村钟鸣响。坐在那里，注视一道温暖的午后的阳光，知道往日少女的许多往事，做一个诗人。我想，我会成为这样一个诗人，若是我能在某一个地方住下，在世界上某一个地方，在许多无人过问的、关闭的别墅中的一所。我也许只用一间屋（在房顶下明亮的那间）。我在那里生活，带着我的旧物、家人的肖像和书籍。我还有一把靠椅、花、狗，以及一根走石路用的坚实的手杖。此外不要别的。一册浅黄象牙色皮装、镶有花形图案的书是不可少的：我该在那书里写。我会写出许多，因为我有许多思想和许多回忆。[①]

除里尔克外，诗人恩斯特·施塔德勒[②]曾翻译过耶麦的《十四篇祈祷》，出版家科尔特·沃尔夫[③]曾出版过精美的插图版《兔子的故事》；著名文学大师卡夫卡曾在自己的日记中记录下阅读耶麦时的愉悦感觉……许多名作曲家也纷纷为耶麦诗谱曲，如丽莉·布朗热[④]曾

---

① 译文引自《马尔特·劳利兹·布里格随笔》第十六章，参看冯至译《给一个青年诗人的十封信》附录二，三联书店，1994年。

② 恩斯特·施塔德勒（Ernst Stadler，1883—1914），德国表现主义诗人。

③ 科尔特·沃尔夫（Kurt Wolff，1887—1963），德国作家、记者、出版家。

④ 丽莉·布朗热（Lili Boulanger，1893—1918），法国女作曲家。

为《天上云隙》、克洛德·阿里约[1]曾为《何时我将重见海岛……》、马克·贝多米耶[2]曾为《膳厅》、乔治·布拉桑斯[3]曾以《祈祷》为题为《阳光下的玫瑰经》谱曲……可谓艺无界而心相通。

在中国，耶麦的知音也大有人在。早在几十年前，著名诗人戴望舒就曾翻译过耶麦的若干诗章，并满怀深情地写道：

> 耶麦为法国现代大诗人之一。他是抛弃了一切虚夸的华丽、精致、娇美，而以他自己的淳朴的心灵来写他的诗的。从他的没有词藻的诗里，我们听到曝日的野老的声音，初恋的乡村少年的声音和为禽兽的谦和的朋友的圣弗朗西思一样的圣者的声音而感到一种异常的美感。这种美感是生存在我们日常的生活上，但我们适当地、艺术地抓住的。……虽然经过了我自愧没有把作者的作风传神地达出来的译笔，但读者总还是可以依稀地辨出他的面目来。[4]

---

① 克洛德·阿里约(Claude Arrieu，1903—1990)，法国女作曲家。

② 马克·贝多米耶(Marc Berthomieu，1906—1991)，意大利作曲家。

③ 乔治·布拉桑斯(Georges Brassens，1921—1981)，法国作曲家。

④ 戴望舒：《戴望舒译诗集》，湖南人民出版社，1983年，第54页。

另一位译过耶麦的诗人和翻译家程抱一也说过："久浸在那种肝胆俱陈的现代诗里，念雅姆（耶麦）的作品有特别清新的感觉，仿佛在浓烈的酒肉之后，去饮清冽的甘泉一样。"①

除戴望舒和程抱一外，李金发（他似乎是我国最早翻译耶麦的诗人）、郑克鲁、罗洛、树才、程曾厚和莫渝等人也都翻译过耶麦的若干诗作，其中，诗人树才在《法国九人诗选》中为译介耶麦而写的《雅姆（耶麦）：凭质朴的天性写诗》一文，曾给我留下十分深刻的印象。

耶麦的特色

初读耶麦会觉得其诗平淡如白开水。继而屏息静气、吟哦再三之余，不经意间会小有所得，犹如偶见书中久违的枯花，残香犹存，令人回味。

那么，耶麦诗的特色是什么呢？

我以为，首先是师法自然。

耶麦热爱大自然，热爱故乡那片自然的土地，终生不离不弃。他以自然为师，以自然入诗，从中悟出诗道。他内心中只有大自然才是他的诗歌创作之源和一

---

① 程抱一：《法国七人诗选》，湖南人民出版社，1984 年，第 81—82 页。

切诗歌的中心。有人从田园诗人的角度，将耶麦与我国的魏晋名士相比，称耶麦为“法国的陶渊明”。然而从诸多方面看，耶麦与陶渊明不尽相同：论人生，陶渊明阅历丰厚，先仕而后耕，耶麦是不离乡土半步；论风格，陶诗是言志为本，味沉而隽永，耶麦是童心，触景咏物而文清；论写作，陶诗意境高渺，颂咏的是高士隐侠咏物抒怀的比兴意象，耶麦运笔平直，多为传达对鲜活的大自然的直接感受；耶麦诗绝无陶诗“犬吠深巷中，鸡鸣桑树颠”那种似枯实腴的笔蕴精髓，“采菊东篱下，悠然见南山”“问君何能尔，心远地自偏”“此中有真意，欲辨已忘言”那种思不暇接的飘忽意境；作为一个乡绅才子，耶麦写诗属于见景叙事，有感即发，笔法平和，语言朴讷，虽无恣情渲染令人怦然心动，却也留下空间任人遐想，似诗而非诗，看似随意而实有规矩。我以为，他的诗风似乎更接近于数千年前《诗经》的“关关雎鸠，在河之洲”和圣人云“诗三百，一言以蔽之，曰：思无邪”“乐而不淫，哀而不伤”那类言简意赅单刀直入的写法，一语中的水落石出的直白。

诗哲泰戈尔说过诗人是长不大的孩子。耶麦以稚子之心与大自然相沟通，师承自然，对自然观察入微，终生永葆孩子般的雪亮双眼，他回忆六岁时观察到的大自然时说过一番话：

一岁时，我知道了雨蛙是绿色的，它瞪着金色双眼。两岁时，我知道了鹿角锹甲虫的样子很凶恶，一双角似乎能够刺穿铁皮。三岁时，我知道了清晨砾石相互摩擦时能发出红光。四岁时，我知道了螯虾长着长腿，颜色浅灰蓝，栖息于水面下的树根。到了五岁时，我知道了鳟鱼的银袍上缀着红星，仿佛在天空闪烁。

明者弗授，学者弗师。耶麦作诗耶麦法，不为门徒不为师。正是这种“清水出芙蓉，天然去雕饰”的风格，使得耶麦诗虽无波德莱尔诗的承前启后和兰波诗的通灵英气，却以其善良、纯真、质朴和虔诚，在法国诗歌的百花园中占有了一席之地。

其次，是托物感怀。

耶麦写诗善于托物感怀。他的托物对象以少女和驴子居多却以驴子为最。他笔下的驴子诗当然也最脍炙人口。

人类繁衍生存的历史中，成功驯养的家畜当推牛马驴羊。它们是代力工具又是食物来源。其中，驴子属奇蹄类哺乳动物，比马小，蹄小尾短，长耳长脸，本性耿直，憨态可掬，吃苦耐劳，忍辱负重，虽草料粗简，却耐酷暑高寒。在我国的河西走廊，在川陕甘，山间小路都不离驴的身影，艳丽小媳妇骑毛驴回娘家的形象在小说、年画、民俗画中比比皆是。驴的形象可说是司空见惯，家喻户晓，有关驴的成语典故也是随手可得：黔驴技穷，驴唇不对马嘴……我们会善意取笑他人执拗为驴脾气；驴脸是说别人脸长……诸葛瑾之子用“诸葛子瑜之驴”的聪慧替父解嘲赢得世人赞誉；南宋爱国诗人陆游“夜雨骑驴入剑门”何等豪迈；画驴子成名、有“驴贩子”之称的当代画家黄胄曾留下佳作无数。

而在耶麦眼中，驴子是天主的牲灵，是基督出生的见证。他笔下的驴子，柔顺忠厚，逆来顺受，任劳任怨，全知全能，是神的代表。他对驴子悲悯怜爱，见驴子饲料粗简困顿草厩便顿生悲戚，见驴子蹄子细小便不免担心它累不起吃不消，见小驴子身上的斑斑雨滴而长吁短叹，见驴子绒毛般的大眼睛便如见美女顿生相惜之情，见驴子在采蜜时节辛苦劳作便想给它套上长布衫以防蜂蛰，见驴子甩动长耳便觉诗情画意，闻驴子的橐橐蹄声便心旷神怡如闻唱诗，愿“为带驴子同上天堂而祈祷”。无论朝雾晚霞，草棚树下，吃苦耐劳的驴子的一切，在耶麦心中和眼底都是鲜活生动和流动的迷人画卷，无一不可入诗。而且，耶麦笔下的驴子从不踢人。

耶麦为什么会爱驴子？他想表达什么？

"大凡物不平则鸣"。耶麦的确是有感而发。看他在《晨昏三钟经》中的"献辞"：

我的上帝，您在芸芸众生中唤我。
我来了。我受难，我爱。
我以您恩赐给我的嗓子说话。
我以您教给我双亲又传给我的词语写诗。
我像一头负重的驴子，行走在路上，
受孩子们揶揄，而它低垂下头。
无论何时何地，只要您愿意，我都将前往。

再看那首著名的《我爱那驴子……》：

我爱那驴子如此温顺，
它正沿着冬青树行进。

它双耳不停摆动，
是在提防着蜂群；

它驮着满袋燕麦，
还坐着穷苦的人。

它迈着细碎快步，
走在壕沟的附近。

我女友觉得它蠢，
因为它是个诗人。

它总是冥思苦想。
双眸丝绒般柔顺。

你没有它那么温顺，
心地温柔的少女：

这蓝天下温顺的驴子，
只因它面对上帝。

耶麦眼中，贫瘠故土，僻壤茅檐，却是神山圣土。万物皆有灵，何况天之骄子的人类！自然界中，家畜禽鸟虫鱼等不起眼的生灵吐露给他的是最直接最真实最可贵的生命真价，它们卑微，却离理想的伊甸园最近。它们无语，备受磨难，却在苦熬中静候。卑微生命的苦难，同样可以撑起道义的蓝天。作为弱者的驴子无法左右自己的命运。作为诗人的耶麦活在世上，面对难以两全的命运同样无能为力。诗歌带给他声名荣誉金钱的同时，也将他抛掷于众目睽睽之下，成为酒后谈资。一方面，他赢得了评论界和许多朋友的赞誉和友谊，另一方面也遭到了一些人的不解和攻讦，认同一些人的观点势必又得罪另一些人而招致贬低诋毁。耶麦苦笑着将自己比作驴子真是再恰当不过了，因为他本人是自认秉承了驴子的忠讷美德的；同时，他以驴子自喻，也表现出了他对天主的谦卑和他的悲悯情怀。

在他心目中，驴子和诗人在精神层面上是互通的，“我女友觉得它蠢/因为它是个诗人”绝非耶麦的自嘲，而是他坦诚的自我认知。我以为，这就是耶麦由衷颂咏驴子的初衷。

第三，是写作技巧。

工欲善其事必先利其器。有题材有感觉还要有完备的表达手法和贴切的词语修饰。我推崇唐宋八大家之一的苏东坡，你看他写诗洋洋洒洒，不循旧路，经常主谓倒装，一唱而三叠，辞意重叠而新意无穷，“黑云翻墨未遮山，白雨跳珠乱入船”“游人脚底一声雷，满座顽云拨不开”……信手拈来，恣肆挥毫，构思奇妙又恰到好处。

人无我有，人有我新。耶麦写诗也自有其足以傲人的独到之处，无论写人，写景，写物，怀旧，恋情……

也都如星轨各行其道，或激情满怀，或娓娓道来，手法不一，引人伫思怀想。

看他那首著名的《房子会爬满蔷薇……》：

房子会爬满蔷薇和胡蜂。
午后会听到晚祷的钟声；
葡萄泛着宝石般晶莹的色泽，
似在日影徐缓的移动中入梦。
我会多爱你！把廿四岁的心
和自嘲的灵，尽数为你供奉，
还有白玫瑰诗篇和我的虚荣；
可你不存在，你我素昧平生。
我只知晓，假若你有生命，
也同我一样置身草场深处，
在清溪畔，浓荫下，我俩
会欢吻，头上会飞舞金蜂，
耳畔只有骄阳的热情。
你耳际会摇曳榛树的荫影，
我们会止住笑，唇贴唇，
只为倾诉无法言说的爱情；
在你红唇上，我会寻觅
金葡萄、红蔷薇和蜂儿的风情。

再看他另一首《膳厅》：

这儿有个橱柜老旧斑驳，
我姑婆的声音它都记得，
我爷爷的嗓门它也听过，
我爹的声调它不曾漏过。
橱柜牢牢记得这些往事，
若以为它沉默你就错了，
因为它曾向我娓娓诉说。

那儿有一只鸟鸣木挂钟。
不知为何再未闻鸟鸣。
我不想向它问个究竟。
或许发声的弹簧
早已断裂，
如死人不再吭声。

还有个碗橱摇晃散架，
发出蜡味、果酱味、肉味、
面包味和熟梨味，百味搀杂。
这个仆人忠心耿耿，知道
什么东西都不该偷拿。

我家的访客有男有女，
谁信有这些小小精灵。
以为我是此地惟一的生命，
可我笑对访客，当他进门问我：
——您好么，耶麦先生？

诗人戴望舒曾有诗完全套用此诗的最后一句。可见难忘的自有其异同之妙，文人相惜，心境不宣。

“咬定青山不放松，任尔东西南北风”。大凡成功之人不惟智力超群，还要有旁人难及的黏液质特性和匠心耐力。耶麦穷竭人智，朴于言而精思于胸，托物感怀，渐成气候。他用一己之法，别具手眼旨趣，近而不浮，远而不尽。他笔下的乡村那似曾相识的景象，琐屑的生活，小溪落叶，驴嘶马喧，蝉噪鸡鸣，教堂远钟，花鸟虫鱼，在他笔下无不栩栩如生呼之欲出，读之有趣，言有尽而意无穷。

法国近现代诗歌研究专家米歇尔·戴科丹曾就耶麦诗的特点讲过一段话，他说：“除耶麦外，也有诗人将日常的平凡赋予诗性，……他们的诗都有各自的感性。但就文学本意言之，尚无人能达到像耶麦那样绝无矫揉造作的平静：他从不受美学或观念的束缚，也从不预设内心的想法,一切都简单自然,因为万物既存,原本如此。他用一种纯真的语言原封不动地谈起它们,以本原的比喻和形容,于平淡中掀起涟漪。……这种罕见而细腻的沉稳……完全是天然的纯真。”

少女和驴子是耶麦最喜爱的题材,他常用的修辞方法是叠韵;他作诗的风格近似于传统的自由诗,不拘泥于严格的韵律,同时善于把句子的内在节奏先细细捏碎再按自己的意愿重新组合,使诗句在构造上不拘一格,有令人耳目一新之感。此外,他还常以儿语和方言入诗,他的诗尽显法国西南地区浓重的地域特色,读之令人身临其境,风土人情俱在眼前。

耶麦是成功的。他人为诗生,心为神生,是天生的自然之子。他强调与自然和天主的沟通。他忠于自然,忠于直觉,用心作诗,用情炼句。语从心出,才思泉涌。情之所至,恣肆数言。每有心得,即诉诸笔端,笔下风云无数。他敢爱敢恨,颂扬真善美,针砭假丑恶。他身心得益于自然并慷慨回馈。他的诗就是天作之合的瑰宝。

耶麦是成功的。他独具慧眼,无师自通,有画家敏锐的观察力,善于调动全部感官收集大自然的信息,居然能捕捉到松鸦在天际间划出漂亮弧线的瞬间;他精于白描,在远眺山顶上“翱翔着秃颈的苍鹰/赤红的轻烟燃烧晚雾中”的时候，仍惦记着待宰的小牛“在哀愁小镇的灰墙上/它还想再舔一舔雨滴”；他心向天主，在“走向香味四溢的山峰”时，不忘在“那儿，静肃地凝望/苍茫中运行的天主的灵”。他见微知著，勤于思考，匠心独运，勇于创新，不循旧路，润物无声。他耐得住寂寞，念得出真经，执信自己，无愧他人。他心尚自由，玉成自我。诗中觅静，诗性天成。

耶麦是成功的。他的成功得益于家乡丰润的风土，得益于像驴子一样忍辱负重的谦卑和坦荡胸怀，得益于自我修炼，能笑看闲花野草之荣辱隆盛而与世无争。他尽承诗人之命，奉己而已，惟重以心传心，而家乡深厚的土壤终使这片诗坛新绿成芃芃蔚然之势。

译事难，译诗更难，难在用另一种文字再现诗人的意境。与戴望舒、程抱一和其他翻译大家的文笔相比，我自知望尘莫及。读者若通过拙译对耶麦的诗及其诗风多些了解和喜爱，则我心愿已遂。

这两部译作依据法国 Atlantica 出版社 2006 年版《耶麦诗全集》译出，诗的次序也依照这个版本。两部诗集共收录耶麦诗 156 首，其中《晨昏三钟经》117 首（含戏剧体长诗 3 首），《春花的葬礼》39 首（含戏剧体长诗 2 首）。

为帮助读者了解耶麦及其诗歌，我除译出法国诗人、图卢兹百花诗会主席皮埃尔·埃斯皮尔为《耶麦诗全集》撰写的序言，还在译文中略加题解或注释，并附上集众多资料编译而成的《耶麦生平与创作年表》，供读者参阅。

译诗的原则，我也仍继续遵循翻译《恶之花》时为自己确定的“按自由诗和中国诗歌的押韵方式”进行尝试。

感谢何家炜兄在我翻译耶麦的过程中给予我的鼓励、建议和为这部译作的出版付出的心血。我还要特别感谢我的哥哥刘柏祺先生，作为这部译作的第一位读者，他除了向我提出了不少极有价值的修改建议外，还帮助我做了大量的校对工作。

拙译初稿完成之日，值慈母王静宜（淑德）女史驾鹤西归，享年八十有六。“谁言寸草心，报得三春晖”。谨将这部译作献给她老人家。

刘楠祺

癸巳孟春于京北日新斋